江聰平校注

韋端己詩校注

中華書局印行

詩魂招五代健筆問誰先
有客吟秦婦多君作鄭箋
萬鱗歸綴緝三豕正訛愆續
奏丹鉛早書成鬢尚玄

聰平賢弟新註浣花集

戊申冬日

成惕軒

李序

自詩教廢而人心漸薄。風俗日偸。五十年來。趨時之士。別樹一壘。雖亦積字成句。自號爲詩。然格局既非。聲律又全不相類。踰淮之橘。遂化爲枳。乃復侈然欲以屈宋李杜正脈是承。嚮使諸子有知。豈惟不歆非類。其必屛列宗門亦明矣。

門人江聰平碩士。擢秀上庠。卓然自立。少好文學。潛心研索。嘗喜爲新體詩。既而舍去。遂乃寢饋三唐。一更故轍。尤嗜韋端己詩。於浣花集致力甚勤。鉤稽參決。所見恒出意表。嘗得善本增錄補遺詩得七十篇。又錄入秦婦吟並加考證。成浣花詩集校注十卷。雖仍有散佚。而端己之作。於是最爲完備矣。

秦婦吟近世始從敦煌得見全稿。舊說以篇中有「內庫燒爲錦繡灰。天街踏盡公卿骨」一聯。爾後公卿頗多垂訝。端己諱之。至撰爲家戒。毋許存錄。近人陳寅恪獨以爲端己禁絕此詩之故。疑所謂秦婦避難者。或實有其人。適觸新朝宮闈之隱情。以故諱莫如深。志希避禍等語。純出臆測。恐未必然也。時當黃巢之禍。園廟摧燒。遑論內庫。公卿暴骨。事亦尋常。然踏盡之辭。但求語法瑰奇。未免言過其實。後來垂訝。容有不堪。以此招尤。何如削稿。端己詩歌亡失不少。所存多爲近體。明潔深秀。盡得少陵體法。有義山之工麗。而無其晦澀。有飛卿之淸切。而無其輕脫。平生所作。宜冠晚唐。卽無秦婦吟。已爲不朽。況此篇端己精神所寄。當日彌天積慘。目擊身丁。遂成此夐絕千古之傑搆。縱加棄擲。終如延津神劍。仍有合時。則今日快然讀之。又詞苑之幸也。

近歲刋印前人詩集甚多。或選輯未當。或校釋有欠翔實。神疲目倦。開卷無功。而如聰平用心之勤。與其力求精審。未易得也。茲於其寫定之日。爲序以歸之。

己酉孟夏墨堂居士李漁叔

自序

乙巳孟冬。余始以問詩執贄湘潭李漁叔先生之門。時就遣懷之作呈請教正。先生親爲評改。提衡中失。惟恐不盡。復以暇日爲言流派原委。暨名家聲調格律。而於士君子出處之義。恒準諸前古。以詔後來。初。余讀韋杜陵浣花集。每歎其不移於澒涊。不涉乎輈張。竊謂非才敏識精者莫能逮。及備詳行誼。益深慕之。乃知先生允釐庶政。振拔囂埃之言。信非過譽。頃歲棲遲園中。雒誦之餘。輒坐松窗下。鉤稽年譜。比切舊箋。以萃其菁英。疏其結轖。凡越地流離之作。秦中危苦之行。莫不沿波討源。詳徵本末。間有悟者。參以己意。疑則闕焉。庶免鶴斷鳧續之誚而已。斯編自脫稿後數旬。又於善本錄得補遺詩七十首。暨秦婦吟校釋如干卷。因前後重加考訂。爲補注者不下三百餘籤。然乞彩牋歌云。我有歌詩一千首。磨礱山岳羅星斗。知散佚不少矣。昔裴松之之注陳志。王叔師之箋楚辭。幷曲引旁徵。追虛寫實。余今斯注。竊慕其義。而成書倉卒。挂漏訛愆。諒所難免。博雅君子教而益之。實出萬幸。

中華民國五十七年歲次戊申孟夏東官江聰平識於國立師範大學國文研究所

韋端己詩校注

目錄

東官江聰平校注

浣花集卷二

浣花集卷三

浣花集卷四

浣花集卷五

浣花集卷六

浣花集卷七

浣花集卷八

浣花集卷九

浣花集卷十

浣花集補遺一

浣花集補遺二

韋端己傳略

按唐書無韋莊傳。然韋公事績可徵諸其他載籍者頗多。茲參合宋孫光憲北夢瑣言、計有功唐詩紀事、李昉太平廣記、元辛文房唐才子傳、近人夏承燾韋端己年譜，暨有關零碎資料，次韋端己傳略如左。

韋莊，字端己，唐京兆杜陵人。其先韋見素爲玄宗時顯宦。曾祖少微，宣宗朝中書舍人。莊少孤，家貧力學，以異才顯，然疏曠不拘小節。僖宗廣明元年，應舉入長安，時值黃巢之亂，陷兵中，罹重疾，復與弟妹相失。中和三年，入洛陽，三月，作秦婦吟，中一聯云：「內庫燒爲錦繡灰，天街踏盡公卿骨。」爾後公卿亦多垂訝，莊乃諱之，時號「秦婦吟秀才」。

廣明亂後，莊益困，移家於越，周遊南方。其遊蹤所至，自金陵、揚州、婺州、湖州、撫州、袁州、湘中、齊安、夏口、巫山、南昌、潯陽、衢州、信州，皆有題詠。大抵由吳之浙，次之贛，之湘，之鄂，旋至巫峽，回贛，復自贛返浙也。其投寄舊知云：「萬里有家留百越，十年無路到三秦。」又與東吳生相遇云：「十年身事各如萍，白首相逢淚滿纓。」蓋漂泛流離，困躓偃蹇，忽焉十載矣。

昭宗景福二年，莊還京師，應試落第。次年（乾甯元年），始舉進士，釋褐爲校書郎。乾甯三年，李茂貞犯闕，帝幸華州。四年，李詢拜兩川宣諭和協使，辟爲判官，奉使入蜀，旋卽還朝。光化三年，再入蜀。天復元年春，王建聘掌書記，朝廷尋以起居舍人召，建表留之，自此終身仕蜀。莊掌書記時，某縣宰乘隙擾民，乃爲建草牒云：「正當凋瘵之秋，好安凋瘵，勿使瘡痍之後，復作瘡痍。」遂傳誦一時。昭宣宗天佑四年，唐亡，王建稱帝，國號大蜀。莊拜左散騎常侍，判中書門下事。建之開國制度號令刑政禮樂，皆出其手。累官至吏部侍郎同平章事。

莊雖在官曹，不廢吟詠，嘗選杜甫、王維等一百五十人之詩凡三百首，都爲三卷，名曰又玄集。序之云：「此蓋詩中鼓吹，名下笙簧，擊鼉氏之鐘，霜淸日觀，淬雷公之劍，影動星津，雲間分合璧之光，海上運摩天之翅，奪造化而雲雷噴湧，役鬼神而風雨奔馳，但思其食馬留肝，徒云染指，豈慮其烹魚去乙，或致傷鱗。」其弟藹爲校刊行世，復以暇日編次其所爲詩如干卷，目之曰浣花集。

莊幼時嘗僑居下邽縣，多與鄰巷諸兒會戲，及廣明亂後，再經舊里，但有遺蹤，因賦詩以記之。詩云：「昔爲童稚不知愁，竹馬閑乘繞縣遊。曾爲看花偷出郭，也因逃學暫登樓。招他邑客來還醉，儳得先生去始休。今日故人何處問？夕陽衰草盡荒丘。」下邽爲白香山故居，時白公尙健在也。後奉使入蜀，於成都浣花溪尋得杜工部遺址，雖蕪沒已久，而柱砥猶存，因命弟藹芟夷結茅爲一室，但復舊觀，不加廣築，蓋欲思其人而成其處者也。

前蜀建國之時，莊已年逾古稀，百揆之暇，雅好元言，嘗供養維摩居士。時禪月大師貫休在蜀，遂與酬唱。寄禪月大師云：「新春新霽好晴和，間闊吾師鄙恡多。不是爲窮常見隔，祇應嫌醉不相過。雲離谷口俱無著，日到天心各幾何？萬事不如碁一局，雨堂閑夜許來麼？」休酬韋相公見寄云：「鹽梅金鼎美調和，詩寄空林問訊多。秦客弈碁拋已久，楞嚴禪髓更無過。萬般如幻希先覺，一丈臨山且奈何？空諷平津好珠玉，不知更得及門麼？」又禪月集有和韋相公話婺州陳事及和韋相公見示閑臥詩二篇，而莊原作，惟存閑臥詩斷句數語，餘不可考矣。詩云：「誰知閑臥意，非病亦非眠。」又云：「手從彫扇落，頭任鹿巾偏。」遣懷之作，不意竟成詩讖。後誦少陵「白沙翠竹江村暮，相送柴門月色新」，沈吟不輟，未幾而卒於成都花林坊。葬白沙之陽。謚曰文靖。時蜀高祖武成三年八月也。

浣花集近體詩十卷（據江安傅氏藏明朱子儋刊本）

卷一

章臺夜思

清瑟怨遙夜。繞弦風雨哀。孤燈聞楚角。殘月下章臺。芳草已云暮。故人殊未來。鄉書不可寄。秋鴈又南迴。

【校】

△弦　全唐詩同。綠君亭刊本（以下簡稱綠本）、唐詩品彙（以下簡稱品彙）並作絃。

【注】

△章臺　古宮臺名，戰國時秦所建，故址在今陝西省長安縣西南。漢唐時爲冶遊之地。漢書張敞傳：「敞無威儀，走馬章臺街，自以便面拊馬。」蔡珪畫眉詩：「五陵年少多才思，數點章臺走馬人。」

△芳草已云暮故人殊未來　殊，猶也。魏文帝秋胡行：「朝與佳人期，日夕殊不來。」江淹擬休上人詩：「日暮碧雲合，佳人殊未來。」二句蓋祖此。

【箋】

△兪陛雲曰：「五律中有高唱入雲，風華掩映，而見意不多者，韋詩其上選也。前半首借清瑟以寫懷，泠泠二十五弦，每一發聲，若淒風苦雨，繞絃雜遝而來，況殘月孤燈，益以角聲悲奏，楚江行客，其何以堪勝，誦此四句，如聞雍門之琴，桓伊之笛也。下半首言草木變衰，所思不見，雁行空過，天遠書沈，與李白之『鴻雁幾時到，江湖秋水多』相似，皆一片空靈，含情無際。初學宜知此詩之佳處，前半在神韻悠長，後半在筆勢老健，如筆力尙弱，而強學之，則寬廓無當矣。」

△唐詩三百首詳析曰：「題目是夜是思，開首不先說思，偏從聽到清瑟聲說起，又接寫聽到楚角聲，須知清瑟楚角之聲，都是勾動旅人懷思之物，所以上半段只就聞見寫出夜景，至頸聯然後實寫思，留華已逝可思，故人不來可思，鄉書難寄可思，一個思字分做三層寫出，結句點出時節是秋，尤其可思。」

延興門外作

芳草五陵道。美人金犢車。綠波穿內水。紅落過牆花。馬足倦遊客。鳥聲歡酒家。王孫歸去晚。宮樹欲棲鴉。

【校】

△鴉　滌本作鵶。

【注】

△延興門　長安志云：「延興門，爲京城東門三門之一。」

△五陵　漢帝陵名。即長陵、安陵、陽陵、茂陵、平陵。故址在今陝西省長安縣。杜甫秋興詩：「同學少年多不賤，五陵裘馬自輕肥。」白居易琵琶行：「五陵年少爭纏頭，一曲紅綃不知數。」按此謂五陵附近一帶地也。

△金犢車　犢車之飾以金翠者。逸史：「盧杞少時窮居東都，鄰有麻氏嫗，晚從外歸，見金犢車子在麻婆門外，窺之，見一女郎年十四五，眞神人也。」溫庭筠江南曲：「流蘇持作帳，芙蓉持作梁，出入金犢幰，兄弟侍中郎。」

△王孫　猶言貴公子也。史記淮陰侯傳：「漂母曰，吾哀王孫而進食，豈望報乎。」按王孫，謂信也，司馬貞索隱：「秦末多失國，言王孫公子，尊之也。」馬融長笛賦：「遊閒公子，暇豫王孫。」劉峻廣絕交論：「弱冠王孫，綺紈公子。」

【箋】

△王堯衢曰：「芳草生春遊之地，五陵多游俠之家，於是金犢駕車，載美人而出，此延興門外之所見也。斯時春光明媚，看綠水之奔流，乃自大內穿出，見紅花之吹落，乃自牆外飛來。遊客既倦，馬足亦疲，而酒家歡笑不歇，雖春鳥亦爲之解歡也。王孫遊罷，則已晚矣。歸時見宮樹之鴉，欲棲宿而漸黃昏矣。前解是春色，後解是春遊，起以美人，合以王孫，則遊人中之出色者也。」

劉得仁墓

至公遺至藝。終抱至寃沈。名有詩家業。身無戚里心。桂和秋露滴。松帶夜風吟。冥寞知春否。墳蒿日已深。

【注】

△劉得仁　貴主之子。困舉場三十年不第，有集一卷，全唐詩錄存詩二卷。

△戚里　漢書萬石君傳：「萬石君名奮，高祖召其姊爲美人，以奮爲中涓，受書謁，徙其家長安中戚里，以姊爲美人故也。」司馬貞索隱：「小顏云，於上有姻戚者皆居之，故名其里爲戚里。長安記，戚里在城內。」庾信春賦：「移戚里而家富。」駱賓王上齊州張司馬啓：「七葉珥貂，襲榮光于戚里。」皆用此事。

【箋】

△全唐詩話曰：「得仁，貴主之子，自開成至大中三朝，昆弟皆歷貴仕，而得仁苦於詩，出入舉場三十年，卒無成，嘗自述曰，外家雖是帝，當路且無親。又云，外族帝王是，中朝親故稀，翻令浮議者，不許九霄飛。既終，詩人競爲詩弔之。」按杜荀鶴哭劉得仁云：「賈島還如此，生前不見春，豈能詩苦者，便是命羇人，家事因吟失，時情礙國親，多應銜恨骨，千古不爲塵。」僧棲白哭劉得仁云：「爲愛詩名吟到此，風魂雪魄去難招，直教桂子落墳上，生得一枝寃始銷。」僧貫休懷劉得仁云：「詩名動帝畿，身謝亦因詩，白日只如哭，皇天得不知，旅墳孤峙岳，羸僕泣如兒，多少求名者，聞之淚盡垂。」三詩皆切於事，深乎情，可與韋公詩合觀之。

下第題青龍寺僧房

千蹄萬轂一枝芳。要路無媒果自傷。題柱未期歸蜀國。曳裾何處謁吳王。馬嘶春陌金羈鬧。鳥睡花林繡羽香。酒薄恨濃消不得。却將惆悵問支郎。

【注】

△青龍寺　太平廣記云：「唐乾符末，有客寓止廣陵開元寺，因文會話，云頃在京寄青龍寺日，有客嘗訪知事僧，屬其忽遽，不暇留連，翌日至，又遇要地朝客，後時復來，亦阻他事，頗有怒色，題其門而去。」據此，知青龍寺在長安城內，劉得仁題青龍寺僧院云：「常多簪組客，不獨看高松，此地堪終日，開門見數峯，苔新禽跡少，泉冷樹陰重，師意如山裏，空房曉暮鐘。」僧無可題青龍寺僧房云：「從誰傳法印，不離上方傳，夕磬城霜下，寒房竹月圓，烟殘衰木畔，客住積雲邊，未忍滄洲去，時來於此禪。」盧駢題青龍精舍云：「壽天雖云命，榮枯亦大偏，不知雷氏劍，何處更衝天。」白居易青龍寺早夏云：「胡爲戀朝市，不去歸煙蘿。」皆詠此。

△千蹄萬轂　轂，車之概稱。漢書食貨志：「轉轂百數。」注：「車也。」千蹄萬轂，極言車馬之多也。羅鄴帝里詩：「喧喧蹄轂走紅塵，南北東西暮與晨。」

△要路　卽要津。杜甫奉贈韋左丞詩：「自謂頗挺出，立登要路津。」

△題柱　成都記云：「司馬相如初西去，過昇仙橋，題柱曰，不乘高車駟馬，不過此橋。」岑參昇仙橋詩：「長橋題柱去，猶是未達時。」卽本此而言。按公東陽贈別詩有「去時此地題橋去，歸日何年佩印歸」之句（見

本集卷七），可合觀。

△曳裾　漢書鄒陽傳：「飾固陋之心，則何王之門不可曳長裾乎。」曳，牽引也，裾，衣之後幅，提裾使起，以示敬也。杜甫詩：「鄒生惜曳裾。」

△吳王　謂吳王濞、鄒陽與嚴忌、枚乘等俱嘗事之，皆以文辯著名。後吳王陰有邪謀，陽上書諫之，不聽，乃去而之梁。

△支郎　即支謙。謙字恭明，月氏國優婆塞也，漢末遊洛，該覽經籍，及諸伎藝，善諸國語，細長黑瘦，白眼黃睛，時人語曰，支郎眼中黃，形軀雖瘦是智囊。見高僧傳。劉禹錫和宣上人放榜詩：「借問至公誰印可，支郎天眼定中觀。」

虢州澗東村居作

東南騎馬出郊坰。廻首寒煙隔郡城。清澗漲時翹鷺喜。綠桑疎處哺牛鳴。兒童見少生於客。奴僕驕多倨似兄。試望家田還自適。滿畦秋水稻苗平。

【校】

△郊坰　緣本坰作垌，形近而訛。

【注】

△虢州　古地名，隋置，改虢郡，尋廢，唐復置，移治弘農，改曰弘農郡，尋復爲虢州，故治在今河南省靈寶

縣南四十里。

△郊坰　邑外謂之郊，林外謂之坰。並見爾雅釋地。

△畦　田五十畝也，見說文。一曰，田區謂之畦，見急就篇注。

送日本國僧敬龍歸

扶桑已在渺茫中。家在扶桑東更東。此去與師誰共到。一船明月一帆風。

【校】

△渺茫　緣本渺作⿰氵⿰耳少，从耳，誤。

【注】

△扶桑　日本之別稱。按山海經海外東經：「黑齒國下有湯谷，湯谷上有扶桑。」郭璞注引東夷傳曰：「倭國東四十餘里有裸國，裸國東南有黑齒國。」又按南史云：「扶桑在大漢國東二萬餘里，其上多扶桑木，故以爲名。」方干送僧歸日本詩：「大海浪中分國界，扶桑樹底是天涯。」吳筠登北固山望海詩：「雲生蓬萊島，日出扶桑枝。」

對酒

何用巖棲隱姓名。一壺春酎可忘形。伯倫若有長生術。直到如今醉未醒。

【校】

△直　全唐詩同，注云：「一作應。」

【注】

△酎　重釀之醇酒，今謂之雙套酒。

△伯倫　晉劉伶字。伶沛國人，嘗仕建威參軍，泰始初對策，盛言無爲之化，報罷，與阮籍，嵇康同隱，爲竹林七賢之一。放情肆志，性尤好酒，妻涕泣諫曰，君飲太過，非攝生之道，必宜斷之，伶曰，甚善，我不能自禁，唯當祝鬼神自誓斷之耳，妻曰，敬聞命，供酒肉於神前，請伶祝誓，伶跪而祝曰，天生劉伶，以酒爲名，一飲一斛，五斗解酲，婦人之言，愼不可聽，便引酒進肉，隗然已醉矣。見晉書卷四十九及世說新語任誕篇。

【箋】

△平按：韋公言酒，每用劉伶事。將卜蘭芷村居留別郡中在仕云，伯倫嗜酒還因亂。雲散云，劉伶避世唯沈醉。酒渴愛江清云，只應千古後，長稱伯倫情。蓋禍亂流離之苦，公嘗之獨深，念舊傷時，滿懷冰炭，杜康乃知己耳。

尹喜宅

荒原秋殿柏蕭蕭。何代風煙占寂寥。紫氣已隨僊仗去。白雲空向帝鄉消。濛濛暮雨春雞唱。漠漠寒蕪雪兎跳。欲問靈蹤無處所。十洲空濶閬山遙。

【校】

△僊　綠本，全唐詩並作仙。

△暮　綠本作莫。

△跳　元注：「音條。」二字綠本闕。

【注】

△尹喜　周人，字公度，嘗爲函谷關吏。老子西遊，喜先見其氣，知眞人當過，物色而迹之，果見老子，老子授以道德經五千言，喜與老子俱之流沙，莫知所終，喜亦著書九篇，名關尹子。詳史記老子傳及列仙傳。崔書九日登仙臺呈劉明府詩：「關門令尹誰能識，河上仙翁去不回。」關門令尹，謂喜也。

△紫氣　祥瑞之氣也。按關令尹內傳云：「關令登樓四望，見東極有紫氣西邁，喜曰，應有聖人經過京邑，至期乃齋戒，其日果見老子。」杜甫秋興詩：「東來紫氣滿函關。」即用此事。

△帝鄉　謂天帝所居。郭璞詩：「永諧帝鄉侶，千齡共逍遙。」

△漠漠　布列貌。謝朓遊東田詩：「遠樹曖阡阡，生煙紛漠漠。」

△十洲　神仙之所居，在八方巨海之中。按東方朔十洲記，謂卽祖、瀛、玄、炎、長、元、流、生、鳳麟、聚窟十洲也。

△閬山　卽閬風山。相傳爲神仙所居，在崑崙之顚。楚辭哀時命：「望閬風之板桐。」

途中望雨懷歸

滿空寒雨慢霏霏。去路雲深鏁翠微。牧豎遠當煙草立。饑禽閑傍渚田飛。誰家樹壓紅榴折。幾處籬懸白菌肥。對此不堪鄉外思。荷蓑遙羨釣人歸。

【校】

△慢　緜本，全唐詩作漫。

△鏁　全唐詩作鎖。

△牧豎　緜本豎作竪。

【注】

△翠微　爾雅釋山：「未及上翠微。」邢昺疏：「謂未及頂上，在旁陂陀之處，一說山氣青縹色，故曰翠微也。」陳子昂宴集敍：「披翠微而列坐，左對青山，俯盤石而開襟，右臨澄水。」

△牧豎　猶言牧童。孫楚登樓賦：「牧豎吟嘯於行陌，舟人鼓枻而行歌。」

△白菌　隱花植物之一類。體爲絲狀，常寄生於他物，有香氣。朱慶餘秋園詩：「深籬藏白菌，荒蔓露青匏。」

△荷蓑　荷，何俗字，儋也。蓑，草衣，所以備雨者。裴迪訪呂逸人不遇詩：「恨不逢君出何蓑，青松白屋更無他。」

古離別

晴煙漠漠柳毿毿。不那離情酒半酣。更把馬鞭雲外指。斷腸春色在江南。

【校】

△古離別　全唐詩注云：「一作多情。」彙編唐詩（以下簡稱彙編）作古別離。

△鬖鬖　唐詩廣選（以下簡稱廣選）、彙編、品彙、全唐詩並作毿毿。

△不郍　緣本，廣選郍並作那。

△馬鞭　緣本，廣選，彙編馬並作玉。

【注】

△古離別　一作古別離，樂府雜曲歌辭。江淹有古離別樂府云：「君行在天涯，妾身長別離。」

△鬖鬖　垂貌。趙冬曦三門賦：「松離離而生涯，草鬖鬖而覆水。」

【箋】

△楊升菴曰：「韋端己送別詩多佳。」

△蔣仲舒曰：「結有餘恨。」

△高廷禮曰：「晚唐絕句之盛，不下數千篇，雖興象不同，而聲律亦未遠，如韋莊贈別諸篇，尚有盛唐餘韻。」

柳谷道中作却寄

馬前紅葉正紛紛。馬上離情斷殺魂。曉發獨辭殘月店。暮程遙宿隔雲村。心如嶽色留秦地。夢逐河聲出禹門。莫怪苦吟鞭拂地。有誰傾葢待王孫。

【校】

△暮程　品彙作莫塵。

△村　品彙作林。

△嶽色　綠本，品彙嶽並作岳。

△禹門　品彙禹作萬，形似而誤。

【注】

△柳谷　古地名，故址在今山西省夏縣東南十五里中條山內。唐貞觀十一年，太宗幸柳谷，觀鹽池，即此。

△紅葉　槭楓柿等之葉，至秋皆變紅色，故云。司空曙過盧秦舊居詩：「黃花寒後難逢蝶，紅葉晴來忽有蟬。」

△殺　煞本字，猶極也，甚也。

△禹門　禹門渡之略稱，即古龍門關。故址在今山西省河津縣西北二十五里，爲入陝要津。

△傾葢　葢，同蓋，車蓋也。孔子家語：「孔子之郯，遭程子於塗，傾蓋而語終日。」傾蓋而語，言交蓋駐車，款款而談，謂相遇之厚也。王勃秋日宴季處士宅序：「樂莫新交，申孔程之傾蓋。」

灞陵道中作

春橋南望水溶溶。一桁晴山倒碧峯。秦苑落花零露濕。灞陵新酒撥醅濃。青龍夭矯盤雙闕。丹鳳襹褷隔九重。萬古行人離別地。不堪吟罷夕陽鐘。

【注】

△灞陵　古地名，故址在今陝西省長安縣東。

△春橋　橋，謂灞橋，在長安縣東二十五里，橋橫灞水上，古人多於此折柳送別，故又名銷魂橋。羅鄴灞上感別詩：「灞上何人不別離，無家南北倚空悲，十年此路花時節，立馬霑襟酒一巵。」李商隱淚詩：「朝來灞水橋邊問，未抵青袍送玉珂。」

△一桁晴山倒碧峯　桁，衣架也。韓愈送崔立之詩：「桁掛新衣裳。」按水溶溶，不興波也，故碧峯倒影如一衣桁然。

△秦苑　三輔黃圖：「咸陽故城，自秦孝公至始皇帝，胡亥，並都此城，諸廟及臺苑皆在渭南。」

△撥醅　撥，發也。醅，未漉之酒。白居易醉吟先生傳：「吟罷自哂，揭甕撥醅，又飲數杯，兀然而醉。」

△青龍夭矯盤雙闕　闕，謂門觀。古今注云：「古每門樹兩觀於其前，所以標表宮門也，人臣至此，則思其所闕，故謂之闕。」青龍，闕畫青龍也。夭矯，屈曲之貌。白居易詩：「船頭龍夭矯。」

△丹鳳襹褷隔九重　丹鳳，大明宮南端之門。襹褷，毛羽貌。李白詩：「錦衣綺翼何襹褷。」九重，謂天子所居。楚辭九辯：「豈不鬱陶以思君兮，君之門以九重。」

秋日早行

上馬蕭蕭襟袖涼。路穿禾黍繞宮牆。半山殘月露華冷。一岸野風蓮萼香。煙外驛樓紅隱隱。渚邊雲樹暗蒼蒼。行人自是心如火。兔走烏飛不覺長。

【校】

△上馬　全唐詩注云：「一作馬上。」

【注】

△露華　露珠也。杜甫十七夜對月詩：「茅齋依橘柚，清切露華新。」

△兔走烏飛　觀象玩占云：「日者陽精之宗，積而成烏，有三趾，陽之精，其數奇。月者陰精之宗，積而成兔，陰之精，其數偶。」兔烏，謂月日也，莊南傑傷歌行：「兔走烏飛不相見，人事依稀速如電。」

【箋】

△程湘衡曰：「一氣寫六句，字字切秋日早行，絕佳，結始見早行之苦，便覺野風蓮幕，殘月露華，都非佳境，製格遺詞，彌加工妙。」

歎落花

一夜霏微露濕煙。曉來和淚喪嬋娟。不隨殘雪埋芳草。盡逐香風上舞筵。西子去時遺笑靨。謝娥行處落金鈿。飄紅墮白堪惆悵。少別穠華又隔年。

【校】

△香　全唐詩注云：「一作春。」

△蘂華　緣本華作花。

【注】

△嬋娟　謂色態美好也。孟郊嬋娟篇：「花嬋娟，冷春泉；竹嬋娟，籠曉煙；妓嬋娟，不長妍；月嬋娟，眞可憐。」

△西子　即西施，以喻落花。韓偓落花詩：「若是有情爭不哭，夜來風雨葬西施。」公殘花詩亦有「苧蘿因雨失西施」之句，意與韓詩近似。

△笑靨　靨，頰輔也，見集韻。錦帶：「啼鶯出谷，爭得求友之音，笑蕊飛林，競散佳人之靨。」

△謝娥　謂謝秋娘。韓琮詩：「未到仙娥見謝娥。」白居易詩：「靑娥小謝娘。」即此。

△金鈿　婦人首飾嵌金花者之稱，此以狀花瓣。

宮怨

一辭同輦閉昭陽。耿耿寒宵禁漏長。釵上翠禽應不返。鏡中紅豔豈重芳。螢低夜色棲瑤草。水咽秋聲傍粉牆。展轉令人思蜀賦。解將惆悵感君王。

【校】

△傍　緣本作旁。

【注】

△一辭同輦閉昭陽　用杜甫「昭陽殿裏第一人，同輦隨君侍君側」語，原詩指楊妃辭同輦，閉昭陽，皆漁陽亂作，幸蜀以後事，故結句及之。

△禁漏　禁，禁中，天子所居。漏，漏刻，古計時之器也。

△釵上翠禽　翠禽，釵上飾也。李商隱蝶詩：「爲問翠釵釵上鳳，不知香頸爲誰迴。」

△瑤草　香草也。文選江淹別賦：「惜瑤草之徒芳。」

△粉牆　漢宮典職曰：「漢省中皆胡粉塗壁。」省中，禁中也。漢孝元皇后父名禁，當時避之，故曰省中。見蔡邕獨斷。

【箋】

△平按：元稹樂府古題序謂怨爲詩之一體。文章辨體曰，憤而不怒曰怨。樂府相和歌辭有長門怨、婕妤怨、長信怨、宮怨等篇，皆詠宮中瑣事。韋公此詩與王昌齡長信怨同調，而寓意深遠，更爲淒豔。

關河道中

槐陌蟬聲柳市風。驛樓高倚夕陽東。往來千里路長在。聚散十年人不同。但見時光流似箭。豈知天道曲如弓。平生志業匡堯舜。又擬滄浪學釣翁。

【校】

【注】

△關河道中　才調集補註中下有作字。

△學　元注：「一作許。」全唐詩同。綠本無此三字。

△關河　一名官河，在今山西省偏關縣南門外，源出縣東五眼井堡，西流入黃河。

△柳市　古地名，在長安城西。皇甫冉詩：「貧居依柳市，閑步在蓮宮。」李端詩：「柳市名猶在，桃源夢已稀。」

△豈知天道曲如弓　老子：「天道，其猶張弓與，高者抑之，下者舉之，有餘者損之，不足者補之。」郝天挺云：「反其意用之，蓋怨之之詞也。」

△又擬滄浪學釣翁　杜甫詩：「兼泛滄浪學釣翁。」公詩當本此。

題盤豆驛水館後軒

極目晴川展畫屏。地從桃塞接蒲城。灘頭鷺占清波立。原上人侵落照耕。去鴈數行天際沒。孤雲一點淨中生。憑軒盡日不迴首。楚水吳山無限情。

【注】

△盤豆　古城名，故址在今河南省閿鄉縣西南三十里。西魏大統三年，宇文泰使于謹爲前鋒，攻盤豆，即此。

△畫屏　屏風之飾以彩畫者，詩家每借以形容景物之美，李白贈崔秋浦詩：「水從天漢落，山逼畫屏新。」

△桃塞　即桃林塞，在今河南省閿鄉縣西，接陝西省潼關縣界。
△蒲城　古縣名，故城在今陝西省大荔縣西。

梁氏水齋

獨醉任騰騰。琴棊亦自能。卷簾山對客。開戶犬迎僧。看蟻移苔穴。聞蛙落石層。夜窗風雨急。松外一菴燈。

【校】

△梁氏水齋　綠本齋作亝。

【注】

△騰騰　興起貌。白居易寄元微之百韻詩：「往往遊三省，騰騰出九逵。」
△看蟻移苔穴　蟻，同螘。苔，即苔衣。穴，窩也。按蟻性敏銳，大雨將至，則封其穴他遷，故云移苔穴。杜甫詩：「林居看螘穴。」公詩蓋取意於此。
△石層　石階也。皮日休詩：「嚴陵灘勢似雲崩，釣具歸來放石層。」
△菴　結草爲廬也。

曲江作

細雨曲江濱。青袍草色新。詠詩行信馬。載酒喜逢人。性爲無機率。家因守道貧。若無詩自遣。誰奈寂寥春。

【校】

△曲江　全唐詩江作池，注云：「一作江。」緣本江字原闕。

【注】

△曲江　池名，亦曰曲江池，故址在今陝西省長安縣東南十里，其水曲折，故名。韋述云：「漢爲樂遊苑於曲江池，及世祖（光武帝），以爲校文之所，唐以秀士每年登科第賜宴於此。」康駢劇談錄云：「曲江池，本秦時隑州。開元中疏鑿爲勝境，南有紫雲樓、芙蓉苑，西有杏園、慈恩寺，花卉環周，煙水明媚，都人遊玩，盛於中和上巳之節。」鄭谷乾符丙午歲奉試春漲曲江池詩：「王澤倚通津，恩波此日新，深疑一夜雨，宛似五湖春，泛灔翹振鷺，澄清躍紫鱗，翠低孤嶼柳，香失半汀蘋，鳳輦尋佳境，龍舟命近臣，桂花如入手，願作從遊人。」

△青袍草色新　庾信哀江南賦：「青袍似草，白馬如練。」李商隱春日寄懷詩：「青袍似草年華定，白髮如絲日日新。」青袍，士子之服也。

△信馬　信，通伸，展放也。信馬，謂展放其馬而行，無所拘牽也。韓愈嘲少年詩：「祗知閑信馬，不覺誤隨車。」

嘉會里閑居

豈知城闕內。有地出紅塵。草占一坊綠。樹藏千古春。馬嘶遊寺客。犬吠探花人。寂寂無鐘皷。槐行接紫宸。

【校】

△皷　全唐詩作鼓。

△坊　元注：「坊，一作方。」緑本作方。

【注】

△嘉會里　古地名，在長安城內。

△城闕　天子所居之地，此指長安城。王勃杜少府之任蜀州詩：「城闕輔三秦，風煙望五津。」

△紅塵　塵埃也，又喻熱鬧繁華之地。劉禹錫贈看花諸君子詩：「紫陌紅塵拂面來，人人都道看花回。」徐陵洛陽道詩：「綠柳三春暗，紅塵百戲多。」

△坊　市肆也。

△紫宸　殿門名。唐六典云：「大明宮北曰紫宸門，其內紫宸殿，殿之南面紫宸門。」

夏夜

傍水遷書榻。開襟納夜涼。星繁愁晝熱。露重覺荷香。蛙吹鳴還息。蛛羅滅又光。正吟秋興賦。桐影下西牆。

【校】

△西牆　綠本牆作墻。

【注】

△蛙吹　南史孔珪傳：「門庭之内，草萊不剪，中有蛙鳴，或問之曰，欲爲陳蕃乎，珪笑答曰，我以此當兩部蛙吹，何必效蕃。」蛙吹，猶言蛙鼓，按蛙性好坐以壯鳴，生子最多，一蛙鳴，百蛙隨而應之，其聲甚宏，若鼓吹然也。維則師子林卽景詩：「樹根蛙鼓鳴殘雨，恍忽南山水樂聲。」

△蛛羅　指蜘蛛所織之網。露結其上，月至則光，去則滅，故云。

△秋興賦　晉潘安仁有秋興賦，見文選。李善曰：「興者，感秋而興此賦，故因名之。」

早發

早霧濃於雨。田深黍稻低。出門雞未唱。過客馬頻嘶。樹色遙藏店。泉聲暗傍畦。獨吟三十里。城月尚如珪。

【校】

△馬頻嘶　緣本頻作噸，蓋連文而誤。

【注】

△珪　圭古字，瑞玉也。形上圜而下方。

寓言

黃金日日銷還鑄。僊桂年年折又生。兔走烏飛如未息。路塵終見泰山平。

【校】

△僊桂　全唐詩僊作仙。

【注】

△寓言　凡假借他事物以寄託其言者曰寓言。陸德明經典釋文曰：「寓，寄也，以人不信己，故託之他人，十言而九見信也。」按詩六義中之比，殆與近似。

△黃金日日銷還鑄　管子曰：「堯治天下也，猶金之在爐，惟冶者之所鑄。」揚雄法言學行：「或問，世言鑄金，金可鑄與。曰，吾聞覿君子者問鑄人，不問鑄金。或曰，人可鑄與。曰，孔子鑄顏淵矣。或人踧爾曰，旨哉，問鑄金，得鑄人。」鑄金，教化裁成之喻。

△僊桂年年折又生　避暑錄話：「世以登科爲折桂，此謂郄詵對策東堂，自云桂林一枝也。自唐以來用之，溫庭筠詩云，猶喜故人新折桂。其後以月中有桂，故又謂之月桂，而月中又言有蟾，故又改桂，謂登科爲登蟾宮。」白居易詩：「折桂寧慙郄。」又書言故事：「及第，手攀仙桂。」黃韜出京別同年詩：「卻說聯臂昇天路，一枝仙桂已攀援。」仙桂，卽月桂樹，仙同僊。

△兔走烏飛　兔烏，謂月日，詳秋日早行詩注。

△泰山　漢書高惠高后文功臣表序：「使黃河如帶，泰山若厲，國以永存，爰及苗裔。」注引應劭曰：「封爵之誓，國家欲使功臣傳祚無窮也。帶，衣帶也，厲，砥厲石也，河當何時如衣帶？山當何時如厲石？言如帶厲，國猶永存，以及後世之子孫也。」

對雪獻薛常侍

璚林瑤樹忽珊珊。急帶西風下晚天。皓鶴襹褷飛不辨。玉山重疊凍相連。松裝粉穗臨窗亞。水結氷錐簇溜懸。門外寒光利如劍。莫推紅袖訴金船。

【校】

△窗　綠本作窻。

【注】

△薛常侍　常侍，官名，唐時內侍省有內常侍，爲侍從天子之職。按鄭谷有獻大京兆薛常侍能一詩，韋公與谷

同時，能咸通中亦嘗知京兆尹事，則常侍謂能無疑。能字太拙，汾州人，武宗會昌六年進士，官至工部尙書，爲政嚴察，絕私謁，癖於詩，政暇日賦一章，有江山集、許昌集。

△璚　同瓊，見廣韻。

△珊珊　玉聲也。杜甫宴洞中詩：「時聞雜佩聲珊珊。」

△皓鶴　白鶴也。文選謝惠連雪賦：「皓鶴奪鮮，白鷴失素。」李善注引相鶴經云：「鶴千六百年形定而色白，復二千年，大毛落，茸毛生，色雪白。」杜甫昔遊詩：「王喬下天壇，微月映皓鶴。」

△襹褷　毛羽衣貌。

△玉山　猶云雪山。杜牧奉和僕射相公嘉雪詩：「銀闕雙高銀漢裏，玉山橫列玉墀前。」按「玉山」及上「璚林瑤樹」，均以喻雪。

△亞　通壓。杜甫上巳宴集詩：「花蕊亞枝紅。」

△簇　攢聚也。貫休詩：「小市人家簇。」

△溜　同霤，簷下水滴之處。

△金船　酒器中大者，見海錄碎事。庾信詩：「玉節調笙管，金船代酒巵。」

題裴端公郊居

暫隨紅旆佐藩方。高跡終期臥故鄉。已近水聲開澗戶。更侵山色架書堂。蒲生岸脚青刀利。柳拂波心綠帶長。莫奪野人樵牧興。白雲不識繡衣郎。

【注】

△裴端公　通典云：「唐侍御史號爲臺端，他人稱之曰端公。」

△紅旆　將軍所建旗也。白居易詩：「紅旆將軍昨日歸。」

△藩方　謂屏藩王室之地。王建魏博田侍中詩：「功成誰不擁藩方，富貴還須是本鄉。」

△高跡　謂志行高潔也，跡同迹。傅毅七激：「遵孔氏之憲則，投顏閔之高迹。」

△野人　庶民也。論語先進：「先進於禮樂，野人也。」劉寶楠正義：「野人者，凡民未有爵祿之稱也。」

△樵牧　取薪曰樵，放飼牲畜曰牧。杜甫詩：「拂拭烏皮几，喜聞樵牧音。」

△繡衣郎　謂郎官之著繡衣者。漢世有繡衣直指，出討奸猾，治大獄，以侍御史爲之。見漢書百官公卿表。

登咸陽縣樓望雨

亂雲如獸出山前。細雨和風滿渭川。盡日空濛無所見。鴈行斜去字聯聯。

【注】

△咸陽　古縣名，故城在今陝西省長安縣西北。讀史方輿紀要云：「山南水北曰陽，地在九嵕之南，渭水之北，山水皆陽，故曰咸陽。」

△渭川　卽渭水，在咸陽縣南。

△空濛　迷茫之狀。杜甫詩：「空濛辨漁艇。」

△鴈行　按雁羣飛時相次排列，成人字形，故曰雁行。馬戴塞上秋居詩：「灞原秋雨定，晚見雁行頻。」

△聯聯　連續不斷貌。韓愈庭楸詩：「濯濯晨露香，明珠何聯聯。」

貴公子

大道青樓御苑東。玉欄僊杏壓枝紅。金鈴犬吠梧桐院。朱鬣馬嘶楊柳風。流水帶花穿巷陌。夕陽和樹入簾櫳。瑶池宴罷歸來醉。笑說君王在月宮。

【校】

△梧桐院　緣本院作月。馮默菴云：「院一作影，影妙於院，院字今人改月字，不如下有夕陽字，則月字說不去。」

【注】

△靑樓　曹植美女篇：「青樓臨大路，高門結重關。」駱賓王帝京篇：「小堂綺帳三千尺，大道靑樓十二重。」

△御苑　天子之苑囿。沈佺期翫雪應制詩：「灑瑞天庭裏，驚春御苑中。」

△玉欄　庾肩吾詩：「秦王金作柱，漢帝玉爲欄。」

△僊杏　僊同仙。述異記云：「東海郡尉于臺有杏一株，花雜五色六出，號六仙人杏。」

△金鈴犬　犬頂帶金鈴，故云。同卷觀獵詩有「犬帶金鈴草上飛」句，正其注腳。

△朱鬣馬　山海經：「犬戎有文馬，縞身朱鬣。」柳貫太子受冊禮成朝賀詩：「內廐既陳朱鬣馬，左璫新換紫金貂。」

△簾櫳　簾，編竹作幃箔，施於堂戶，藉以障蔽者。櫳，房屋之窗牖也。謝惠連詩：「落日隱櫩楹，升月照簾櫳。」

△瑤池　仙境也。相傳爲西王母所居，在龜山、崑崙之圃，閬風之苑。列子周穆王：「賓於西王母，觴於瑤池之上。」穆天子傳：「天子觴西王母於瑤池之上。」後因謂宮中之池曰瑤池。李白上之回詩：「秋暑瑤池宴，歸來樂未窮。」王建上李吉甫相公詩：「金鼎調和天膳美，瑤池沐浴賜衣新。」

△月宮　龍城錄云：「開元六年，上皇與申天師，八月望夜，同遊月中，過一大門，在玉光中，寒氣逼人，頃見一大宮府，榜曰廣寒清虛之府，有素娥十餘人，往來舞笑於廣陵大樹之下，又聽樂音淒麗，上皇因製霓裳羽衣舞曲。」白居易詠東城桂詩：「月宮若有閒田地，何不中間種兩株。」

聽趙秀才彈琴

滿匣冰泉咽又鳴。玉音閑澹入神清。巫山夜雨絃中起。湘水清波指下生。蜂簇野花吟細韻。蟬移高柳迸殘聲。不須更奏幽蘭曲。卓氏門前月正明。

【校】

△絃　全唐詩作弦。

【注】

△滿匣冰泉咽又鳴　匣，函也。李嶠詠琴詩：「長聲賓匣開。」白居易慵不能詩：「匣中亦有琴。」咽，聲塞也。隴頭歌：「隴頭流水，鳴聲嗚咽。」白居易琵琶行：「幽咽流泉水下灘。」句謂琴聲初發，有若清泉汩汩，鳴響於匣中也。

△玉音閑澹入神清　謂琴聲清越諧和，珊珊然若玉佩之輕擊，令人神清也。

△巫山夜雨絃中起　按詞牌中有巫山一段雲。詞譜云：「唐教坊名曲，樂章集注雙調。」太平廣記云：「王母第二十三女名瑤姬，號雲華夫人，居巫山，詩家所謂神女也，峽下有神女祠。」詞盛於花間李珣、毛文錫諸人，李、毛二人所作俱卽詠巫山神女事。黃花菴云「李珣巫山一段雲詞，實唐人本來詞體如此。」句謂巫山夜雨之聲，起於絃中，蓋謂趙秀才爲其奏巫山一段雲也。

△湘水清波指下生　楚辭遠遊：「使湘靈鼓瑟兮，令海若舞馮夷。」後漢書馬融傳：「湘靈下，漢女遊。」注：「湘靈，舜妃，溺於湘水，爲湘夫人也。」錢起湘靈鼓瑟詩云：「善鼓雲和瑟，常聞帝子靈，馮夷空自舞，楚客不堪聽，逸韻諧金石，清音發杳冥，蒼梧來怨慕，白芷動芳馨，流水傳湘浦，悲風過洞庭，曲終人不見，江上數峯青。」李益古瑟怨云：「破瑟悲秋已減絃，湘靈沈怨不知年，感君拂拭遺音在，更奏新聲明月天。」句謂指下生湘水之清音，蓋本此而言。（按上句明用雨字，此句暗用風字）

△蜂簇野花吟細韻　簇，攢聚。細韻，謂音聲細碎而諧和也。方干聽彈琴詩：「泉迸幽音離石底，松含細韻在霜枝。」句謂琴曲將終，聲音由高漸低，若羣蜂和吟於野花間也。

△蟬移高柳迸殘聲　迸，散走也。文選潘岳寡婦賦：「口嗚咽以失聲兮，淚橫迸而霑衣。」句謂琴曲已終，餘

音迸散，若蟬移高枝，鳴聲倏爾而杳也。

△幽蘭　琴曲名。宋玉諷賦：「爲幽蘭白雪之曲。」文選謝惠連雪賦：「曹風以麻衣比色，楚謠以幽蘭儷曲。」劉孝綽秋夜詠琴詩：「幽蘭暫罷曲，積雪更傳聲。」白居易詩：「琴中雅曲是幽蘭。」

△卓氏　漢書司馬相如傳：「卓王孫有女文君，新寡，好音，相如以琴心挑之。及飲卓氏，文君竊從戶窺，心說而好之，夜亡奔相如。」

觀　獵

苑牆東畔欲斜暉。傍苑穿花兔正肥。公子喜逢朝罷日。將軍誇換戰時衣。鶻翻錦翅雲中落。犬帶金鈴草上飛。直到四郊高鳥盡。掉鞍齊向國門歸。

【注】

△鶻　鳥名，隼也。性銳敏，速飛善襲，獵者多飼之，使助捕鳥兎。

△國門　禮記祭法：「曰國門。」孔穎達疏：「國門，謂城門也。」

三堂東湖作

滿塘秋水碧泓澄。十畝菱花晚鏡清。影動新橋橫蝃蝀。岸鋪芳草睡鵁鶄。蟾投夜魄當湖落。嶽倒秋蓮入浪生。何處最添詩客興。黃昏煙雨亂蛙聲。

【注】

△三堂　庭園名，唐岐薛二王爲刺史時所建，故址在今河南省靈寶縣。韓愈和虢州劉給事使君三堂詩序云：「虢州刺史宅，連水池竹林，往往爲亭臺島渚，目其處爲三堂云云。」白居易東歸詩：「前夕宿三堂。」即此。

△泓澄　泓，下深貌。澄，水渟不流貌。文選左思吳都賦：「泓澄奫潫。」

△蝃蝀　與螮蝀同，虹也。詩鄘風：「蝃蝀在東。」

△鵁鶄　禽名，亦作交精，頭頸皆赤褐色，體上面多白，胸背有疏鬆之毛，曰蓑毛，雜有綠色，喙長脚高，亦名鳽，又名赤頭鷺，俗稱茭雞。

△蟾　蟾蜍，謂月也。後漢書天文志注：「羿請無死之藥於西王母，姮娥竊之以奔月，是爲蟾蠩。」集韻：「蜍或作蠩。」後世稱月爲蟾蜍本此。

△魄　月未盛明之光也。劉筠洞戶詩：「不思夜魄過三五，只問春醪賞十千。」

放牓日作

一聲天鼓闢金扉。三十僊才上翠微。葛水霧中龍乍變。緱山煙外鶴初飛。鄒陽暖艷催花發。太皥春光簇馬歸。迴首便辭塵土世。彩雲新換六銖衣。

【注】

△放牓　謂表列取士次第而揭示之也。牓同榜。南部新書：「唐大中以來，禮部放榜歲取二三人姓氏稀僻者，

謂之色目。」杜牧詩：「平明放榜未開花。」

△天鼓　鼓，鼓俗字。抱朴子：「雷，天之鼓也。」雲仙雜記：「雷曰天鼓。」李白梁甫吟：「我欲攀龍見明主，雷公砰訇震天鼓。」

△金扉　謂殿門也。文選王延壽魯殿靈光賦：「遂排金扉而北入，霄靄靄而晻曖。」

△僊材　僊同仙，材同才，謂才若天仙也。此以喻登第者。

△葛水霧中龍乍變　葛水，即葛陂，湖沼名，故址在今河南省新蔡縣北。葛洪神仙傳：「費長房與壺公俱去，後壺公謝而遣之，長房憂不能到家，公與所用竹杖騎之，忽然如睡，已到家，以所騎竹杖投葛陂中，顧視之，乃青龍也。」周渠詩：「葛陂仙去杖成龍。」梁元帝竹詩：「作龍還葛水。」按龍變，喻棄俗登仙也。史記外戚世家：「褚先生曰，丈夫龍變。」

△緱山煙外鶴初飛　緱山，即緱氏山，一名覆釜堆，又名撫父堆，地在今河南省偃師縣南。列仙傳云：「王子喬者，周靈王太子晉也，好吹笙，作鳳凰鳴，道士浮丘公接以上嵩高山，三十餘年後，求之於山上，見桓良曰，告我家於七月七日，待我於緱氏山巔，至時果至，乘白鶴駐山頭，望之不得到，舉手謝時人，數日而去。」句謂緱山鶴飛，本此而言，亦棄俗登仙之喻也。

△鄒陽　鄒，謂鄒衍。劉向別錄云：「燕有谷寒，不生五穀，鄒衍吹律而溫氣至，堪穀。」庾信詩：「寒谷已吹律，簷空更翦茆。」陽，溫也。詩豳風七月：「春日載陽。」毛傳：「溫也。」朱傳：「溫和也。」義同。

△太皞　即伏羲氏。呂氏春秋云：「孟春之月，其帝太皞。」高誘注：「太皞，伏羲氏以木德王天下之號，死祀於東方，爲木德之帝。」

△六銖衣　長阿含經：「忉利天衣重六銖。」按忉利，梵語，義譯為三十三天。慧苑音義云：「帝釋所居，總數有三十三處，故從處立名也。」韓偓詩：「六銖衣薄惹輕寒。」公送福州王先輩南歸詩：「六銖衣惹杏園風。」

寄薛先輩

懸知迴日綵衣榮。僊籍高標第一名。瑤樹帶風侵物冷。玉山和雨射人清。龍翻瀚海波濤壯。鶴出金籠燕雀驚。不說文章與門地。自然毛骨是公卿。

【注】

△先輩　程大昌演繁露云：「唐世呼舉人已第者為先輩。」

△懸　遠也。南史陸厥傳：「一人之思，遲速天懸。」

△綵衣　五色俱備之衣。孫逖送李給事歸徐州覲省詩：「列位登青瑣，還鄉服綵衣。」

△僊籍　謂侍臣名札也。通略：「入館登瀛洲，叩名於仙籍。」劉滄及第後宴曲江詩：「紫毫粉壁題仙籍，柳色簫聲拂御樓。」

△瑤樹　晉書王衍傳：「神姿高徹，如瓊林瑤樹，自然風塵表物。」

△玉山　晉書裴楷傳：「楷風神高邁，容儀俊爽，時人稱見裴叔則如近玉山照映人也。」

按：瑤樹，玉山，以喻薛之風儀。

△門地　猶言門閥地位。唐書李揆傳：「帝歎曰：卿門地，人物，文學，皆當世第一，信朝廷羽儀乎。」

△公卿　論語子罕：「出則事公卿。」公卿，謂三公九卿，引申爲高位，高官之稱。

訪含弘山僧不遇留題精舍

滿院桐花鳥雀喧。寂寥芳草茂芊芊。吾師正遇歸山日。閑客空題到寺年。池竹閉門教鶴守。琴書開篋任僧傳。人間不自尋行跡。一片孤雲在碧天。

【注】

△精舍　佛舍也。釋氏要覽：「息心所棲，故曰精舍。」

△芊芊　廣雅釋訓：「芊芊，茂也。」王念孫疏證：「此謂草木之盛也。」

△歸山　僧侶返歸其所從來寺院曰歸山。

寄從兄遵

江上秋風正釣鱸。九重天子夢翹車。不將高臥邀劉主。自吐清談護漢儲。滄海十年龍影斷。碧雲千里鴈行踈。相逢莫話歸山計。明日東封待直廬。

【校】

△話　品彙誤作語。

【注】

△從兄　同祖伯叔之子而年長於己者。南史袁昂傳：「從兄提養訓教，示以義方。」按從兄，猶俗云堂兄也。見釋親考。

△江上秋風正釣鱸　晉書張翰傳：「齊王冏辟（翰）爲大司馬東曹掾，因見秋風起，思吳中菰菜，蓴羹，鱸魚膾，曰，人生貴適志，何能羈宦數千里外以要名爵乎，遂命駕而歸。」

△九重　天子所居。見灞陵道中作詩注。

△翹車　使車也。左傳莊公二十二年：「詩云，翹翹車乘，招我以弓。」杜預注：「翹翹，遠貌。」陸機演連珠：「希蒙翹車之招。」

△不將高臥邀劉主　用諸葛亮躬耕南陽，劉備三顧草廬事。不將猶言不以。邀，要也。

△護漢儲　秦末東園公、用里先生、綺里季、夏黃公，避亂隱商山，四人年皆八十有餘，鬚眉皓白，時稱商山四皓。漢高祖立，欲致之而不能，後高祖欲廢太子盈，立趙王如意，呂后用張良計，厚禮迎四人至，四人從太子見高祖，高祖乃大驚曰，吾求公數歲，公避逃我，今公何自從吾兒遊乎？四人皆曰，竊聞太子爲人，仁孝恭敬愛士，天下莫不延頸欲爲太子死者，故臣等來耳，高祖曰，煩公幸卒調護太子。見史記留侯世家。按儲，謂儲君，太子之別稱。

△鴈行　禮記王制：「兄之齒雁行。」雁行猶言雁序，喻兄弟也。杜陽雜編：「王沐者，涯之再從弟也，家於江南，老而且窮，以涯執相權，遂跨蹇驢，至京師索米，僦舍經三十餘月，始得一見，涯潦倒無雁序之情。」

△東封　羅隱詩：「臘後春前更何事，便看經度奏東封。」
△直廬　殿中值宿之所。白居易詩：「苑花似雪同隨輦，宮月如眉伴直廬。」

漁溏十六韻

洛水分餘脈。穿巖出石稜。碧經嵐氣重。淸帶露華澄。瑩澈通三島。巖梧積萬層。巢由應共到。劉阮想同登。壁峻苔如畫。山昏霧似蒸。撼松衣有雪。題石硯生氷。路熟雲中客。名留域外僧。饑猿尋落橡。鬭鼠墮高藤。嶮樹臨溪亞。殘莎帶岸崩。持竿聊藉草。待月好垂罾。對景思任父。閒圖想不興。晚風輕浪疊。暮雨濕煙凝。似泛靈查出。如迎羽客昇。僊源終不測。勝槩自相仍。欲別誠堪戀。長歸又未能。他時操史筆。爲爾著良稱。

【校】

△脈　全唐詩注云：「一作派。」綠本作脉。
△梧　全唐詩注云：「一作峿。」
△饑猿　全唐詩饑作飢，是。
△不興　全唐詩不下注云：「一作弗。」
△靈查　全唐詩查作槎。

【注】

△漁溏　元注云：「在朱陽縣石嵓下，古老云，洛水一派，流出此山。」按朱陽縣在今河南省盧氏縣界。

△洛水　川名。源出陝西省雒南縣冢嶺山，東南流，入河南省境，經盧氏縣熊耳山，禹貢謂「導洛自熊耳」，即此。洛，古作雒。

△三島　即三神山，以其形似壺，又曰三壺。史記秦始皇本紀：「海中有三神山，名曰蓬萊，方丈，瀛洲，僊人居之。」

△巢由　巢謂巢父，由謂許由，皆唐堯時高士。先是堯以天下讓巢父，不受，又以讓許由，由以告，巢父曰：「汝何不隱汝形，藏汝光，若非吾友也。」由亦不受，遁耕於中岳潁水之陽、箕山之下，堯又欲召爲九州長，由不欲聞，洗耳於潁水之濱。高適詩：「未能方管樂，翻欲慕巢由。」

△劉阮　謂東漢時劉晨與阮肇也。紹興府志：「劉晨、阮肇，剡人。永平中，入天台山採藥，經十三日不得返，採山上桃食之，下山以杯取水，見蕪菁葉流下甚鮮，復有胡麻飯一杯流下，二人相謂曰，去人不遠矣，乃渡水又過一山，見二女，容顏妙絕，呼晨肇姓名，問郎來何晚也，因相款待，行酒作樂，被留半年，求歸，至家，子孫已七世矣。太康八年，又失二人所在。」事亦見神僊記。鄭洪次王蒼雲詩：「自擬仙人識劉阮，浪傳詩句似陰何。」

△橡　櫟實也。圓形，其仁如老蓮肉，可充食料。

△亞　通壓。杜甫入宅詩：「花亞欲移竹。」

△莎　即莎草。生原野沙地中，其根稱香附子，可作藥用。

△罾　漁網也。楚辭九歌湘夫人：「罾何爲兮水上。」

△任父　先秦人，即任公子也。莊子外物：「任公子爲大鉤巨緇，五十犗以爲餌，蹲乎會稽，投竿東海，旦旦而釣，期年不得魚，已而大魚食之，牽巨鉤，錎沒而下，鶩揚而奮鬐，白波若山，海水震蕩，聲侔鬼神，憚赫千里，任公子得若魚，離而臘之，自制河以東，蒼梧以北，莫不厭若魚者。」文選左思吳都賦：「術兼詹公，巧傾任父。」

△靈查　查同楂，亦作槎，水中浮木也。靈查猶云仙槎。博物志：「天河與海通，近世有人居海渚者，年年八月，有浮槎去來，不失期，嘗有人乘槎而去，至一城，屋舍甚嚴，遙望宮中多織婦，見一丈夫牽牛飲於渚，還至蜀，以問嚴君平，曰，某年月日，客星犯牽牛宿，計即此人到天河時也。」李商隱海客詩：「海客乘槎上紫氛，星娥罷織一相聞。」

△羽客　謂道士也。王褒詩：「仙童時可遇，羽客屢相逢。」

冬日長安感志寄獻虢州崔郎中二十韻

帝里無成久滯淹。別家三度見新蟾。郄詵丹桂無人指。阮籍青襟有淚霑。溪上却思雲滿屋。鏡中唯怕雪生髯。病如原憲誰能療。蹇似劉楨豈用占。霧雨十年同隱遁。風雷何日振沈潛。吁嗟每被更聲引。歌詠還因酒思添。客舍正甘愁寂寂。郡樓遙想醉猒猒。已聞鈴閣懸新詔。卽向綸闈副具瞻。濟物便同川上檝。慰心還似邑中黔。觀星始覺中郎貴。問俗方知太守廉。宅後綠波棲晝鷁。馬前紅袖簇丹襜。閑招好客斟香蟻。悶對瓊花詠散鹽。積凍慢封紅霤細。暮雲高拔遠峯尖。訟堂無事氷生印。水榭高吟月透簾。松下圍棊期褚胤。筆頭飛箭薦陶謙。未知匣劍何時躍。但恐鉛刀不再銛。雖有遠心長擁篲。耻將新劍學編苫。纔驚素節移銅律。又見玄冥變玉籖。百口似萍依廣岸。一身如燕戀高簷。如今正困風波力。更向人中問宋纖。

【校】

△猒猒　綠本作㥷㥷，全唐詩作懨懨。

△暮　綠本作莫。

△吟　綠本，全唐詩並作唫。

【注】

△虢州　古地名。故治在今河南省靈寶縣南四十里。

△郎中　官名，秦置，與中郎，侍郎同隸郎中令，主更直宿衞。漢初因之，唐於各部皆置郎中，其後歷代相沿，皆爲諸司之長，淸末始廢。

△帝里　猶云帝居、帝都。戎昱春日過奉誠園詩：「帝里陽和日，遊人到御園。」

△滯淹　滯，止也。淮南子時則訓：「流而不滯。」淹，留也。左傳宣公十二年：「二三子無淹久。」

△郄詵　郤詵。詵字廣基，晉濟陰單父人，博學多才，以對策上第拜議郎，遷雍州刺史。武帝於東堂會送，問詵曰，卿自以爲何如，詵對曰，臣擧賢良，對策爲天下第一，猶桂林一枝，崑山片玉，帝笑，侍中奏免詵官，帝曰，吾與之戲耳，不足怪也。見晉書本傳。

△阮籍　晉陳留尉氏人，字嗣宗。好老莊，每以沈醉遠禍，聞步兵廚善釀，貯酒三百斛，乃求爲步兵校尉，能爲青白眼，常率意命駕，途窮輒慟哭而返。見三國志卷二十一及晉書卷四十九。

△原憲　莊子讓王：「原憲居魯，環堵之室，茨以生草，蓬戶不完，桑以爲樞，而甕牖二室，褐以爲塞，上漏下濕，匡坐而弦。子貢乘大馬，中紺而表素，軒車不容巷，往見原憲。原憲華冠縰履，杖藜而應門，子貢曰，嘻，先生何病，原憲應之曰，憲聞之，無財謂之貧，學而不能行，謂之病，今憲貧也，非病也，子貢逡巡，而有慚色。」按原憲，春秋魯人，或曰宋人，字子思，亦稱原思，孔門弟子，淸靜守節，安貧樂道。孔子相魯，憲嘗爲邑宰。孔子卒，憲退隱於衛。見史記卷六十七及高士傳。

△劉楨　東漢寧陽人，字公幹。曹操辟爲丞相掾，以文辭巧妙，爲諸公子所親，一日，操子丕請諸文學酒，楨與焉，酒酣，丕命夫人甄氏出拜，坐衆皆伏，楨獨平視，操聞之，乃收治其罪。見三國志卷二十一。

△猒猒　同厭厭，久也、足也。詩小雅湛露：「厭厭夜飲。」

△鈴閤　將帥治事之所，官府亦稱之，閤通閣。晉書羊祜傳：「鈴閤之下，侍衞者不過數人。」

△綸闈　南唐近事：「張洎謁韓熙載，韓一見，待之如故，謂曰，子好中書舍人，頃之韓主文，洎擢第，不十年，果主綸闈之任。」綸，綸音。禮記緇衣：「王言如絲，其出如綸。」後世因稱天子之詔旨曰綸音。闈，闈門，宮中之門也。中書舍人親奉綸誥，職在禁闈，故曰主綸闈之任。

△具瞻　詩小雅節南山：「赫赫師尹，民具爾瞻。」孔穎達疏：「尹氏爲太師，旣顯盛處位高貴，故下民俱仰汝而瞻之。」

△濟物便同川上檝　檝亦作楫，舟旁撥水之具。書說命上：「若濟巨川，命汝作舟楫。」唐明皇詩：「舟楫功須著，鹽梅望匪踈。」李吉甫拜相制：「授之鈞衡，俾作舟楫。」陸龜蒙詩：「終爲濟川楫，豈在論高卑。」

△慰心還似邑中黔　左傳襄公十七年：「宋皇國父爲太宰，爲平公築臺，妨於農收。子罕請俟農功之畢，公弗許。築者謳曰，澤門之皙，實興我役，邑中之黔，實慰我心。」杜預注：「皇國父白皙，而居近澤門，子罕黑色，而居邑中。」

△中郎　官名，以象星辰。史記天官書：「大微三光之庭，後聚一十五星蔚然，曰郎位，傍一大星，將位也。」張守節正義：「郎將一星在郎位東北，所以爲武備，今之左右中郎將。」

△太守　官名。秦置治郡之官曰守，漢改爲太守，唐因之。

△畫鷁　淮南子：「船舟鷁首，浮吹以娛。」高誘注：「鷁，大鳥也，畫其象于船頭也。」後因以鷁首或畫鷁爲船之代稱。文選張衡西京賦：「浮鷁首，翳雲芝。」李嶠詠舟詩：「相烏風際轉，畫鷁浪前開。」

△丹襜　朱色之車帷也。

△香蟻　香醇之酒。按蟻，謂浮蟻，酒面浮沫也。文選張衡南都賦：「浮蟻若蓱。」

△瓊花　珍異之植物，此以喻美女。李白秦女休行：「西門秦氏女，秀色如瓊花。」

△散鹽　世說新語言語：「謝太傅寒雪日內集，與兒女講論文義，俄而雪驟，公欣然曰，白雪紛紛何所似，兄子胡兒曰，撒鹽空中差可擬，兄女曰，未若柳絮因風起，公大笑樂。」

△訟堂　長官判事之所。崔峒寄李明府詩：「訟堂寂寂對煙霞，五柳門前集晚鴉。」

△水榭　榭，臺有屋也。見說文。吳景奎詩：「鶯花世界惟消酒，水榭簾櫳易受風。」

△褚胤　晉吳人，七歲善棊，長而冠絕當時，父榮期謀逆，及禍，胤亦被收，時論惜之。見尙友錄卷十五。明馮元仲曰：「褚胤七歲入高品，弈中天士也。」

△陶謙　後漢丹陽人，字恭祖。爲徐州刺史，擊黃巾，大破之，境內晏然，遣使奉貢西京，詔遷爲徐州牧，加安東將軍，封溧陽侯。見後漢書卷一〇三及三國志卷八。

△匣劍　杜甫詩：「憂來杖匣劍，更上林北岡。」杜荀鶴投鄭先輩詩：「匣中長劍未酬恩。」

△鉛刀　不利之刀，喻無用也。東方朔七諫：「鉛刀進御，遙棄太阿。」

△銛　鋒利也。

△擁篲　史記孟軻傳：「騶子如燕，昭王擁彗先驅，請列弟子之座而受業。」彗同篲，帚也。言爲之淸道，以衣袂擁篲而卻行，恐塵埃之及長者，所以爲敬也。

△編苫　苫，白茅也。編苫，謂編茅蓋屋而居，喻安於貧賤也。

△素節　秋節也。見初學記。王績詩：「忽見黃花吐，方知素節回。」

△銅律　漢書律曆志：「凡律度量衡之用銅者，銅爲物之至精，不爲燥濕寒暑變其節，不爲風雨暴露改其形，介然有常，有似於士君子之行，是以用銅也。」唐書禮樂志：「張文收既定樂，復鑄銅律。」按律謂律呂，古正樂律之器也，陽六爲律，陰六爲呂，律以統氣類物，呂以旅陽宣氣也。

△玄冥　謂冬也。白虎通五行：「冬之爲言終也，其帝顓頊。顓頊，寒縮也，其神玄冥。玄冥，入冥也。」楚

辭九歌遠遊：「就顓頊而敶詞兮，考玄冥於冬桑。」

△玉籤　玉，謂玉漏，籤，漏籤也。白居易小曲新詞：「天涼玉漏遲。」王珪詩：「漏籤初刻上銅壺。」

△宋纖　晉書宋纖傳：「纖字令艾，少究經緯，弟子受業三千餘人，太守楊宣畫其像於閣上，出入視之。酒泉太守馬岌造焉，距而不見，岌歎曰，名可聞而身不可見，德可仰而形不可覩，吾今而後知先生人中之龍也。」

和薛先輩見寄初秋寓懷卽事之作二十韻

玉律初移候。清風乍遠襟。一聲蟬到耳。千炬火燃心。嶽靜雲堆翠。樓高日半沈。引愁愔暮角。驚夢怯殘碪。露白凝湘簟。風篁韻蜀琴。鳥喧從果爛。堦淨任苔侵。柿葉添紅影。槐柯減綠陰。採珠逢寶窟。閱石見瑤林。魯殿鏗寒玉。苔山激碎金。郄堂流桂影。陳巷集車音。名自張華顯。詞因葛亮吟。水深龍易失。天遠鶴難尋。鑒貌寧慙樂。論才豈謝任。義心孤劍直。學海怒濤深。既覩文兼質。翻疑古在今。慙聞紆綠綬。既侯挂朝簪。晚樹連秋塢。斜陽暎暮岑。夜蟲方喞喞。疲馬正駸駸。託跡同吳燕。依仁似越禽。會隨僊羽化。香蟻且同斟。

【校】

△既侯　綠本，全唐詩並作卽侯，是。

【注】

△玉律　古審音之器也。相傳爲黃帝所製，長尺六孔，能作十二月音。江總鐘銘：「遙符玉律，遠離金風。」

△湘簟　以湘竹編織之席。馬臻謾成詩：「風琴流響韻虛堂，湘簟欹眠水一方。」

△蜀琴　文選鮑照翫月城西門解中詩：「蜀琴抽白雪，郢曲發陽春。」

△魯殿　謂魯靈光殿也。文選王延壽魯靈光殿賦序云：「魯靈光殿者，蓋景帝程姬之子恭王餘之所立也，遭漢中微，盜賊奔突，自西京未央、建章之殿，皆見隳壞，而靈光巋然獨存。」後因借稱爲老成碩德繫衆望而僅存者。

△碎金　喻文藝之餘緒。晉書謝安傳：「桓溫嘗以安所作簡文帝謚議以示坐賓曰，此安石碎金也。」

△郄堂流桂影　用晉郄詵對策東堂事。詳冬日長安感志寄虢州崔郎中二十韻詩注。

△陳巷集車音　陳，謂陳平。平字孺子，漢陽武人，好讀書，治黃帝老子之術，家貧，居乃負郭窮巷，以席爲門，然門外多長者車轍。見漢書本傳。沈約郊居賦：「陳巷窮而業泰，嬰居湫而德昌。」張九齡詩：「轍迹陳家巷，詩書孟子鄰。」

△名自張華顯　晉張華博學能文，辭藻溫麗，好人物，誘進不倦，故云。按華字茂先，方城人，武帝時拜中書令，伐吳，爲度支尚書，吳滅，封廣武縣侯，後爲趙王倫所害，家無餘貲，惟文史充棟，著有博物志。見晉書卷三十六。

△詞因葛亮吟　因，依也。葛亮，謂諸葛亮。亮躬耕隴畝，好爲梁父吟。杜甫登樓詩：「可憐後主還祠廟，日暮聊爲梁父吟。」

△學海　謂學術淵深如海。揚雄法言：「百川學海而至於海，丘陵學山而不至於山，是故惡夫畫也。」梁昭明太子中呂四月啓「涵胖胎於學海。」

△文兼質　猶言文質彬彬。論語雍也：「子曰，質勝文則野，文勝質則史，文質彬彬，然後君子。」彬彬，文質相半也。

△古在今　猶言古卽今也。莊子：「冉求問于仲尼，未有天地可知耶？仲尼曰，可，古猶今也。」韓愈詩：「嘗讀古人書，謂言古猶今。」

△紆綠綬　綬，佩印之組。漢官儀：「二千石以上銀印綠綬。」後漢書輿服志：「諸國貴人相國皆綠綬。」綠綬，喩高官也。紆，謂紆尊，猶言貶抑之也。

△旣侯挂朝簪　挂，通作掛，簪，首笄，連冠於髮者。挂朝簪，猶言掛冠，謂辭官而去也。按旣侯，全唐詩作卽候，是也。

△騣騣　馬行疾貌。宋之問龍門應制詩：「鸞旗歷歷臨芳草，龍騎騣騣映晚花。」

△僊羽化　世謂僊人能飛昇變化，故稱成僊曰羽化。南史褚伯玉傳：「當思遂其高志，成其羽化。」

同舊韻

大火收殘暑。淸光漸惹襟。謝莊千里思。張翰五湖心。暮角迎風急。孤鐘向暝沈。露滋三徑草。日動四鄰碪。箑委班姬扇。蟬悲蔡琰琴。方愁丹桂遠。已怯二毛侵。殘石廻泉脈。

移棊就竹陰。觸絲蛛墮網。避隼鳥投林。貌愧潘郎璧。文慙呂相金。但埋酆獄氣。未發爨桐音。靜笑劉琨舞。閑思阮籍吟。野花和雨斸。怪石入雲尋。跡竟終非切。幽閒且自任。趨時慙藝薄。託質仰恩深。美價方稀古。淸名已絕今。旣聞留縞帶。詎肯擲蓍簪。遲客虛高閣。迎僧出亂岑。壯心徒戚戚。逸足自駸駸。安羨倉中鼠。危同幕上禽。期君調鼎鼐。他日俟羊斟。

【校】

△泉脈　緜本，全唐詩脈並作脉。

△爨　全唐詩作爨。

△跡竟終非切　全唐詩竟下注云：「一作競。」切下注云：「一作幻。」

△仰恩深　全唐詩仰下注云：「一作負。」

△遲客　遲下元注云：「音滯。」諸本無此二字。

【注】

△淸光　秋光也。江淹望荊山詩：「寒郊無留影，秋日懸淸光。」

△謝莊千里思　文選謝莊月賦：「美人邁兮音塵闕，隔千里兮共明月。」按莊字希逸，南朝宋陽夏人，美容儀，善屬文，仕至光祿大夫，泰初二年卒，時年三十六，謚曰憲子，所著文章四百餘首。見沈約宋書。

△張翰五湖心　張翰，字季鷹，晉吳郡人，事詳寄從兄遵詩注。五湖心，用范蠡泛舟五湖事，按翰名遂而知身退，能以智慮後，因以爲喩。

△三徑　三輔決錄：「蔣詡字元卿，舍中竹下開三徑，唯求仲，羊仲從之遊。」陶潛歸去來辭：「三徑就荒，松菊猶存。」後人本此，因以三徑稱隱士所居。

△班姬扇　班姬，即班婕妤，漢成帝宮人，賢才通辯，雅擅詩歌，初頗得幸，自趙飛燕入宮，被譖，乃求供養太后於長信宮，作詩自傷，詞極哀楚，有怨歌行云：「新裂齊紈素，皎潔如霜雪，裁爲合歡扇，團團似明月，出入君懷袖，動搖微風發，常恐秋節至，涼飈奪炎熱，棄捐篋笥中，恩情中道絕。」

△蔡琰琴　王由禮高柳鳴蟬詩云：「何言枝裏翳，遂入蔡琴聲。」陳陶詩云：「氣調桓伊笛，才華蔡琰琴。」按蔡琰，字文姬，東漢陳留圉人，蔡邕之女，博學有才辯，妙解音律，年九歲時，邕夜鼓琴，絃絕，琰曰，第二絃，邕故絕一絃以問之，琰曰，第四絃，邕曰，爾偶中耳，琰曰，昔季札觀風，知國之存亡，師曠吹律，識南風之不競，以此推之，何不知也。見蒙求下。

△二毛　謂鬢髮斑白也。禮記檀弓：「不殺厲，不獲二毛。」杜甫詩：「人生五馬貴，莫受二毛侵。」白居易詩：「但喜暑隨三伏去，不知秋送二毛來。」

△甃　音縐，聚甎修井也。

△潘郎　謂晉潘岳。岳字安仁，中牟人，少有才，美姿容。常挾彈出洛陽道，婦女遇之者皆連手縈繞，投之以果。徐陵洛陽道詩：「潘郎車欲滿，無奈擲花何。」司空圖馮燕歌：「擲果潘郎誰不羨，朱門別見紅妝露。」

△呂相　謂秦呂不韋也。不韋曾相秦，故稱呂相。嘗使其客著所聞集論，號呂氏春秋，布咸陽市門，懸千金其

上，延諸侯游士賓客有能增損者，予千金。詳史記卷八十五。

△酆獄　晉惠帝時，廣武侯張華見斗牛之間，常有紫氣，因召豫章雷煥問之，煥曰，寶劍之氣，上徹於天耳，華問在何郡，煥曰，在豫章豐城，因補煥豐城令，令尋之，煥至縣，掘獄基得一石函，光氣非常，中有雙劍，並刻題，一曰龍泉，一曰太阿。見晉書張華傳。按豐亦作酆，後人加邑，無二義。

△爨桐　爨，當作爨，炊也。後漢書蔡邕傳：「吳人有燒桐以爨者，邕聞其爆聲，曰，良材也，請削爲琴，尾尙焦，故曰焦尾。」姚鵠詩：「焦桐誰料卻爲琴。」

△劉琨舞　劉琨，晉魏昌人，字越石，有大志，負縱橫才，素與祖逖契，常午夜聞雞相與起舞，及聞逖被用，與親故書曰，吾枕戈待旦，志梟逆賊，常恐祖生先吾著鞭。見晉書本傳。許渾詩：「晨歌悲宋玉，夜舞笑劉琨。」

△阮籍吟　阮籍有詠懷詩八十二首，文選錄其十七。注謂籍於魏末晉文之代，常慮禍患及己，故有此詩，多刺時人無故舊之情，逐勢利而已，觀其體趣，實謂幽深，非夫作者不能探測之。

△斸　音瘃，斫也。見說文。

△縞帶　左傳襄公二十九年：「吳季札聘於鄭，見子產如舊相識，與之縞帶，子產獻紵衣焉。」後人因用縞帶紵衣爲朋友餽贈之辭。宇文逌庾信集序：「情均縞紵，契比金蘭。」

△蓍簪　韓詩外傳：「孔子出遊少原之野，有婦人中澤而哭，其音甚哀，孔子使弟子問焉，曰，夫人何哭之哀，婦人曰，鄉者刈蓍薪，亡吾蓍簪，吾是以哀也，弟子曰，刈蓍薪而亡蓍簪，有何悲焉，婦人曰，非傷亡簪也，蓋不亡故也。」後人本此，以爲珍視舊物之喩。南史虞玩之傳：「齊高帝鎭東府，玩之爲少府，帝賜以新屐，玩之不受，曰，今日之賜，恩華俱重，但蓍簪弊席，復不可遺，帝善之。」

△遲　元注云：「音滯。」待也。

△逸足　疾足也。文選傅毅舞賦：「良駿逸足。」

△倉中鼠　史記李斯傳：「斯少時爲郡小吏，見吏舍廁中鼠食不潔，見人犬數驚之，入倉，觀倉中鼠食積粟，居大廡下，不見人犬之憂，乃歎曰，人賢不肖如鼠，在所自處耳。」陳師道詩：「寧爲溝中斷，不作太倉鼠。」

△幕上禽　禽巢於幕上，言至危也。左傳襄公二十九年：「吳季札自衞如晉，將宿於戚，聞鐘聲焉，曰，異哉，吾聞之也，辯而不德，必加於戮，夫子獲罪於君，以在此，懼猶不足，而又何樂，夫子之在此也，猶燕之巢於幕上，君又在殯，而可以樂乎？遂去之。文子聞之，終身不聽琴瑟。」夫子，謂文子也。

△鼎鼐　鼐，大鼎也。舊以宰相治理天下，揆度百事，如鼎之調味，因以爲喻。杜甫上韋左相二十韻詩：「沙汰江河濁，調和鼎鼐新。」

△羊斟　春秋宋人，宋將華元御者。鄭伐宋，將戰，華元殺羊食士，羊斟不與，及戰，羊斟曰，疇昔之羊，子爲政，今日之事，我爲政，與入鄭師，故敗。宋人以兵車百乘，文馬百駟，以贖華元於鄭，半入，華元逃歸，立於門外，告而入，見羊斟，曰，子之馬然也，對曰，非馬也，其人也。見左傳宣公二年。

三　用韻

素律初迴馭。商飆暗觸襟。乍傷詩客思。還動旅人心。蟬噪因風斷。鱗遊見鷺沈。笛聲隨晚吹。松韻激遙碪。地覆青袍草。窗橫綠綺琴。煙霄難自致。歲月易相侵。澗柳横孤彴。

巖藤架密陰。瀟湘期釣侶。鄠杜別家林。遺愧虞卿璧。言依季布金。錚鏦聞郢唱。次第發巴音。螢影衝簾落。蟬聲擁砌吟。樓高思共釣。寺遠想同尋。入夜愁難遣。逢秋恨莫任。蝸遊苔徑滑。鶴步翠塘深。莫問榮兼辱。寧論古與今。固窮憐瓮牖。感舊惜蒿簪。晚日舒霞綺。遙天倚黛岑。鴛鸞方翽翽。騂驥整駸駸。未化投陂竹。空思出谷禽。感多聊自遣。桑落且閑斟。

【校】

△碪　綠本，全唐詩並作砧。

【注】

△素律　猶云秋律。素，白也，秋之時，其色尙白，故云。劉歆鐘律書曰：「春宮秋律，百卉必彫。」

△商飆　商，秋音也。禮記月令：「孟秋之月，其音商。」按商，五音之金音也，其音淒厲，秋聲似之，故云。飆，當作飇，疾風也。

△靑袍草　見曲江作詩注。

△綠綺琴　琴名。白帖：「司馬相如有綠綺琴，從卓氏奏求凰之曲。」江總賦得詠琴詩：「可憐嶧陽木，雕爲綠綺琴。」李嶠詠琴詩：「風前綠綺弄，月下白雲來。」

△煙霄　猶言雲霄，謂高遠之處，此喻仕宦之顯達。武元衡歸燕詩：「敢望煙霄達，多慚羽翮微。」

△孤彴　彴，同彴，横木渡水也。見廣韻。文同詩：「繚磴掛絕壁；孤彴飛遙灣。」

△瀟湘　即瀟水湘水。瀟水源出湖南省寧遠縣南九疑山，水流經道縣，至零陵縣西北，入湘水。瀟湘自古並稱，爲三湘之一。

△鄠杜　即鄠縣及杜陵縣，故城皆在今陝西省長安縣附近。

△虞卿璧　左傳僖公二年：「晉荀息請以屈產之乘與垂棘之璧，假道於虞以伐虢。」

△季布金　季布，楚漢時人，任俠有名，爲項羽將，數窘高祖，及羽滅，高祖購之千金，布乃髡鉗自賣於魯朱家，朱家說滕公勸帝赦之，乃召爲郎，以重然諾，聞名關中，時有「得黃金百斤，不如得季布一諾」之諺。見史記卷一百及漢書卷三十七。

△郢唱　文選宋玉對楚王問：「客有歌於郢中者，其始曰下里巴人，國中屬而和者數千人，其爲陽阿、薤露，國中屬而和者數百人，其爲陽春、白雪，國中屬而和者，不過數十人，引商刻羽，雜以流徵，國中屬而和者，不過數人而已，是其曲彌高，其和彌寡。」

△固窮　謂能安處困窮也。論語衞靈公：「君子固窮。」

△瓮牖　謂牖牕圓如瓮口，喻貧者所居。禮記儒行：「蓬戶甕牖。」甕，同瓮，罌也。

△翽翽　詩大雅卷阿：「鳳凰于飛，翽翽其羽。」毛傳：「衆多也。」鄭箋：「羽聲也。」按箋傳義實相因。

△投陂竹　用費長房投杖葛陂事。詳放牓日作詩注。

△出谷禽　詩小雅伐木：「伐木丁丁，鳥鳴嚶嚶，出自幽谷，遷於喬木。」孔穎達疏：「鳥既遷高木之上，又嚶嚶然其爲鳴矣，作求其友之聲，以喻君子雖遷高位，而亦求其故友也。」

△桑落　酒名。齊民要術：「造酒，十月桑落，初凍，收水釀者為上。」酒史：「河東桑落坊有井，每至桑落時，取其寒暄得所，以井水釀酒甚佳，庾信詩曰：『蒲城桑落酒。』是也。」

驚　秋

不向烟波狎釣舟。强親文墨事儒丘。長安十二槐花陌。曾負秋風多少愁。

【校】

△愁　全唐詩作秋。

【注】

△儒丘　謂孔子之道。

登漢高廟閑眺

獨尋僊徑上高原。雲雨深藏古帝壇。天畔晚峯青簇簇。檻前春樹碧團團。參差郭外樓臺小。斷續風中鼓角殘。一帶遠光何處水。釣舟閑繫夕陽灘。

【注】

△壇　祭神之所。

△簇簇　聚貌。白居易詩：「巴水白茫茫，楚山青簇簇。」
△團團　圓貌。班婕妤怨歌行：「裁成合歡扇，團團似明月。」

耒陽縣浮山神廟

一郡皆傳此廟靈。廟前松桂古今青。山曾堯代浮洪水。地有唐臣奠綠醽。遶坐香風吹寶蓋。傍簷煙雨濕巖扃。爲霖自可成農歲。何用興師遠伐邢。

【注】

△耒陽　古縣名。故城在今湖南省衡陽縣東南。
△綠醽　即醽醁，酒名。抱朴子嘉遯：「寒泉旨於醽醁。」按酃湖水綠，釀酒甘美，故名。
△寶蓋　七寶嚴飾之繖蓋也。佛菩薩及講師之高座上所懸者。維摩經佛國品：「持七寶蓋，來詣佛所。」
△巖扃　宋之問雲門寺詩：「搖搖不安寐，待月詠巖扃。」巖扃，巖戶也。
△霖　謂霖雨。書說命：「若歲大旱，用汝作霖雨。」按此殷高宗命傳說之辭，蓋以喻濟世澤民也。
△伐邢　邢，古國名。地在今河北省邢臺縣西南。左傳僖公十九年：「秋，衞人伐邢，以報菟圃之役，於是衞大旱。卜有事於山川，不吉。甯莊子曰，昔周饑，克殷而年豐，今邢方無道，諸侯無伯，天其或者欲使衞討邢乎？從之。師興而雨。」

愁

避愁愁又至。愁至事難忘。夜作心中火。朝爲鬢上霜。不經公子夢。偏入旅人腸。借問高軒客。何鄉是醉鄉。

【注】

△鬢上霜　霜喻白也。范雲送別詩：「不愁書難寄，但愁鬢將霜。」

△借問　藉人而問之，故曰借問。杜牧清明詩：「借問酒家何處有？牧童遙指杏花村。」

△高軒　尊稱他人之車駕。劉迎詩：「正以高軒肯相過，免教書客感飄蓬。」

村居書事

年年耕與釣。鷗鳥已相依。砌長蒼苔厚。藤抽紫蔓肥。風鶯移樹囀。雨燕入樓飛。不覺春光暮。遶籬紅杏稀。

【校】

△暮　緣本作莫。

【注】

△年年耕與釣鷗鳥已相依　言物我俱忘，了無機心也。列子黃帝：「海上之人有好漚鳥者，每旦之海上，從漚

鳥遊，漚鳥之至者百，住而不止。」口義云：「漚與鷗通。」孟浩然遊鏡湖寄包賀二公詩：「不如鱸魚味，但識鷗鳥情。」

△囀　轉也。鳥聲多宛轉者，因謂鳥鳴曰囀。庾信春賦：「新年鳥聲千種囀。」

△紅杏　杏，薔薇科，落葉喬木，春月，次於梅而開花，五瓣，色白帶紅。宋祁玉樓春：「紅杏枝頭春意鬧。」

三堂早春

獨倚危樓四望遙。杏花春陌馬聲驕。池邊氷刃暖初落。山上雪稜寒未銷。谿送綠波穿郡宅。日移紅影度村橋。主人年少多情味。笑換金龜解珥貂。

【注】

△三堂　唐時庭園名，故址在今河南省靈寶縣。詳三堂東湖作詩注。

△危樓　高樓也。張九齡詩：「危樓入水倒，飛檻向空摩。」

△谿　亦作溪，澗也。

△金龜　唐時仕宦者之佩飾。舊唐書輿服志：「天授元年，改內外所佩魚並作龜，三品以上龜袋用金飾，四品用銀飾，五品用銅飾。」李商隱詩：「無端嫁得金龜壻，辜負香衾事早朝。」

△珥貂　冠飾也。漢時侍中，常侍等之冠，皆插貂尾，謂之珥貂。文選曹植王仲宣誄：「戴蟬珥貂，朱衣皓帶。」唐時則左散騎與侍中爲左貂，右散騎與中省令爲右貂。見唐書百官志。

卷二

雨霽晚眺

入谷路縈紆。巖巔日欲晡。嶺雲寒掃蓋。溪雪凍粘鬚。臥草跧如兔。聽氷怯似狐。仍聞關外火。昨夜徹皇都。

【注】

△（題）　元注云：「庚子年冬，大駕幸蜀後作。」

△縈紆　回曲也。文選班固西都賦：「步甬廊以縈紆。」

△晡　音逋。申時也。

△跧　伏也。見廣雅釋詁。文選王延壽魯靈光殿賦：「狡兔跧伏於柎側。」

△聽氷怯似狐　述征記：「河津氷始合，車馬不敢過，要須狐行云。此物善聽，氷下無水乃過，人見狐行方渡。」句云「怯似狐，」賦至惶迫之情可見。

△皇都　帝都也。文選班固東都賦：「嘉祥阜兮集皇都。」

立春日作

九重天子去蒙塵。御柳無情依舊春。今日不關妃妾事。始知辜負馬嵬人。

【注】

△九重天子去蒙塵　夏承燾韋端已年譜（以下簡稱年譜）云：「謂本年（中和元年）正月僖宗在興元，六月往成都也。」

△今日至馬嵬人二句　蓋謂禍亂之來，自有主因，與妃妾之事無關也。

贈雲陽縣裴明府

南北三年一解攜。海爲深谷岸爲蹊。已聞陳勝心降漢。誰爲田橫國號齊。暴客至今猶戰鶴。故人何處尚驅雞。歸來能作煙波伴。我有魚舟在五溪。

【校】

△魚　全唐詩注云：「一作漁。」

【注】

△雲陽　古縣名，故城在今陝西省涇陽縣北三十里。

△明府　唐時稱縣令為明府，如杜甫有會白水崔明府詩，七月一日題終明府水樓詩，李商隱有至裴明府所居詩，皆是。

△解攜　猶言分袂、分手。

△田横句　僖宗中和元年一月十日，黃巢入長安。十六日，踐祚含元殿，定國號曰大齊。因以田横王齊事喻之。按田横、秦末狄人，本齊王田榮弟、榮死、横代領其衆、立榮之子廣為王、居三年，廣為漢將韓信所虜，横乃自立為齊王。見史記卷九十四。

△暴客　謂寇盜也。易繫辭：「重門擊柝，以待暴客。」

△戰鶴　聞鶴唳而戰慄，言疑懼之甚也。晉書謝玄傳：「苻堅衆號百萬，列陣臨淝水，玄以兵八千涉水，堅衆奔潰，棄甲宵遁，聞風聲鶴唳，皆以為王師。」

△驅雞　臨民之喻。申鑒政體：「睹孺子之驅雞也，而見御民之方。孺子驅雞者，急則驚，緩則滯，迫則飛，疎則放、志閒則比之，流緩而不安則食之，不驅之，驅之至者也，志安則循路而入門。」許渾詩：「莫言名重懶驅雞。」

△五溪　水經注：「武陵有五溪，謂雄溪、樠溪、酉溪、溮溪、辰溪。」

賊中與蕭韋二秀才同臥重疾二君尋愈余獨加焉恍惚之中因有題

與君同臥疾。獨我漸彌留。弟妹不知處。兵戈殊未休。胷中疑晉豎。耳下鬭殷牛。縱有秦醫在。懷鄉亦淚流。

【校】

△晉竪　全唐詩竪作豎。

【注】

△晉竪　左傳成公十年：「晉侯疾病，求醫於秦，秦伯使醫緩爲之。未至，公夢，疾爲二竪子，曰，彼良醫也，懼傷我，焉逃之？其一曰，居肓之上，膏之下，若我何？醫至，曰，疾不可爲也，在肓之上，膏之下，攻之不可，達之不及，藥不至焉，不可爲也。公曰，彼良醫也，厚爲之禮而歸之。」

△殷牛　晉書殷仲堪傳：「仲堪父嘗患耳聰，聞床下蟻動，謂之牛鬬。」

重圍中逢蕭校書

相逢俱此地。此地是何鄉。側目不成語。撫心空自傷。劍高無鳥度。樹暗有兵藏。底事征西將。年年戍洛陽。

【注】

△校書　官名。掌校讎書籍，初非專職，至魏始置校書郎，隋唐皆置之，屬秘書省。

△側目不成語　言在圍中但側目而視，不敢暢談也。

咸通

咸通時代物情奢。歡殺金張許史家。破產競留天上樂。鑄山爭買洞中花。諸郎宴罷銀燈合。僊子遊迴壁月斜。人意似知今日事。急催絃管送年華。

【注】

△（題）咸通　唐懿宗年號。

△金張許史　漢宣帝時，金日磾、張安世自託於近狎，許伯、史高皆有外屬之恩。後世言貴族者，輒以金張或許史並舉。杜牧詩：「豐貂長組金張輩，駟馬文衣許史家。」

△鑄山　謂卽山鑄錢，極言其富也。

△僊子　猶俗云仙女。白居易長恨歌：「樓閣玲瓏五雲起，其中綽約多僊子。」世因以喻女子之貌美者。

△年華　猶言時光。崔湜折楊柳詩：「年華妾自惜，楊柳爲君攀。」

白櫻桃

王母堦前種幾株。水精簾外看如無。只應漢武金盤上。瀉得珊珊白露珠。

【注】

△王母　卽西王母，仙人名。後漢書張衡傳：「聘王母於銀臺兮。」注：「王母，西王母也。」

△水精簾　水精，即水晶。李白玉階怨：「却下水精簾，玲瓏望秋月。」

△漢武金盤　漢書郊祀志：「武帝作柏梁、銅柱、承露、僊人掌之屬。」按承露、謂承露金盤也。三輔故事云：「建章宮承露盤高二十丈、大七圍，以銅爲之，上有僊人掌，承露和屑飲之。」韓偓詩：「露和玉屑金盤冷。」

△珊瑚　露珠明潔貌。程泌玉泉遇雨詞：「風泚泚，露珊珊。」

夜　景

滿庭松桂雨餘天。宋玉秋聲韻蜀絃。烏兔不知多事世。星辰長似太平年。誰家一笛吹殘暑。何處雙砧擣暮煙。欲把傷心問明月。素娥無語淚娟娟。

【注】

△宋玉秋聲　秋聲、謂秋風之聲。文選宋玉風賦云：「舞於松柏之下。」又云：「徘徊於桂椒之間。」蓋皆狀風之飄忽迴蕩。此接首句，言雨霽而涼風生於松桂間也。

△烏兔　謂日月、詳秋日早行詩注。

△星辰　謂太階星也。文選揚雄長楊賦：「是以玉衡正而三階平也。」李善曰：「泰階者，天之三階也。上階上星爲天子，下星爲女主。中階上星爲諸侯三公，下星爲卿大夫。下階上星爲元士，下星爲庶人。三階平，則陰陽和，風雨時，歲大登，人民息，天下平，是謂太平。」

△素娥　文選謝莊月賦：「集素娥於後庭。」李周翰曰：「嫦娥竊藥奔月，月色白，故云素娥。」
△娟娟　美好貌。杜甫詩：「石瀨月娟娟。」

宿山家

山行侵夜到。雲竇一星燈。草動蛇尋穴。枝搖鼠上藤。背風開藥竈。向月展魚罾。明日前溪路。煙蘿更幾層。

【注】

△雲竇　謂雲深處也。皇甫曾玉山嶺詩：「晚翠侵雲竇，寒臺浮石梁。」
△煙蘿　李羣玉詩：「煙蘿拂行舟，玉瀨鏘枕席。」蘿，女蘿也。

長年

長年方悟少年非。人道新詩勝舊詩。十畝野塘留客釣。一軒春雨對僧棊。花間醉任黃鶯說。亭上吟從白鷺窺。大盜不將爐冶去。有心重築太平基。

【校】

△（題）　全唐詩注云：「一作感懷。」

△悟　詩學禁臠作憶。
△春雨　詩學禁臠春作風。
△黃鶯說　全唐詩說作語。注云：「一作說。」
△大盜　詩學禁臠作大造。
△築　詩學禁臠作立。

【注】

△花間醉任黃鶯說　說，全唐詩作語，是也。韋公菩薩蠻：「琵琶金翠羽，絃上黃鶯語，勸我早歸家，綠窗人似花。」王國維人間詞話曰：「畫屏金鷓鴣，飛卿語也，其詞品似之。絃上黃鶯語，端已語也，其詞品亦似之。」按公題姑蘇凌處士莊詩亦有「花深遠岸黃鶯鬧，雨急春塘白鷺閑」之句，可合觀。
△爐冶　冶金所也。宋史丁度傳：「兇魁嘯聚，爐冶日滋，居則鑄錢，急則爲盜，民間銅鉛之器，悉爲大錢，何以禁止。」

【箋】

△詩學禁臠云：「初聯首言是非之悟，以詩爲言，則他事可知，此唐人一種元解。次聯言氣象鬧雜，行樂無人相似，不與上聯接，似若散緩，然詩之進退，正在裏許。頸聯言鬧中自得，與物忘機，宰相之量也。結尾言進退在君，自任者不可不重。八句之意，皆出言外。」

辛丑年

九衢漂杵已成川。塞上黃雲戰馬閑。但有羸兵填渭水。更無奇士出商山。田園已沒紅塵裏。弟妹相逢白刃間。西望翠華殊未返。淚痕空濕劍文斑。

【注】

△辛丑　唐僖宗中和元年。

△九衢　衢，交通四出也。九，極言其多。宋之問長安道詩：「樓閣九衢春，車馬千門日。」按此謂京城大路也。

△漂杵　書武成：「血流漂杵，一戎衣天下大定。」漂，浮也。杵，擣粟之器。謂血流之多，至可浮杵，極言戰爭之慘烈也。

△黃雲　邊疆皆黃沙地，風起則塵土瀰漫，而至於遮天蔽日，故云。謝靈運擬魏太子鄴中集詩：「河州多沙塵，風悲黃雲起。」

△奇士　謂有清操韜略之人。梁昭明太子七契：「奇士幅輳而騁足，異人間出而效命。」

△商山　山名，在今陝西省商縣東。亦名商嶺、商坂，又名地肺山、楚山。

△西望翠華殊未返　翠華，天子之旗也。白居易長恨歌：「翠華搖搖行復止，西出都門百餘里。」按廣明元年十二月甲申，黃巢入長安，僖宗西行。中和元年正月，幸興元，六月，往成都。故云。

思歸

暖絲無力自悠揚。牽引東風斷客腸。外地見花終寂寞。異鄉聞樂更淒涼。紅垂野岸櫻還熟。綠染迴汀草又芳。舊里若爲歸去好。子期凋謝呂安亡。

【校】

△更淒涼　全唐詩淒下注云：「一作剩悲。」

【注】

△汀　水岸平處也。文選謝靈運登臨海嶠與從弟惠連詩：「汀曲舟已隱。」

△子期　晉向秀字。秀懷人，爲「竹林七賢」之一，與嵇康、呂安善。好老莊之學，注莊子，發明奇趣，大暢玄風，郭象又述而廣之，或謂大半竊取自秀也。見晉書卷四十九及世說新語文學篇。

△呂安　三國魏東平人，字子悌。志量開曠，有拔俗風。與嵇康善，每一相思，千里命駕，後安往訪，値康不在，康兄喜出戶延之，不入，題門上作鳳字而去，喜不覺，猶以爲欣，故作鳳字凡鳥也。見晉陽秋及世說新語簡傲篇。

憶昔

昔年曾向五陵遊。子夜歌清月滿樓。銀燭樹前長似晝。露桃花裏不知秋。西園公子名無忌。南國佳人號莫愁。今日亂離俱是夢。夕陽唯見水東流。

【校】

△子夜歌淸　綠本、全唐詩並同，品彙歌作謌，詩境淺說作午夜淸歌。
△號　品彙作字。

【注】

△銀燭　拾遺記：「浮忻國貢蘭金之泥，此金出湯泉國，百鑄其色變白，有光如銀，即銀燭也。」江總高樓看妓詩：「掛纓銀燭下，莫笑玉釵長。」
△露桃　樂府雞鳴曲：「桃生露井上。」王昌齡春宮曲：「昨夜風開露井桃，未央前殿月輪高。」按露井，無覆之井也。
△西園公子名無忌　文選曹植公讌詩：「公子敬愛客，終宴不知疲，淸夜遊西園，飛蓋相追隨。」公子無忌爲魏之信陵君，此借喻當時貴游。
△莫愁　唐石城女子。樂府古題要解云：「石城有女子名莫愁，善歌謠。」

【箋】

△升菴詩話曰：「韋莊『昔年曾向五陵遊』一首，羅隱梅花『吳王醉處十餘里』一首，李郢上裴晉公『四朝憂國鬢成絲』一首，皆晚唐之絕唱，可與盛唐崢嶸，惟具眼者知之。」
△程湘衡曰：「不知秋，謂不知有秋也。飫膏粱則不知有藜藿之味，厭文繡則不知布褐之溫，樂朝夕者不知鐘鳴漏盡之隨其後也，哀哉。」
△俞陛雲曰：「此爲兵亂後追憶昔時而作。首二句言，曾共五陵年少，月夜聽歌，乃紀當年之事，張夢晉詩所謂『高樓明月淸歌夜，此是平生第幾回』也。三四句追憶盛時之光景，但見火樹銀花，城開不夜，酣醉於露

桃花下，只覺春光之絢麗，不知世有秋色之蕭條。五六句言當年遊宴之人，有西園公子之豪華，有南國佳人之姚冶，其用無忌、莫愁，乃借人名作巧對。論者謂公子或指陳思，與魏無忌、長孫無忌，俱不相合。其實作者不過紀裙屐士女之盛，不必拘定爲何人也。前六句皆追憶陳迹，結句言事如春夢無痕，惟見流水斜陽，消沈今古，可勝嘆耶？」又曰：「葛景中過金陵舊曲詩云：『金粉繁華自昔論，家家春色苧蘿村，魚鱗碧瓦花圍屋，雁齒紅橋柳映門，鸚鵡珠簾朝學語，海棠銀燭夜消魂，而今秋冷江城月，只有靑衫惹淚痕。』前六句思昔，後二句傷今，其格調詩意，皆與韋作相同。」

合歡蓮花

虞舜南巡去不歸。二妃相誓死江湄。空留萬古香魂在。結作雙葩合一枝。

【注】

△合歡蓮　蓮之一種。事物異名錄云：「眞珠船、雙頭蓮，卽合歡蓮，一名同心蓮。」

△虞舜南巡去不歸二妃相誓死江湄　二妃，謂娥皇、女英，唐堯之女也，同降於舜，事舜於畎畝之中。及舜爲天子，娥皇爲后，女英爲妃。後舜南巡，崩於蒼梧之野，二女沒於江湘之間，相傳娥皇爲湘君、女英爲湘夫人。見劉向列女傳及韓愈黃陵廟碑。

覽蕭先必卷

滿軸編新句。翛然大雅風。名因五字得。命合一言通。景盡才難盡。吟終意未終。似逢曹與謝。煙雨思何窮。

【校】

△合　全唐詩誤作命。

【注】

△軸　書卷也。按古書皆用卷子，中心有軸，因以為稱。韓愈詩：「鄴侯家多書，插架三萬軸。」

△翛然　無係貌。徐陵天台法師碑：「翛然道氣，卓矣仙才。」

△曹與謝　謂曹植、謝朓。二子皆文章清麗，尤工五言詩。此以喻蕭也。

和人歲晏旅舍見寄

積雪滿前除。寒光夜皎如。老憂新歲近。貧覺故交踈。意合論文後。心降得句初。莫言常鬱鬱。天道有盈虛。

【注】

△心降　謂心中悅服也。詩召南草蟲：「我心則降。」

△天道　猶云天理。易謙：「天道盈虧而益謙。」

宿泊孟津寄三堂友人

解纜西征未有期。槐花又迫桂花時。鴻臚陌上歸耕晚。金馬門前獻賦遲。只恐愁苗生兩鬢。不堪離恨入雙眉。分明昨夜南池夢。還把漁竿詠楚詞。

【注】

△孟津　津渡名，又曰富平津，在今河南省孟縣南。今亦曰河陽渡。

△三堂　庭園名，故址在今河南省靈寶縣。詳三堂東湖作詩注。

△槐花又迫桂花時　謂夏秋之交也。按南部新書：「長安擧子，六月後，落第者不出京，謂之過夏，七月後投獻新課，並于諸州府拔解，人爲語曰，槐花黃，擧子忙。」公東遊遠歸詩：「臨路槐花七月初。」

△鴻臚　官名，卽周官大行人之職。秦稱典客，漢始稱鴻臚，掌朝賀慶弔之贊導相禮。東漢曰大鴻臚卿，自東晉至北宋，曰鴻臚卿，有事則置，無事則省，歷代因之，清末始廢。

△金馬　漢宮門名，亦曰金門，在未央宮。武帝得大宛馬，以銅鑄像，立於署門，因以爲名。

△南池　池名，在今湖南省零陵縣東南。柳宗元宴南池詩：「連山倒影，萬象在下。」

△楚詞　屈原、宋玉、景差等所爲諸賦，及漢人依其風格聲調而作之詞，咸謂之楚詞。

對酒賦友人

多病仍多感。君心自我心。浮生都是夢。浩歎不如吟。白雪篇篇麗。清酤盞盞深。亂離俱老大。强醉莫霑襟。

【校】

△（題）賦　全唐詩注云：「一作贈。」

【注】

△浮生　人生一切無定，故言人之生世曰浮生。李白春夜宴桃李園序：「浮生若夢，爲懽幾何。」

△白雪　古曲名。見三用韻「郢唱」句注。

△清酤　清酒也。詩商頌烈祖：「既載清酤，賚我思成。」文選張衡西京賦：「清酤皴，皇恩溥。」李善曰：「廣雅曰，皴，日多也，音支。皇，皇帝。溥，博施也。」

天井關

太行山上雲深處。誰向雲山築女牆。短綆詎能垂玉甃。縹垣何用學金湯。斸開嵐翠爲高壘。截斷雲霞作巨防。守吏不教飛鳥過。赤眉何路到吾鄉。

【注】

△天井關　亦曰太行關，在今山西省晉城縣南太行山上，形勢雄峻，素稱天險。

△女牆　猶言小牆也。古城用土，加以專牆，爲之射孔，以伺非常者。杜甫詩：「城峻隨天壁，樓高望女牆。」

△短綆　莊子至樂：「綆短者不可以汲深。」綆，汲索也。

△玉甃　杜甫詩：「翠瓜碧李沈玉甃。」甃，井壁也。

△金湯　金城湯池之略言。金以喻堅，湯喻沸熱不可近。韋應物經函谷關詩：「屏藩無俊賢，金湯獨何力。」

△嵐翠　項斯憶朝陽峯前居詩：「霞光侵曙發，嵐翠逐秋濃。」嵐，山中蒸潤之氣也。

△赤眉　西漢末，王莽篡漢，琅玡樊崇起兵於莒，朱其眉以與莽兵別，號曰赤眉，橫行江淮間，聲勢頗盛，後爲光武帝所平。按此以喻巢寇也。

贈邊將

昔因征遠向金微。馬出榆關一鳥飛。萬里只攜孤劍去。十年空逐塞鴻歸。手招都護新降虜。身着文皇舊賜衣。只待煙塵報天子。滿頭霜雪爲兵機。

【校】

△滿頭霜雪爲兵機　全唐詩同。注云：「一作壯心無事別無機。」

【注】

△金微　山名，在今蒙古喀爾喀部境，唐時嘗置都督府於此。

△榆關　即山海關，在今河北省榆縣東，又稱臨榆關，長城東盡於此，自古視爲要隘，稱天下第一關，爲遼冀

二省之重要門戶。

△都護　官名。唐時置安東、安西、安南、安北、單于、北庭六大都護府，以撫輯諸蕃。

△煙塵　謂邊疆之寇警。梁昭明太子七契：「邊境無煙塵之驚。」

△兵機　用兵之機微也。杜甫急警詩：「才名舊楚將，妙略擁兵機。」

春日

忽覺東風景漸遲。野梅山杏暗芳菲。落星樓上吹殘角。偃月營中掛夕暉。旅夢亂隨蝴蝶散。離魂漸逐杜鵑飛。紅塵遮斷長安陌。芳草王孫暮不歸。

【校】

△東風　本集及全唐詩風下皆注云：「一作君。」

△離魂　本集及全唐詩魂下皆注云：「一作情。」

△遮　本集及全唐詩皆注云：「一作望。」

【注】

△芳菲　謂花草之芳香也。駱賓王帝京篇：「娼家桃李自芳菲，京華游俠自輕肥。」

△落星樓　三國吳大帝時所建，故址在今南京市東北落星山上。文選左思吳都賦：「饗戎旅乎落星之樓。」即此。

△偃月營　兵陣名。三國志魏志楊阜傳：「馬超攻冀城，阜使從弟岳於上作偃月營。」

△旅夢亂隨蝴蝶散　莊子齊物論：「昔者莊周夢爲蝴蝶，栩栩然蝴蝶也。」句用此事，謂旅懷多驚也。崔顥旅懷詩：「蝴蝶夢中家萬里。」情景殆有似之。

△杜鵑　鳥名，相傳爲古蜀帝杜宇之魂所化，故曰杜鵑，亦曰杜宇。鳴聲凄厲，能動旅客歸思，故亦稱思歸、催歸。

早秋夜作

翠簟初清暑半銷。撇簾松韻送輕飈。莎庭露永琴書潤。山郭月明砧杵遙。傍砌綠苔鳴蟋蟀。繞簷紅樹織蠨蛸。不須更作悲秋賦。王粲辭家鬢已凋。

【校】

△輕飈　全唐詩飈作颷。

【注】

△撇　拂也。文選揚雄甘泉賦：「浮蠛蠓而撇天。」

△輕飈　猶言輕風。飈，當作颷。王褒詩：「輕颷颯颯涼。」

△蠨蛸　蟲名。爾雅釋蟲：「蠨蛸，長踦。」郭璞注云：「長踦，小蜘蛛長脚者，俗呼爲喜子。」

△王粲　東漢山陽高平人，字仲宣。博學多識，文詞敏贍。以西京擾亂，乃至荆州依劉表，偶登當陽城樓，心

懷故國，因作登樓賦以寄慨。後仕魏，累官侍中，爲「建安七子」之一。見三國志卷二十一。

【箋】

△平按：韋公洛北村居云，無人說得中興事，獨倚斜暉憶仲宣。嫈州屛居云，三年留落臥漳濱，王粲思家拭淚頻。江上逢故人云，江畔玉樓多美酒，仲宣懷土莫淒淒。春雲云，王粲不知多少恨，夕陽吟斷一聲鐘。出關云，正是灞陵春酎綠，仲宣何事獨辭家。和陸諫議云，東陽雖勝地，王粲奈思歸。公自廣明亂後，浪跡四方，間關萬里，旅途蝶夢，孤館螢燈，徒增客中忉怛，詩中屢以仲宣自況，蓋其平生最拂逆之時也。

寄江南逐客

二年音信阻湘潭。花下相思酒半酣。記得竹齋風雨夜。對床孤枕話江南。

【注】

△逐客　謂獲罪左遷之人。杜甫夢李白詩：「江南瘴癘地，逐客無消息。」

△湘潭　古縣名，唐置，故城在今湖南省長沙縣南，地當湘漣二水之滙。

冬　夜

睡覺寒爐酒半消。客情鄉夢兩遙遙。無人爲我磨心劍。割斷愁腸一寸苗。

【注】

△愁腸　憂思愁緒，鬱而不舒，若糾結於心腸然，故云。張說江上愁心賦：「貫愁腸於巧筆。紡離夢於哀絃。」

又聞湖南荆渚相次陷沒

幾時聞唱凱旋歌。處處屯兵未倒戈。天子只憑紅旆壯。將軍空恃紫髯多。屍填漢水連荆阜。血染湘雲接楚波。莫問流離南越事。戰餘空有舊山河。

【注】

△荆渚　即荆州，唐爲江陵府。按江陵在今湖北省潛江縣西。

△倒戈　言臨陣反戈，自相攻殺也。書武成：「前徒倒戈，攻於後以北。」

△紅旆　旆，大旗也。李山甫詩：「鐵馬已隨紅旆去，同人猶着白衣來。」

△紫髯　三國孫權便馬善射，時稱紫髯將軍，空恃紫髯，言諸將但虛有其表。

△漢水　水名。源出陝西省寧羌縣北之嶓冢山，爲入江大川之一。

家叔南遊卻歸因獻賀

繚繞江南一歲歸。歸來行色滿戎衣。長聞鳳詔徵兵急。何事龍韜獻捷稀。旅夢遠依湘水闊。離魂空伴越禽飛。遙知倚棹思家處。澤國煙深暮雨微。

【注】

△繚繞　環迴也。文選潘岳射雉賦：「周環迴復，繚繞盤辟。」

△行色　謂行役時之狀況也。岑參送宇文舍人出宰元城詩：「馬帶新行色，夜聞舊御香。」杜甫詩：「行色秋將晚，交情老更親。」

△鳳詔　天子之詔書。汪元量夜直詩：「鳳銜紫詔下雲端，千載明良際遇難。」李商隱夢令狐學士詩：「右銀臺路雪三尺，鳳詔裁成當直歸。」

△龍韜　謂兵謀也。錢起送崔校書從軍詩：「寧知玉劍報知己，更有龍韜佐師律。」按古兵書有文、武、龍、虎、豹、犬六韜，龍韜即其一也。

楚行吟

章華臺下草如煙。故郢城頭月似弦。惆悵楚宮雲雨後。露啼花笑一年年。

【校】

△下　全唐詩注云：「一作上。」

【注】

△吟　詩之一體。見元稹樂府古題序。白石詩說云：「悲如蛩螿曰吟。」詩體明辨云：「吁嗟慨歌，悲憂深思以申其鬱者曰吟。」樂府相和歌辭楚調曲有白頭吟、梁父吟、泰山吟、東武吟等作。

△章華臺　古宮臺名，故址在今湖北省監利縣西北。左傳昭公七年：「楚子城章華之臺。」即此。

△郢　春秋時楚都，故城在今湖北省江陵縣東南之郢縣。

△月似弦　月中分謂之弦。爾雅釋天：「弦，半月之名也。其形一旁曲，一旁直，若張弓施弦也。」故云月似弦。

△楚宮雲雨　用宋玉高唐賦序述楚王遊高唐、夢巫山神女薦枕席事。按公謁巫山廟詩有「朝朝暮暮陽臺下，爲雨爲雲楚國亡」，送李秀才歸荊溪亦有「楚王宮去陽臺近」之句，可合觀之。按高唐，楚臺觀名，在雲夢澤中，楚宮當指此而言。

△露啼　元稹詠月臨花詩：「夜久淸露多，啼珠墜還結。」

△花笑　猶言花開。沈攸之西烏夜飛詩：「持底喚懽來，花笑鶯歌詠。」袁恕己屏風詩：「烏驚疑欲曙，花笑不關春。」

卷三

洛陽吟

萬戶千門夕照邊。開元時節舊風煙。宮官試馬遊三市。舞女乘舟上九天。胡騎北來空進主。漢皇西去竟昇僊。如今父老偏垂涕。不見承平四十年。

【校】

△昇僊　全唐詩僊誤作倦。

【注】

△（題）　元注云：「時大駕在蜀，巢寇未平，洛中寓居作七言。」按僖宗幸蜀，在中和元年六月，至光啓元年三月，始還京師。

△萬門千戶　謂帝都屋宇之深廣也。文選班固西都賦：「張千門而立萬戶。」張衡西京賦：「門千戶萬。」徐陵玉臺新詠序：「夫凌雲槩日，由余之所未窺，千門萬戶，張衡之所曾賦。」

△三市　洛陽記云：「三市，大市名也。金市，在大城西。南市，在大城南。馬市，在大城東。」

△九天　楚辭離騷：「指九天以爲正兮。」注：「九天，謂中央八方也。」漢書禮樂志：「九重開，靈之斿。」注：「天有九重，言皆開門，而來降厥福。」曹植遊仙詩：「翺翔九天上，騁轡遠行遊。」

△承平　謂治平相承也。漢書食貨志：「今累世承平，豪富吏民、訾數鉅萬。」

過舊宅

華軒不過馬蕭蕭。廷尉門人久寂寥。朱檻翠樓爲卜肆。玉欄偎杏作春樵。堦前雨落鴛鴦瓦。竹裹苔封螮蝀橋。莫問此中銷歇事。娟娟紅淚泣芭蕉。

【校】

△銷歇事　全唐詩事作寺。注云：「一作事。」

△泣　全唐詩作滴。

【注】

△華軒　富貴者所乘之車。陶潛詩：「草廬寄窮巷，甘以辭華軒。」

△廷尉門人　史記汲鄭列傳贊：「始翟公爲廷尉，賓客闐門，及廢，門外可設雀羅，後復爲廷尉，賓客欲往，翟公大署其門曰，一死一生，乃知交情，一貧一富，乃知交態，一貴一賤，交情乃見。」世謂門庭冷落曰門可羅雀，本此。按門人，猶言門客。戰國策齊策：「郢之登徒，見孟嘗君門人公孫戍。」

△卜肆　易占鋪也。岑參嚴君平卜肆詩：「君平曾賣卜，卜肆蕪已久，至今杖頭錢，時時地上有。」翠樓夷爲卜肆，偎杏斫作薪蒸，語極沈痛。

△鴛鴦瓦　瓦之成偶者。白居易長恨歌：「鴛鴦瓦冷霜華重，翡翠衾寒誰與共。」

喻東軍

四年龍馭守峨嵋。鐵馬西來步步遲。五運未教移漢鼎。六韜何必待秦師。幾時鸞鳳歸丹闕。到處烏鳶從白旗。獨把一罇和淚酒。隔雲遙奠武侯祠。

【注】

△龍馭　謂天子之車駕。白居易長恨歌：「天旋地轉迴龍馭。」

△鐵馬　喻士馬強悍也。文選陸倕石闕銘：「鐵馬千羣，朱旗萬里。」

△五運未教移漢鼎　五運，五行氣化流轉之名。素問天元紀大論云：「五運相襲而皆治之，終朞之日，周而復始。」薛道衡隋高帝頌：「五運叶期，千年肇旦。」句言天下雖亂，唐祚未移也。

△六韜　蜀志先主傳注：「閒暇歷觀諸子及六韜、商君書，益人意智。」隋書經籍志：「太公六韜五卷。」按六韜，謂文韜、武韜、龍韜、虎韜、豹韜、犬韜也。韜亦作弢。

△秦師　喻援軍也。左傳定公四年：「申包胥如秦乞師，云云。立依于庭牆而哭，日夜不絕聲，勺飲不入口七日，秦哀公爲之賦無衣，九頓首而坐，秦師乃出。」

△鸞鳳　賢臣良佐之喻。曹鄴卽席呈同年詩：「自疑孤飛鳥，得接鸞鳳翅，求懷共濟心，莫起胡越意。」

△丹闕　天子所居曰丹禁、丹闕。闕，門觀也。李白把酒問月詩：「皎若飛鏡臨丹闕。」

△烏鳶　梁元帝覇府去苛令：「朽肉枯骸，烏鳶是厭。」

△白旗　淮南子：「孟秋之月，天子服白玉，建白旗。」唐書曰：「隋陽帝十三年七月，高祖杖白旗，誓衆于

野，有兵三萬。」

△武侯祠　三國諸葛孔明之廟。孔明封武鄉侯，故云。廟在成都府城西北二里。武侯初亡，百姓遇朔節，各私祭旃道中，李雄始爲廟於少城內，桓溫平蜀，夷少城，獨存武侯廟。

清河縣樓作

有客微吟獨凭樓。碧雲紅樹不勝愁。盤鵰迴印天心沒。遠水斜牽日脚流。千里戰塵連上苑。九江歸路隔東周。故人此地揚帆去。何處相思雪滿頭。

【注】

△淸河　古縣名，故城在今直隸淸河縣東。

△凭　倚也。避應切，徑韻。

△上苑　天子之苑囿。韓偓苑中詩：「上苑離宮處處迷，相風高與露盤齊。」

△東周　謂洛邑也。按周自平王至赧王之世，俱都洛邑，地在周初舊都之東，故曰東周。

北原閑眺

春城迴首樹重重。立馬平原夕照中。五鳳灰殘金翠滅。六龍游去市朝空。千年王氣浮淸洛。萬古坤靈鎭碧嵩。欲問向來陵谷事。野桃無語淚花紅。

【注】

△五鳳灰殘金翠滅　五鳳樓天子所居，此時被巢賊摧毀，故云灰殘金翠滅。

△六龍游去市朝空　六龍，天子車駕之六馬也。李白上皇西巡南京歌：「誰道君王行路難，六龍西幸萬人歡。」按天子遠狩，則市朝一空，此指長安陷後情形。

△坤靈　地神。宋書樂志：「山嶽河瀆，皆坤之靈。」

△碧嵩　嵩，謂嵩山，在今河南省登封縣北。韓維詩：「家山況與碧嵩連。」

△陵谷　詩小雅十月之交：「高岸爲谷，深谷爲陵。」劉長卿詩：「沙鳥不知陵谷變，朝來暮去弋陽溪。」

贈戍兵

漢皇無事暫遊汾。底處狐狸嘯作羣。夜指碧天占晉分。曉磨孤劍望秦雲。紅旌不卷風長急。畫角閑吹日又曛。止竟有征須有戰。洛陽何用久屯軍。

【注】

△汾　水名，亦曰汾河。源出山西省寧武縣西南之管涔山，西南流，至河津縣西南注黃河。

△狐狸　指賊軍隨處嘯聚。公羊傳「西狩獲麟」疏：「始皇殄六國，項羽奄括天下，皆非受命之帝，但爲劉氏驅其狐狸，除其豺狼而已耳。」

△紅旌　旌，析羽注旄於竿首者。李紳詩：「及郊揮白羽，入里卷紅旌。」

△畫角　古軍樂。或云始於黃帝，或云出自羌胡，昔時軍中及鹵簿均用之，以司昏曉而爲軍容也。白居易詩：「畫角三聲刁斗晚。」

△曛　古作熏，日入餘光也。見集韻。

△止竟　猶言究竟、到底也。元稹六年春遣懷詩：「止竟悲君須自省，川流前後各風波。」公上元縣詩：「止竟霸圖何物在，石麟無主臥秋風。」

△有征須有戰　古代王者有征無戰，斯値亂世，在掃除逆賊，故云有征須有戰。

覩軍迴戈

關中羣盜已心離。關外猶聞羽檄飛。御苑綠莎嘶戰馬。禁城寒月擣征衣。漫敎韓信兵塗地。不及劉琨笑解圍。昨日屯軍還夜遁。滿車空載洛神歸。

【校】

△擣　全唐詩作搗。

【注】

△迴戈　魏志武帝紀：「迴戈東征，呂布就戮。」晉書文帝紀：「迴戈弭節，以麾天下。」

△關中　今陝西省地，別稱關中。讀史方輿紀要云：「秦孝公徙都之，謂之秦川，亦曰關中。」注：「按潘岳關中記，東自函關，西至隴關，二關之間，謂之關中。」

△羽檄　亦曰羽書，徵兵之書也。漢書高帝紀：「吾以羽檄徵天下兵。」注：「檄者，以木簡爲書，長尺二寸，用徵召也，其有急事，則加以鳥羽插之，示速疾也。」高適信安王幕府詩：「渡河飛羽檄，橫海泛樓船。」

△御苑　天子之苑囿。王維敕賜百官櫻桃詩：「纔是寢園春薦後，非關御苑鳥銜殘。」

△禁城　猶言皇城、御所。

△韓信　淮陰人。歸漢，拜爲大將。與張良、蕭何，稱漢興三傑。

△塗地　史記高祖紀：「今置將不善，一敗塗地。」索隱：「言一朝破敗，使肝腦塗地。」

△劉琨嘯解圍　劉琨，字越石，晉魏昌人。永嘉元年，爲并州刺史，加振威將軍，在晉陽，嘗爲胡騎所圍，琨乃乘月登樓淸嘯，賊聞之，皆淒然長嘆，又奏胡笳，賊有懷土之切，遂棄圍而走。

△洛神　漢書音義：「宓妃，宓羲氏之女，溺死洛水爲神。」文選曹植洛神賦序云：「余朝京師，還濟洛川，古人有言，斯水之神，名曰宓妃，感宋玉對楚王說神女之事，遂作斯賦。」按洛神，喻美女也。江淹詠美人春遊詩：「行人咸歎息，爭擬洛川神。」此以刺諸將戰敗遁走，猶到處擄掠婦女也。

中渡晚眺

魏王堤畔草如煙。有客傷時獨扣舷。妖氣欲昏唐社稷。夕陽空照漢山川。千重碧樹籠春苑。萬縷紅霞襯碧天。家寄杜陵歸不得。一迴迴首一潸然。

【校】

△一迴迴首　緣本、全唐詩下迴字並作回。

【注】

△魏王堤　白居易魏王堤詩：「何處未春先有思，柳條無力魏王堤。」又祓禊日游斗門亭詩：「鬧於楊子渡，踏破魏王堤。」

△扣舷　舷，船邊。扣，同敂，亦作叩，擊也。文選郭璞江賦：「忽忘夕而宵歸，詠採菱以叩舷。」杜甫詩：「東郡時題壁，南湖日扣舷。」

△潸然　涕流貌。詩小雅大東：「潸焉出涕。」焉與然通。

河內別村業閑題

阮氏清風竹巷深。滿谿松竹似山陰。門當谷路多樵客。地帶河聲足水禽。閑伴爾曹雖適意。靜思吾道好霑襟。鄰翁莫問傷時事。一曲高歌夕照沈。

【校】

△谿　全唐詩作溪。

【校】

△河內　郡名，漢置，今河南省境內黃河以北皆其地。胡渭云：「古者河北之地，皆謂之河內，自戰國魏始有

河內河東之名，而秦漢因以置郡。」漢治懷縣，在今武陟縣西南，後魏於郡置懷州，隋廢州，復爲河內郡，唐初復置懷州，尋仍爲河內郡。

△阮氏淸風　阮氏，謂晉阮籍也。籍字嗣宗，陳留尉氏（今河南省開封縣朱仙鎮西南）人，常與山濤、嵇康、向秀、劉伶、阮咸、王戎集竹林下，世稱「竹林七賢」。按籍詠懷詩有「休哉上世事，萬載垂淸風」之句，故云阮氏淸風。

聞官軍繼至未覩凱旋

嫖姚何日破重圍。秋草深來戰馬肥。已有孔明傳將略。更聞王導得神機。陣前鼙鼓晴應響。城上烏鳶飽不飛。何事小臣偏注目。帝鄉遙羨白雲歸。

【注】

△嫖姚　亦作剽姚、票姚。漢書霍去病傳：「受昭予壯士爲票姚校尉。」注：「票姚，疾勁之貌。」杜甫後出塞詩：「借問大將誰，恐是霍嫖姚。」

△王導　晉臨沂人，字茂弘。少有風鑒，識量淸遠，年十四，陳留高士張公見而奇之，謂其從兄敦曰，此兒容貌志氣，將相之器也。元帝爲瑯琊王，與導素相親善，導知天下已亂，遂傾心推奉，潛有興復之志，帝亦雅相器重，契同友執。帝之在洛陽也，導每勸令之國，會帝出鎭下邳，請導爲安東司馬，軍謀密策，知無不爲，帝嘗從容謂導曰，卿吾之蕭何也。見晉書本傳。

△鼙鼓　同鼙鼓，小鼓也，見字林。張協詩：「出覩軍馬陣，入聞鼙鼓聲。」李白詩：「赫怒我聖皇，勞師事鼙鼓。」
△烏鳶　見喻東軍詩注。
△小臣　臣下之謙稱。韓詩外傳：「小臣，國之賤臣也。」
△帝鄉遙羨白雲歸　莊子天地篇：「乘彼白雲，遊於帝鄉。」

和集賢侯學士分司丁侍御秋日雨霽之作

洛岸秋晴夕照長。鳳樓龍闕倚淸光。玉泉山淨雲初散。金谷樹多風正凉。席上客知蓬島路。座中寒有柏臺霜。多慚十載遊梁士。却伴賓鴻入帝鄉。

【注】
△集賢　殿名，唐開元中置。文獻通考云：「(開元)十二年，學士張說等，宴於集仙殿，於是改殿名集賢，改修書使爲集賢殿書院學士，五品以上爲學士，每以宰相爲學士者知院事。」
△分司　官名，唐以侍御史一人，分司東都台，亦稱分司御史。白居易同夢得寄賀二楊尙書詩：「應憐洛下分司伴，冷宴閑遊老看花。」杜牧兵部尙書席上作詩：「華堂今日綺筵開，誰喚分司御史來。」
△玉泉　山名，在今河南省林縣西南二十里，有玉泉谷，故名。
△金谷　亦稱金谷澗，在今河南省洛陽縣西北。金水發源於鐵門縣，東南流，經此谷入瀍水。晉石崇構園於谷

潤中，世稱金谷園。園有淸涼臺，即崇姬墜樓自盡處。杜牧題桃花夫人廟詩：「畢竟息亡緣底事，可憐金谷墜樓人。」

△柏臺霜　柏臺，即御史臺，漢時御史府中列柏樹，後世因稱之。又稱霜臺，取霜氣淒肅之義。

題安定張使君

器度風標合出塵。桂宮何負一枝新。成丹始見金無滓。銜斗方知劍有神。憤氣不銷頭上雪。政聲空布海邊春。中興若繼開元事。堪向龍池作近臣。

【注】

△安定　郡名，漢置，在今甘肅省涇川縣北五里，唐曰涇州，尋復曰安定郡，改保定，又改涇州。

△使君　凡奉使之官稱之曰使君。後漢書寇恂傳：「恂勒兵入見使者，就請之曰，使君建節銜命以臨四方。」又州郡長官並稱之。蜀志先主傳：「曹公從容謂先主曰，今天下英雄，惟使君與操耳。」按先主時爲豫州牧。晉書桓伊傳：「使君於此不凡」按此謝安稱伊語，伊歷官淮南歷陽太守、豫州刺史，故云。杜甫詩：「已傳童子騎靑竹，總擬橋東待使君。」

△器度　猶言才能度量。沈約王茂加侍中詔：「器度淹弘，志局詳穩。」

△風標　猶言風釆。魏書彭城王傳：「風標材器，實足師範。」

△桂宮　猶言月宮。沈約登臺望秋月詩：「桂宮裊裊落桂枝，早寒淒淒凝白露。」按舊傳漢西河人吳剛學仙獲

罪，謫令伐月中桂，桂高五百丈，見酉陽雜俎。李時珍云：「吳剛伐桂之說，起於隋唐小說。」後世稱月宮爲桂宮，又謂登科曰月宮折桂，蓋本隋唐人舊說。

△衡斗方知劍有神　詳同舊韻「鄷獄」句注。

△龍池　唐宮池名，亦曰隆慶池，故址當在今陝西省長安縣東南。沈佺期龍池篇：「龍池躍龍龍已飛。」注：「明皇爲諸王時，故宅在龍慶坊，宅有井，井溢成池，中宗時數有雲龍之祥，後引龍首堰水注池中，池面遂廣，即龍池也。」長安志云：「龍池在南薰殿北躍龍門南。」又云：「俗呼五王百子池。」

潁陽縣

琴堂連少室。故事即僊蹤。樹老風聲壯。山高臘候濃。雪多庭有鹿。縣僻寺無鐘。何處留詩客。茆簷倚後峯。

【注】

△潁陽　古縣名，春秋鄭綸氏邑，漢綸氏縣，後魏改置潁陽縣於此，唐置武林縣，復改曰潁陽。故城在今河南省登封縣西南七十里。

△琴堂　呂氏春秋察賢：「宓子賤治單父，彈鳴琴，身不下堂而單父治。」後因謂縣官治事之處曰琴堂。劉長卿出豐縣界寄韓明府詩：「音容想在眼，暫若升琴堂。」

△少室　山名，嵩山之西峯也，爲潁水發源處。名山記云：「嵩山中爲峻極峯，東曰太室，西曰少室。」述征

記云：「嵩，其總名也，謂之室者，山下各有石室也。」

△臘候　臘，冬至後三戌臘祭百神也。見說文。徐鍇云：「臘，合也，合祭諸神也。」按臘本祭名，古在十二月間行之，後世因稱十二月爲臘月。候，時也，吳融雪詩：「臘候何曾爽，春工是所資。」

寄園林主人

主人常不在。春物爲誰開。桃豔紅將落。梨花雪又催。曉鶯閑自囀。遊客暮空回。尙有餘芳在。猶堪載酒來。

【校】

△雪又催　元注云：「催，一作摧。」

【注】

△春物　謂春日暄妍之景物。沈約反舌鳥賦：「眷春物而懷之，聞好音于庭樹。」何遜詩：「旅客長憔悴，春物自芳菲。」杜甫詩：「自知白髮非春事，且盡芳樽戀物華。」

洛北村居

十畝松篁百畝田。歸來方屬大兵年。巖邊石室低臨水。雲外嵐峯半入天。鳥勢去投金谷樹。鐘聲遙出上陽煙。無人說得中興事。獨倚斜暉憶仲宣。

【注】

△大兵年　老子：「大兵之後，必有凶年。」

△上陽　唐宮名，在今河南省洛陽縣治。舊稱此宮南臨洛水，西距穀水，東即宮城，北連西苑，正門正殿皆東向，其內別亭殿觀九所，上陽之西，隔穀水，有西上陽宮，虹橋跨穀，行幸往來，皆唐高宗所建。

對梨花贈皇甫秀才

林上梨花雪壓枝。獨攀瓊豔不勝悲。依前此地逢君處。還是去年今日時。且戀殘陽留綺席。莫推紅袖訴金卮。騰騰戰鼓正多事。須信明朝難重持。

【注】

△梨花　記事珠云：「洛陽梨花時，人多攜酒其下，曰為梨花洗妝。」酒顛補云：「杭俗釀酒，趁梨花時熟，名梨花春，白樂天詩：『青旗沽酒趁梨花』，是也。」

△綺席　猶云綺筵。李白贈從弟南平太守之遙詩：「龍駒雕鐙白玉鞍，象床綺席黃金盤。」

△金卮　金鑄之飲器也。舊唐書樂志享先蠶樂章：「金卮薦綺席，玉幣委芳庭。」陳子昂晦日重宴高氏林亭詩：「象筵開玉饌，翠羽飾金卮。」

△騰騰　擊鼓聲。唐書五行志：「高宗時童謠曰，嵩山凡幾層，不畏登不得，但恐不得登，三度徵兵馬，傍道

打騰騰。」元稹立部伎詩：「戢戢攢鎗霜雪耀，騰騰擊鼓風雷磨。」

△明朝難重持　沈約詩：「勿言一樽酒，明日難重持。」

立春

青帝東來日馭遲。暖煙輕逐曉風吹。罽袍公子樽前覺。錦帳佳人夢裏知。雪圃乍開紅菜甲。綵幡新翦綠楊絲。殷勤爲作宜春曲。題向花牋帖繡楣。

【校】

△翦　全唐詩注云：「一作展。」

△爲作　全唐詩注云：「一作欲獻。」

【注】

△立春　節氣名，每年立春在陽曆二月四日或五日。禮記月令：「立春之日，天子親帥三公九卿諸侯大夫，以迎春於東郊。」

△青帝　五天帝之一。史記封禪書：「秦宣公作密畤于渭南，祭青帝。」按青帝位在東方，唐書王璵傳：「璵上言請築壇東郊，祀青帝。」儲光羲秦中守歲詩：「衆星已窮次，青帝方行春。」

△日御　謂御日之神。廣雅釋天：「日御謂之羲和。」王念孫疏證：「楚辭離騷，吾令羲和弭節兮。王逸注：羲和，日御也。初學記引淮南子天文訓：爰止羲和，爰息六螭。許慎注云：日乘車，駕以六龍，羲和御

之。」顏延之赤槿頌：「日御北至，夏德南宣。」

△罽袍　罽，毛織布也。漢書高帝紀：「賈人毋得衣錦繡、綺縠、絺紵、罽。」杜牧少年行：「春風細雨走馬去，珠絡璀璀白罽袍。」

△錦帳　錦，襄色織文也，見說文。襄色即雜色，飛燕外傳：「爲婕妤作七成錦帳。」

△菜甲　菜初出葉曰菜甲。杜甫詩：「自鋤稀菜甲，小摘爲情親。」白居易詩：「二月二日新雨晴，草芽菜甲一齊生。」

△綵幡　即綵勝。孫思邈千金月令云：「唐制，立春賜三宮綵勝各有差。」夢華錄云：「立春日自郎官御史寺監長貳以上皆賜春幡勝，以羅爲之，宰執親王近臣皆賜金銀幡勝，入賀訖，載歸私第。又士大夫家剪綵爲小幡，謂之春幡，或懸家人之頭，或綴於花枝之下，或剪爲春蝶春錢春勝以爲戲。東坡立春日亦簪幡勝，過子由，諸子姪笑指云，伯伯老人亦簪幡勝耶。」按幡同旛。范成大立春日郊行詩：「春來不飲兼無句，奈此金旛綵勝何。」

△宜春曲　荆楚歲時記云：「立春日悉剪綵爲燕以戴之，貼宜春二字。」又王沂公皇帝閣立春帖子云：「北陸凝陰盡，北門淑氣新，年年金殿裏，寶字帖宜春。」是立春帖字之俗，由來久矣。按曲，歌辭也。詩體明辨曰：「高下長短，委曲盡情，以道其微者曰曲。」

△繡楣　文選張衡西京賦：「雕楹玉碣，繡栭雲楣。」薛綜曰：「栭，斗也，楣，梁也，皆雲氣畫如繡也。」

村笛

簫韶九奏韻淒鏘。曲度雖高調不傷。却見孤村明月夜。一聲牛笛斷人腸。

【注】

△簫韶　虞舜樂也。書益稷：「簫韶九成，鳳皇來儀。」傳：「韶，舜樂名，言簫見細器之備。」

△曲度　曲，曲調。度，拍板之度也。文選左思吳都賦：「有殷坻頹於前，曲度難勝。」魏文帝典論論文：「曲度雖均，節奏同檢。」

題李斯傳

蜀魄湘魂萬古悲。未悲秦相死秦時。臨刑莫恨倉中鼠。上蔡東門去自遲。

【注】

△李斯　秦上蔡人，嘗從荀卿學。始皇既定天下，斯爲丞相，定郡縣之制，下禁書令，變籀文爲小篆。始皇崩，斯聽趙高計，矯詔殺扶蘇，二世立，趙高用事，與斯互忌，高乃誣斯子由通盜，腰斬咸陽市，夷三族。見史記卷八十七。

△蜀魄　寰宇記云：「蜀王杜宇，號望帝，後因禪位，自亡去，化爲子規。」又成都記云：「杜宇死，其魂化爲鳥，名杜鵑。」羅鄴聞子規詩：「蜀魄千年尙怨誰，聲聲啼血染花枝。」杜荀鶴杜鵑詩：「楚天空濶月成輪，蜀魄聲聲似訴人。」高廷玉寒食詩：「楚魂蜀魄偏相妒，兩地悠悠寄此情。」（參閱春日詩注）

△湘魂　杜甫詩：「永負漢庭哭，遙憐湘水魂。」杜牧詩：「一名爲吉士，誰免弔湘魂。」

△倉中鼠　見同舊韻詩注。

△上蔡東門　斯論腰咸陽市，顧其子曰，欲復牽黃犬，俱出上蔡東門，逐狡兎，豈可得乎。見史記。杜甫故秘書少監武功蘇公源時詩：「李斯憶黃犬。」卽用此事。按上蔡，戰國楚上蔡邑，秦置縣，故城在今河南省汝南縣治西。

贈薛秀才

相辭因避世。相見尚兵戈。亂後故人少。別來新話多。但聞哀痛詔。未覩凱旋歌。欲結巖棲伴。何山好薜蘿。

【注】

△避世　謂隱遁也。論語憲問：「賢者辟世。」辟同避。

和元秀才別業書事

僻居春事好。水曲亂花陰。浪過河移岸。雛成鳥別林。綠錢檐貫重。紅障杏籬深。莫飮宜城酒。愁多醉易沈。

【注】

△別業　本宅之外，另營居室園林於他處，以供遊息，謂之別業。文選石崇思歸引序：「肥遁於河陽別業。」李善注：「別業，別居也。」李白詩：「我家有別業，寄在嵩之陽。」

△榆貫　本草綱目云：「榆未生葉時，枝條間先生榆莢，形似錢，色白，俗呼榆錢。」孔平仲詩：「春盡榆錢堆狹路。」按貫，錢貝之貫，即俗云錢串也。

△宜城酒　宜城產名酒，故云。傅玄酒賦：「課長興與中山，北蒼梧與宜城。」張華詩：「蒼梧竹葉，宜城九醞。」又劉孝儀有謝賜宜城酒啓。按宜城，古縣名，故城在今湖北省襄陽縣南。

紀村事

綠蔓映雙扉。循牆一徑微。雨多庭果爛。稻熟渚禽肥。釀酒迎新社。遙砧送暮暉。數聲牛上笛。何處餉田歸。

【注】

△新社　謂秋社也。言新者，禮記月令云：「孟秋之月，農乃登穀，天子嘗新，先薦寢廟。」嘗新在孟秋之月，故云。按新，謂時食之新出者，此指稻穀言。高啓江村樂詩：「秋社未開綠醞，夜炊初碓紅秔。」秔，稻之不黏者也。

題許偎師院

地古多喬木。遊人到且吟。院開金鏁澁。門映綠篁深。山色不離眼。鶴聲長在琴。往來誰興熟。乳鹿住前林。

【校】

△澁　全唐詩作澀。

【注】

△澁　本作歰，或作澀。濇，不滑也。見韻會。

離筵訴酒

感君情重惜分離。送我殷勤酒滿卮。不是不能判酩酊。却憂前路醉醒時。

【注】

△酩酊　謂醉甚也。白居易詩：「殘席諠譁散，歸鞍酩酊騎。」

不寐

不寐天將曉。心勞轉似灰。蚊吟頻到耳。鼠鬬競緣臺。戶闇知蟾落。林喧覺雨來。馬嘶朝客過。知是禁門開。

【注】

△朝客　凡臣謁君曰朝。客，泛稱其人也。白居易詩：「出去爲朝客，歸來是野人。」

△禁門　天子所居之處，門戶有禁，故曰禁門。李華長門怨：「鴉鳴秋殿曉，人靜禁門深。」

贈武處士

一身唯一室。高靜若僧家。掃地留蹤影。穿池浸落霞。綠蘿臨水合。白道向村斜。賣藥歸來醉。吟詩倚釣查。

【注】

△釣查　查，同楂，亦作槎，水中浮木也。陸游舍北野望詩：「隴斷園蔬圃，枯桑繫釣槎。」又小舟晚歸詩：「扶病尋溪友，忘憂汎釣槎。」

題吉澗盧拾遺莊

主人西遊去不歸。滿溪春雨長春薇。怪來馬上詩情好。印破青山白鷺飛。

【校】

△詩情　全唐詩詩下注云：「一作訴。」

△印破　全唐詩印下注云：「一作點。」

【注】

△拾遺　唐諫官名。有左右之分，左拾遺屬門下省，右拾遺屬中書省，掌供奉諷諫，以救人主言行之失。

△怪來　猶俗云怪不得也。元稹遣懷詩：「怪來醒後旁人泣，醉裏時時錯問君。」

題潁源廟

曾是巢由棲隱地。百川唯說潁源清。微波乍向雲根吐。去浪遙衝雪嶂橫。萬木倚簷疎幹直。羣峯當戶曉嵐晴。臨川試問堯年事。猶被封人勸濯纓。

【注】

△潁源　水經潁水注：「今潁水有三源，云云。石水出陽乾山之潁谷。」按潁谷在今河南省登封縣西境。

△巢由　高士傳：「許由耕于潁水之陽，堯召爲九州長，由不欲聞之，洗耳於潁水濱，時巢父牽犢欲飲之，見由洗耳，曰，汚吾犢口，牽犢上流飲之。」（參閱漁洋十六韻詩注）

△雲根　天中記曰：「詩人多以雲根爲石，以雲觸石而生也。」賈島題李凝山居詩：「過橋分野色，移石動雲根。」司空圖柏梯寺懷舊僧詩：「雲根禪客居，皆說舊吾廬。」

△封人　左傳隱公元年：「潁考叔爲潁谷封人。」尙友錄：「潁，陳留鄭潁考叔爲潁谷封人，因氏焉。」按封人，官名，周禮地官之屬，掌設王之社壝，凡封國，建諸侯，立其國之封，至春秋遂爲典守封疆之官。

△濯纓　孟子離婁：「有孺子歌曰，滄浪之水清兮，可以濯我纓，滄浪之水濁兮，可以濯我足。孔子曰，小子聽之，淸斯濯纓，濁斯濯足矣，自取之也。」趙岐注云：「纓在上，人之所貴，水淸而濯纓，則淸者人之所貴

也。足在下，人之所賤，水濁而濯足，則濁者人之所賤也。淸斯濯其纓，濁斯濯其足，貴賤人所自取之也。淸斯喻仁，濁斯喻不仁，言仁與不仁見貴賤亦如此也。」按濯，滌滌也。纓，冠系也。孔平仲詩：「本自無塵土，何須歌濯纓。」

東遊遠歸

扣角干名計已疎。劍歌休恨食無魚。辭家柳絮三春半。臨路槐花七月初。江上欲尋漁父醉。日邊時得故人書。青雲不識楊生面。天子何由問子虛。

【注】

△扣角干名　三齊略記：「甯戚飯牛車下，扣角歌曰，南山粲，白石爛，生不逢堯與舜禪。」按甯戚，春秋衛人，困窮無以自達，欲干齊桓公，桓公郊迎客，從者甚衆，甯戚方飯牛車下，擊牛角而疾商歌，桓公聞之，曰，異哉，非常人也，命後車載之，擧用爲客卿。江淹詩：「甯戚扣角歌，桓公遭乃擧。」

△劍歌　戰國齊馮諼爲孟嘗君門下客，以食無魚，出無車，無以爲家，三興彈鋏之歌，孟嘗君悉從之。見戰國策齊策。

△楊生　謂漢楊得意也。按得意蜀人，嘗侍武帝，爲狗監。

△子虛　司馬相如有子虛賦一首。李善曰：「漢書曰，相如遊梁，乃著子虛賦。後蜀人楊得意爲狗監，侍上，上讀子虛賦，曰，朕獨不得與此人同時哉？得意曰，臣邑人司馬相如自言爲此賦。上乃召相如。」

新正日商南道中作寄李明府

相看又見歲華新。依舊楊朱拭淚巾。踏雪偶因尋戴客。論文還比聚星人。嵩山不改千年色。洛邑長生一路塵。今日與君同避世。却憐無事是家貧。

【校】

△洛邑　品彙邑作水。

【注】

△新正　謂新歲之正月也。嚴維歲初喜皇甫侍御至詩：「湖上新正逢故人，情深應不咲家貧。」方干新正詩：「每見新正雪，長思故國春。」

△楊朱拭淚　淮南子說林訓：「楊子見逵路而哭之，爲其可以南可以北，墨子見練絲而泣之，爲其可以黃可以黑。」注：「憫其本同而末異。」風俗通皇霸：「斯乃楊朱哭於歧路，墨翟悲於練素者。」曹攄詩：「臨樂何所歎，素絲與路歧。」按楊朱，戰國衞人，字子居，遺書不傳，惟散見於列子，孟子諸書而已。

△尋戴　世說新語任誕：「王子猷居山陰，夜大雪，云云。忽憶戴安道，時戴在剡，即便夜乘小船就之，經宿方至，造門不前而返。人問其故，王曰，吾本乘興而行，興盡而返，何必見戴？」

△聚星　續晉陽秋：「陳仲弓從子姪造荀季和父子，于時德星聚，太史奏五百里賢人聚。」李德林詩：「出門會親友，天官奏德星。」

春暮

一春春事好。病酒起常遲。流水綠縈砌。落花紅墮枝。樓高喧乳燕。樹密鬭雛鸝。不學山公醉。將何自解頤。

【注】

△山公　晉書山簡傳：「諸習氏荆土豪族，有佳園池，簡每出遊嬉，多之池上，置酒輒醉，名之曰高陽池。時有童兒歌曰，山公出何許，往至高陽池，日夕倒載歸，酩酊無所知，時時能騎馬，倒著白接䍦，舉鞭問葛彊，何如并州兒。」按簡字季倫，河內懷人，濤幼子，溫雅有父風，永嘉中累官至尙書左僕射，領吏部，尋出爲征南將軍，鎭襄陽。李白襄陽曲：「山公醉酒時，酩酊襄陽下。」

△解頤　小學嘉言：「論當世而解頤。」注：「頤、口旁也、人笑則口旁解。」蘇頲陳倉別隴州司戶李維深詩：「京國自攜手，同途欣解頤。」

哭麻處士

却到歌吟地。閑門草色中。百年流水盡。萬事落花空。繐帳扃秋月。詩樓鏁夜蟲。少微何處墮。留恨白楊風。

【校】

△扃　全唐詩注云：「一作寒。」

【注】

△繐帳　靈帳也。魏武帝遺令諸子云：「吾婕妤妓人皆著銅雀臺，於臺堂上施八尺牀繐帳，朝晡上脯糒之屬，月朝十五，輒向帳作妓。」見文選陸機弔魏武帝文。李善注引鄭玄禮記注云：「凡布細而疎者謂之繐。」向注：「細布而疎者，以爲靈帳之裙。」

△扃　門扇上之鐶鈕，此作動詞用，猶云閉也、鎖也。吳師道詩：「後園小殿翳花木，繡幃香閣猶深扃。」

△少微　星名。晉書天文志：「少微四星在太微西，士大夫之位也，一名處士。」

△白楊　本草白楊：「釋名，獨搖。宗奭曰，木身似楊微白，故曰白楊，非如粉之白也。時珍曰，鄭樵通志言，白楊一名高飛，與栘楊同名，故今俗呼栘楊爲白楊，且白楊亦因風獨搖，故得同名之。」

春早

聞鶯纔覺曉。閉戶已知晴。一帶窗間月。斜穿枕上生。

【校】

△月　全唐詩注云：「一作日。」

△生　全唐詩注云：「一作明。」

和友人

閩門同隱士。不出動經時。靜閱王維畫。閑翻褚胤棊。落泉當戶急。殘月下窗遲。却想從來意。譙周亦自嗤。

【校】

△閩　全唐詩作閉，是。注云：「一作圭。」

△褚胤　胤字原缺，據全唐詩補。

【注】

△王維　唐祁人，字摩詰，開元進士，累官至尙書右丞，世稱王右丞。工詩善書，尤以擅畫名，世稱其詩中有畫，畫中有詩，所作山水，以平遠勝，雲峯石色，絕跡天機，爲南宗畫派之始。著有輞川集。見唐書。

△褚胤　古之善弈者。見冬日長安感志寄獻虢州崔郎中二十韻詩注。

△譙周　蜀志譙周傳：「譙周，字允南，巴西西充國人也。耽古篤學，家貧，未嘗問產業，誦讀典籍，欣然獨笑，以忘寢食。」

春　愁

寓思本多傷。逢春恨更長。露霑湘竹淚。花墮越梅粧。睡怯交加夢。閑傾瀲灩觴。後庭人不到。斜月上松篁。

【校】

△粧　綠本作糚，全唐詩作妝。

【注】

△湘竹　即湘妃竹，竹之有斑紋者。羣芳譜云：「斑竹即吳地稱湘妃竹者，其斑如淚痕，世傳二妃將沈湘水，望蒼梧而泣，灑淚成斑，出峽州宜都縣飛魚口，鮮美可愛。」白居易詩：「杜鵑聲似哭，湘竹斑如血。」

△越梅粧　初學記云：「宋武帝女壽陽公主，人日臥於含章殿簷下，梅花落額上，成五出之花，拂之不去，皇后留之，自後有梅花粧。」粧、妝俗字，飾也，妝同糚。文選古詩十九首：「娥娥紅粉妝。」桂馥說文義證妝下引作糚，是也。按宋武帝即劉裕，南朝宋開國之主，字德輿，小字寄奴，都建康，在位三年。建康本古吳地，春秋之季，句踐滅吳，遂奄有之，故詩云越也。羅虬詩：「若教貌向南朝見，定却梅粧似等閑。」公和人春暮書事寄崔秀才詩：「半掩朱門白日長，晚風輕墮落梅粧。」皆用梅花粧事。

△瀲灩觴　瀲灩，水溢貌。觴，酒器也。酒盈觴而外溢，故云。陸游閒意詩：「學經妻問生疎字，嘗酒兒斟瀲灩杯。」

晚春

花開疑乍富。花落似初貧。萬物不如酒。四時唯愛春。峨峨秦氏髻。皎皎洛川神。風月應相笑。年年醉病身。

【注】
△秦氏髻　梁簡文帝倡婦怨樂府：「恥學秦羅髻，羞爲樓上粧。」
△洛川神　見覩軍迴戈詩注。

題許渾詩卷

江南才子許渾詩。字字清新句句奇。十斛明珠量不盡。惠休虛作碧雲詞。

【注】
△許渾　字仲晦，唐國師之後，家丹陽，登太和進士，大中中爲監察御史，歷虞部員外郎，睦郢二州刺史，所至有善政，工詩，有別墅在京口丁卯橋，因以名其集。按新唐書宰相世系表，國師爲安陸許氏，渾爲其後，亦應出於安陸，陳振孫書錄解題乃稱渾爲丹陽人，觀集中送王總歸丹陽詩，有曰「憑寄家書爲回報，舊居還有故人知」，則安陸其原籍，丹陽乃其僑寓之地也。
△十斛明珠　陳陶詩：「一曲江南十斛珠。」斛，十斗也。見說文。
△碧雲　文選江淹雜體詩：「日暮碧雲含，佳人殊未來。」按此淹擬休上人詩，休上人卽惠休。休南朝宋僧，本姓湯氏，善屬文，武帝令使還俗，官至揚州從事。

贈禮佛名者

何用辛勤禮佛名。我從無得到眞庭。尋思六祖傳心印。可是從來讀藏經。

【注】

△禮佛名　禮佛者必誦佛號，謂之持名。

△無得　佛家虛空十義，第十爲無得義，不能執取故也。

△眞庭　謂眞實之境界。眞誥：「旋騰玄漢，周灑眞庭。」

△六祖　即唐高僧惠能，禪宗東土第六祖。本姓盧氏，少孤貧，採薪販賣養母。一日聞人讀金剛經，忽有悟，謁蘄州黃梅山五祖弘忍禪師，祖知其爲異人，使入碓房舂米。後祖使衆徒各以心得書偈語，時上座神秀書偈曰：身是菩提樹，心如明鏡臺，時時勤拂拭，勿使惹塵埃。惠能偈曰：菩提本無樹，明鏡亦非臺，本來無一物，何處惹塵埃。五祖乃授以衣鉢。後至南海，居曹溪。開元元年寂。見六祖壇經。

△心印　佛家語。心者佛心，印者印可、印定之義，以心爲印，謂之心印，禪門常用此語。六祖壇經：「吾傳佛心印，安敢違於佛經。」祖庭事苑：「心印者，達摩西來，不立文字，單傳心印，直指人心，見性成佛。」

△藏經　大藏經之略稱，總漢譯佛經並東土高僧著作之入藏者而言也。亦云一切經。

殘花

和煙和露雪離披。金蘂紅鬚尙滿枝。十日笙歌一宵夢。苧蘿因雨失西施。

【校】

△露雪　全唐詩注云：「一作雨太。」
△因雨　全唐詩因下注云：「一作煙。」
△失西施　全唐詩失下注云：「一作哭。」

【注】

△離披　分散貌。楚辭九辯：「白露既下百草兮，奄離披此梧楸。」
△苧蘿　山名，在今浙江省諸暨縣南。亦稱蘿山，下臨浣江，江中有浣紗石，相傳爲西施浣紗處。
△西施　按此喻落花也。參閱數落花詩注。

卷四

上元縣

南朝三十六英雄。角逐興亡盡此中。有國有家皆是夢。爲龍爲虎亦成空。殘花舊宅悲江令。落日青山弔謝公。止竟霸圖何物在。石麟無主臥秋風。

【注】

△（題）　元注云：「浙西作。」按上元縣，唐置，清與江寧縣同爲江蘇省治，民國廢入江寧縣。按江寧縣在南京市東南。

△南朝三十六英雄　南朝當指吳、東晉、宋、齊、梁、陳六朝而言。公金陵圖詩有「君看六幅南朝事」句，可證。按吳四主、東晉十一主、劉宋七主、齊五主、梁四主、陳五主，合三十六主，故云三十六英雄也。

△爲龍爲虎　易乾：「雲從龍，風從虎，聖人作而萬物覩。」疏意謂同類相感，後因以風雲比際遇，以龍虎喻不世之才。後漢書耿純傳：「以龍虎之姿，遭風雲之時，奮迅拔起，期月之間，兄弟稱王。」

△江令　謂陳江總。總字總持，考城人，後主時爲僕射尚書令，世稱江令。日侍後主遊宴，不理政務，與朝臣競作豔詩，號稱狎客。見陳書卷二十七及南史卷三十六。按今江蘇省江寧縣東北青溪有江令宅。金陵故事云：「南朝鼎族多在青溪，而江總宅尤佔勝地，至宋時段約居之。王荆公詩云，往時江令宅，今日段侯家。」

△謝公　謂南齊謝朓。朓字玄暉，陽夏人，爲宣城太守時，嘗築室青山之南，人呼爲謝公宅。其遊東田詩有云：「不對芳春酒，還望青山郭。」按青山在當塗縣東南三十里，名青林山，林壑秀美，緜亙深遠，唐改名謝公山。晉桓溫與袁宏遊青山，即此。宋米芾書第一山碑在山麓，山北有李白墓。

△石麟　石刻之麒麟。溫庭筠金虎臺詩：「碧草連金虎，青苔蔽石麟。」

江上逢史館李學士

前年分袂陝城西。醉凭征軒日欲低。去浪指期魚必變。出門回首馬空嘶。關河自此爲征壘。城闕於今陷戰鼙。誰謂世途陵是谷。燕來還識舊巢泥。

【注】

△史館　唐書百官志注：「貞觀三年，置史館於門下省，以他官兼領。」按史館修撰四人，掌修國史之職。

△凭　倚也。避應切，徑韻。

△征軒　征，行也。軒，車之通稱。岑參詩：「故人是邑尉，過客駐征軒。」

△魚必變　三秦記：「河津一名龍門，桃花浪起，魚躍而上之，躍過者爲龍，否則皆點額而退。」魚變，謂魚化龍，以喻青雲得路。

△城闕於今陷戰鼙　元注云：「時巢寇未平。」

金陵圖

誰謂傷心畫不成。畫人心逐世人情。君看六幅南朝事。老木寒雲滿故城。

【注】

△金陵　古地名，即今南京市及江寧縣地，六朝皆都於此。

謁蔣帝廟

建業城邊蔣帝祠。素髯清骨舊風姿。江聲似激秦軍破。山勢如匡晉祚危。殘雪嶺頭明組練。晚霞簷外簇旌旗。金陵客路方流落。空祝回鑾奠酒卮。

【注】

△蔣帝廟　漢末蔣子文爲秣陵尉，逐盜至鍾山下，傷額而死。嘗自謂骨貴，死當爲神。及吳大帝都建業，子文乘白馬，執白羽扇，顯形於道，謂當爲此土地神，大帝乃封爲都中侯，爲立廟堂，改鍾山曰蔣山。見搜神記。按蔣山在今江蘇省江寧縣東北。

△建業　古縣名，三國吳孫權移都秣陵，改秣陵爲建業，因置縣。晉改業爲鄴，避愍帝諱，改建鄴爲建康。故城在今江蘇省江寧縣南。

△回鑾　天子之車駕稱鑾駕，因謂天子巡幸還都曰回鑾。宋之問幸少林寺應制詩：「紺宇橫天室，回鑾指帝休。」

聞再幸梁洋

纔喜中原息戰鼙。又聞天子幸巴西。延燒魏闕非關燕。大狩陳倉不爲雞。興慶玉龍寒自躍。昭陵石馬夜空嘶。遙思萬里行宮夢。太白山前月欲低。

【注】

△梁洋　即梁洋二州。洋州，唐置，五代時後蜀曰源州，今陝西省洋縣治。梁州，唐興元初改爲興元府，後爲山南西道治，今陝西省西南部及四川省一帶地。

△巴西　郡名，漢末劉璋置。唐曰隆州，又改爲閬州，今四川省閬中縣地。

△延燒魏闕非關燕　魏闕，宮門外懸法之所。呂氏春秋審爲：「身在江海之上，心居乎魏闕之下。」注：「魏闕，象魏也，縣教象之法，浹日而收之，魏魏高大，故曰魏闕。」燕，謂燕雀之安。按孔叢子論勢：「燕雀處屋，子母相哺，煦煦然其相樂也，自以爲安矣，竈突炎上，棟宇將焚，燕雀顏不變，不知禍之及己也。」句言僖宗自鳳翔幸興元，實出田令孜所迫，不得已也。

△陳倉　古縣名，秦置，北周廢，隋復置，唐改鳳翔，又改寶雞，即今陝西省寶雞縣治。水經注云：「陳倉縣有陳倉山，山上有寶雞鳴祠，昔秦文公遊獵於陳倉，遇之於北阪，得若石焉，其色若肝，歸而寶祠之，故曰陳寶，其來也自東南，煇煌聲如雷，野雞皆鳴，故曰雞鳴神也。」按陳倉山在寶雞縣南。

△興慶玉龍　柳氏舊聞：「天寶中，興慶池小龍常出遊宮垣南溝水中，及鑾輿西幸，先一夕見龍乘雲雨望西而去，上至嘉陵江，將乘舟，有龍翼舟進，上顧左右曰，此宮中之龍也，命以酒沃酹之，於是龍躍而去。」按

興慶，宮名，在都城東南角，見雍錄。本唐玄宗在藩時宅，即位後置爲宮，內有勤政務本樓、翰林院、南薰殿、沈香亭等。

△昭陵石馬　昭陵，唐太宗陵，故址在今陝西省醴泉縣東北九嵕山，陵後有六駿石像，即所謂石馬也。

△行宮　天子行幸所止處也。白居易長恨歌：「行宮見月傷心色，夜雨聞鈴腸斷聲。」

△太白山　在今陝西省郿縣南，接洋縣界，亦曰太一，太壹。水經注云：「太白山去長安三百里，不知其高幾何，俗云武功太白，去天三百。山下軍行不得鼓角，鼓角則疾風雨至。冬夏積雪，望之浩然。」

王道者

五雲遙指海中央。金鼎曾傳肘後方。三島路歧空有月。十洲花木不知霜。因攜竹杖聞龍氣。爲使僊童帶橘香。應笑我曹身是夢。白頭猶自學詩狂。

【注】

△王道　當爲一王姓道人，邑里不詳。

△五雲　謂祥瑞之雲，備五色者。雲笈七籤：「元洲有絕空之宮，在五雲之中。」白居易長恨歌：「樓閣玲瓏五雲起，其中綽約多仙子。」

△金鼎　文選江淹別賦：「守丹竈而不顧，鍊金鼎而方堅。」

△肘後方　醫書名。隋書經籍志有扁鵲肘後方三卷，葛洪肘後方六卷，唐書藝文志有劉晲肘後方三卷。按葛書

今名肘後備急方，共八卷，凡分五十三類，但有方而無論，不用難得之藥，簡要易明。扁鵲、劉見二書今已佚。

△三島　即三神山，神仙所居。史記封禪書：「蓬萊、方丈、瀛洲，此三神山者，其傳在渤海中，諸仙人及不死藥在焉。」參閱漁塘十六韻詩注。

△十洲　相傳爲神仙所居，在八方巨海之中。詳尹喜宅詩注。

△因攜竹杖聞龍氣　用費長房投杖葛陂事。詳放牓日作詩注。

△爲使僊童帶橘香　神仙傳：「蘇仙公白母曰，某受命當仙，被召有期。母曰，汝去之後，使我如何存活？先生曰，明年天下疫疾，庭中井水，簷邊橘樹，可以代養，井水一升，橘葉一枚，可療一人。」

陪金陵府相中堂夜宴

滿耳笙歌滿眼花。滿樓珠翠勝吳娃。因知海上神僊窟。只似人間富貴家。繡戶夜攢紅燭市。舞衣晴曳碧天霞。却愁宴罷青娥散。揚子江頭月半斜。

【注】

△金陵府相　年譜云：「王國維秦婦吟跋二，謂詩末云，適聞有客金陵至，見說江南風景異。又云，願君擧棹東復東，詠此長歌獻相公。則此詩乃上江南某帥者。考是時周寶以鎭海軍節度使同平章事，鎭潤州，則相公蓋周寶也。又詩集有陪金陵府相中堂夜宴詩、觀浙西府相畋遊詩。又有官莊詩自注云：『江南富民悉以犯酒

沒家產，因以此詩諷之，浙帥遂改酒法，不入財產。』是莊曾爲周寶客，此詩當其初至江南贄寶之作矣。已王說。案集六江南送李明府入關詩有云：『我爲孟館三千客。』孟館必指寶。」又云：「陳寅恪謂唐人亦稱節將治所潤州之丹徒爲金陵，引李衞公別集一鼓吹賦序云，余往歲剖符金陵，德裕曾任浙西觀察使。此金陵上皆指潤州。」按潤州故治卽今江蘇省鎮江縣。

△吳娃　文選枚乘七發：「先施、徵舒、陽文、段干、吳娃、閭娵之徒。」李善曰：「吳都賦注曰，吳俗以美女爲娃。」

△繡戶　婦女所居。曰繡者，言戶飾之華美。沈約詩：「鳴珠簾於繡戶。」

△攢　簇聚也。韓愈贈張僕射詩：「分曹角勝約前定，百馬攢蹄近相映。」

△青娥　謂美女也。劉長卿少年行：「薦枕青娥豔，鳴鞭白馬驕。」

△揚子江　唐代於揚子津渡江抵京口，後置揚子縣於此，因稱此處大江曰揚子江，卽今江都、丹徒間之大江也。

【箋】

△俞陛雲曰：「詩紀府中夜宴之盛。前二句言，滿耳所聞者，笙歌嘹亮，滿眼所見者，花影繽紛，益以滿樓之粉圍香陣，豔奪吳姬，三用滿字，見府第之繁華，幾無隙地，眞如錦洞天矣。三四句若言人間富貴，不異仙家，不過尋常意境，詩用倒裝句法，言海上神仙，只似人間富貴，便點化常語，爲新穎之詞。五句言石家蠟燭，輝映千枝，疑入五都夜市。六句言舞袖爭翻，如曳碧天之霞綺，厲樊榭游仙詩：『天母衣裳雲漢錦，九光燈裏舞衣飄。』可爲五六句之注脚也。末句言所愁者酒闌客散，斜月樓空耳，所謂『絕頂樓臺人散後，滿

場袍笏戲蘭時』，作者不爲諛頌語，以悅貴人，而作當頭棒喝，爲酬酢詩中所僅見。韋夙著才名，府相招致詞客，本以張其盛會，而得此冷落之詞，能無敗興耶？」

△沈德潛曰：「只是說人間富貴，幾如海上神仙，一用倒說，頓然換境。」

和侯秀才同友生泛舟溪中相招之作

嵇阮相將棹酒船。晚風侵浪水侵舷。輕如控鯉初離岸。遠似乘槎欲上天。雨外鳥歸吳苑樹。鏡中人入洞庭煙。憑君不用回舟疾。今夜西江月正圓。

【注】

△嵇阮　嵇康、阮籍，晉「竹林七賢」中人，曠達不羈，以比侯秀才及其友生也。杜甫詩：「班揚名甚盛，嵇阮逸相須。」又：「夫子嵇阮流，更被時俗惡。」

△控鯉　言溪中之舟，輕快若魚之悠然而逝。控，引也。王貞白送芮尊師詩：「他年控鯉昇天去，廬岳逋民願從行。」按此用列仙傳琴高控鯉事。

△乘槎　詳漁塘十六韻詩注。

△吳苑　吳長洲苑，吳王遊幸之所，故址在今江蘇省吳縣境。韋應物閶門懷古詩：「獨鳥下高樹，遙知吳苑園。淒涼千古事，日暮倚閶門。」

△洞庭　謝朓新亭渚別范零詩：「洞庭張樂地，瀟湘帝子游。」呂向曰：「洞庭，山名，黃帝奏咸池之樂於上。」

明一統志云：「洞庭山，在蘇州府城西一百三十里太湖中。」公題姑蘇凌處莊士詩：「倚樓僧看洞庭山。」卽此。

△西江　元稹詩：「西江流水到江州，聞道分成九道流。」按唐教坊曲有西江月，李白蘇臺覽古詩云：「只今唯有西江月，曾照吳王宮裏人。」後詞牌中亦有西江月，蓋本此以名。

【箋】

△王堯衢曰：「前解寫泛舟，後解寫溪中相招意。」

贈野童

羨爾無知野性眞。亂搔蓬髮笑看人。閑衝暮雨騎牛去。肯問中興社稷臣。

【注】

△蓬髮　頭髮散亂，狀如飛蓬，故云。後漢書王霸妻傳：「我兒曹蓬髮歷齒，未知禮則。」

代書寄馬

驅馳曾在五侯家。見說初生自渥洼。鬃白似披梁苑雪。頸肥如樸杏園花。休嫌綠綬嘶貧舍。好著紅纓入使衙。穩上雲衢千萬里。年年長踏魏堤沙。

【注】

△五侯　漢書元后傳：「河平二年，上悉封舅譚爲平阿侯、商成都侯、立紅陽侯、根曲陽侯、逢時高平侯，五人同日封，故世謂之五侯。」後漢書單超傳：「帝呼超悺收冀黨與悉誅之，封超新豐侯、璜武原侯、瑗東武陽侯、悺上蔡侯、衡汝陽侯，五人同日封，故世謂之五侯。」後因以五侯爲權重位尊者之喻。戴暠詩：「五侯同拜爵，七貴各垂纓。」韓翃詩：「日暮漢宮傳蠟燭，輕煙散入五侯家。」秦韜玉詩：「綠槐陰裏五侯家。」

△渥洼　水名，在今甘肅省安西縣境。漢時有暴利長者，屯田於此，數見羣野馬中有奇異者，將勒靽收而獻之，武帝爲作天馬之歌。見漢書武帝紀及注。

△鬃　馬鬣也。見韻會。

△梁苑　即漢時梁孝王所營之兔園。柳貫詩：「梁苑且延能賦客，漢廷安用戲車郎。」亦稱梁園。杜甫寄李十二白詩：「醉舞梁園夜，行歌泗水春。」李白有梁園吟。按故址在今河南省開封縣東南。

△杏園　張禮遊城南記：「杏園與慈恩寺南相值，唐新進士多遊宴於此，與芙蓉園皆爲秦宜春下苑之地。」元稹杏園詩：「門前本是虛空界，何事栽花誤世人。」白居易詩：「昔年八月十五夜，曲江池畔杏園邊。」按故址在今陝西省長安縣曲江西。

△綠綬　漢官儀：「二千石以上銀印綠綬。」

△紅纓　岑參赤驃馬歌：「紅纓紫纓珊瑚鞭，玉鞍錦韉黃金勒。」

△雲衢　猶言雲路，喻仕宦之顯達也。白居易和鄭元閒居詩：「雲衢日相待。」

△魏堤　見中渡晚眺詩注。

題淮陰侯廟

滿把椒漿奠楚祠。碧幢黃鉞舊英威。能扶漢代成王業。忍見唐民陷戰機。雲夢去時高鳥盡。淮陰歸日故人稀。如何不借平齊策。空看長星落賊圍。

【校】

△把　全唐詩注云：「一作挹。」

【注】

△淮陰　古縣名，秦置，漢仍之，高祖嘗封韓信爲淮陰侯於此。故城在今江蘇省淮安縣西北。

△椒漿　以椒置漿中，取其馨烈也，祀神用之。楚辭九歌東皇太一：「奠桂酒兮椒漿。」漢書禮樂志：「勺椒漿，靈已醉。」

△碧幢　幢，旌幢也。白居易過溫尙書舊庄詩：「碧幢紅旆映河陽。」

△黃鉞　書牧誓：「王左杖黃鉞。」傳：「鉞以黃金飾斧。」古今注云：「金斧，黃鉞也。鐵斧，玄鉞也。三代通用之以斷斬。」班固典引：「乘其命賜彤弧黃鉞之威。」陸雲詩：「黃鉞受征，錫命頻繁。」

△雲夢去時高鳥盡　言信被告謀反，高祖僞遊雲夢，執之至雒陽，赦爲淮陰侯也。按史記越世家：「蜚鳥盡，良弓藏。」弓所以射鳥，鳥盡則弓藏而不用，喩天下既定而功臣見棄也。

△平齊　信初從項梁擧兵，輾轉歸漢，拜爲大將，涉西河，虜魏王，下井陘，定趙、齊，立爲齊王，故云。

△長星　彗星之屬。漢書文帝紀：「八年有長星出於東方。」注：「長星多爲兵革事。」

送崔郎中往使西川行在

拜書辭玉帳。萬里劍關長。新馬杏花色。綠袍春草香。一身朝玉陛。幾日過銅梁。莫戀爐邊醉。僊宮待侍郎。

【注】

△西川行在　西川，四川西部之稱。唐肅宗改成都爲南京，分爲劍南西川節度使。行在，亦稱行在所，天子巡幸所居之地也。年譜引喻東軍詩：「四年龍馭守峨嵋。」又引此詩：「新馬杏花色，綠袍春草香。」謂光啓元年三月以前，僖宗仍在蜀也。

△玉帳　書言故事云：「將幕曰玉帳。」駱賓王從軍中行路難詩：「七德龍韜開玉帳，千重龜墨動金鉦。」杜甫送盧侍御詩：「但促銅壺箭，休添玉帳旗。」

△劍關　劍閣連山絕險，關隘重重，故云。李白上皇西巡南京歌：「劍閣重關蜀北門，上皇歸馬若雲屯。」按劍閣在今四川省劍閣縣北，亦曰劍門關。

△綠袍　綠色之官服。按唐制：三品服紫，四品服緋，五品服淺緋，六品服深綠，七品服淺綠。見唐書車服志。郎中六七品官猶着綠，故云。白居易江樓宴別詩：「樓中別曲催離酌，燈下紅裙間綠袍。」

△玉陛　天子之殿階。陸機登臺賦：「歷玉陛而容與，步蘭堂以逍遙。」白居易詩：「早接清班登玉陛，同承

別詔直金鑾。」

△銅梁　山名，在今四川省合川縣南。文選左思蜀都賦：「外負銅梁於宕渠。」山有石梁橫亙，色如銅，因名。

△壚邊醉　世說新語任誕：「阮公鄰家婦有美色，當壚酤酒，阮與王安豐常從婦飲酒，阮醉，便眠其婦側，夫始殊疑之，伺察終無他意。」

潤州顯濟閣曉望

清曉水如鏡。隔江人似鷗。遠煙藏海島。初日照揚州。地壯孫權氣。雲凝庾信愁。一篷何處客。吟凭釣魚舟。

【注】

△潤州　古地名，隋置，取州東潤浦爲名，尋廢，唐復置，改曰丹陽郡，尋後曰潤州。今江蘇省鎮江縣地。

△揚州　隋置，改爲江都郡，唐曰南兗州，改曰邗州，尋復曰揚州，改爲廣陵郡，後復爲揚州。今江蘇省江都縣治。

△庾信愁　言庾信嘗作哀江南賦，以寄其鄉關之思也。按庾信，字子山，南北朝新野人，仕梁爲太子中庶子。元帝時使西魏，値大軍南討，遂留長安。周孝閔踐祚，封義城縣侯，拜洛州刺史，累遷驃騎大將軍，開府儀同三司。世稱庾開府。有庾子山集。

觀浙西府相畋遊

十里旌旗十萬兵。等閑遊獵出軍城。紫袍日照金鵝鬬。紅旆風吹畫虎獰。帶箭彩禽雲外落。避鵰寒兔月中驚。歸來一路笙歌滿。更有僊娥載酒迎。

【校】

△浙　緜本、全唐詩皆作淛。

【注】

△畋遊　畋，獵也。家人傳：「莊宗方與后荒於畋遊。」

△紫袍　唐書狄仁傑傳：「仁傑轉幽州都督，賜紫袍龜帶，后自製金字十二以旌其忠。」

△畫虎　唐書車服志：「大將出，賜旌以顓賞，旌以絳帛五丈粉畫虎。」

△僊娥　盧照鄰代女道士王靈妃贈道士李榮詩：「臺前鏡影伴仙娥，樓上簫聲隨鳳史。」按僊娥，猶俗云仙女、仙子，世每以喻女子之風姿綽約者。

官莊

誰氏園林一簇煙。路人遙指盡長歎。桑田稻澤今無主。新犯香醪沒入官。

【注】

△（題）　元注云：「江南富民悉以犯酒沒家產，因以此詩諷之。浙帥遂改酒法，不入財產。」參閱陪金陵府相中堂夜宴詩注。

解維

又解征帆落照中。暮程還過秣陵東。二年辛苦煙波裏。贏得風姿似釣翁。

【校】

△二年　全唐詩二下注云：「一作三。」

【注】

△解維　維所以繫舟，俗云纜，舟開行曰解維。朱熹詩：「解維春雨外。」

△秣陵　古地名，約爲今南京市地。始置於秦，歷漢、晉以迄南朝宋，俱仍之，惟治所屢有變革。建康志云：「秣陵縣更置凡六。秦改金陵爲秣陵，在舊江寧縣東南秣陵橋東北。晉太康初，復以建業爲秣陵，即今上元縣。三年，分淮水南爲秣陵。義熙中移於鬪場柏社，在江寧縣東南，古丹陽郡是也。元熙初又移治揚州參軍廨，在宮城南小長干巷內，梁末齊兵軍於秣陵故治，跨淮立柵，當是其地。」

雨霽池上作呈侯學士

鹿巾藜杖葛衣輕。雨歇池邊晚吹清。正是如今江上好。白鱗紅稻紫蓴羹。

【注】

△鹿巾　鹿皮巾之略稱。南史何點傳：「梁武帝與點有舊，及踐祚，手詔論舊，賜以鹿皮之巾，幷召之，點以巾褐引入華林園。」亦曰鹿胎巾。上官昭容詩：「橫鋪豹皮褥，側帶鹿胎巾。」

△藜杖　以藜莖爲杖也。晉書山濤傳：「魏帝嘗賜景帝春服，帝以賜濤，又以母老，幷賜藜杖一枚。」王維詩：「悠然策藜杖，歸向桃花源。」

△葛衣　史記自序：「夏日葛衣。」錢起詩：「苦雨點蘭砌，秋風生葛衣。」

△晚吹　猶言晚風。駱賓王夏初餞宋少府序：「晚吹吟桐，疑奏離別之曲，輕秋入麥，似驚搖落之情。」

△紫蓴羹　蓴一作蓴菜，又有水葵，露葵等名。羹，羹湯之和以五味者。王維詩：「蔗漿菰米飯，蒟醬露葵羹。」劉禹錫詩：「一鍾菰葑米，千里水葵羹。」按蓴生南方湖澤中，惟吳越人善食之。晉張翰因見秋風起，乃思吳中菰菜、蓴羹、鱸魚膾，遂命駕歸。後人謂鄉思曰「蓴鱸之思」，本此。詳同舊韻詩注。

寓言

爲儒逢世亂。吾道欲何之。學劍已應晚。歸山今又遲。故人三載別。明月兩鄉悲。惆悵滄江上。星星鬢有絲。

【注】

△學劍　史記項羽紀：「學書不成，去學劍。」王績詩：「明經思待詔，學劍覓封侯。」

△滄江　謂江水。江水色蒼，故曰滄江。杜甫秋興詩：「一臥滄江驚歲晚，幾回靑瑣點朝班。」

△星星　喻白也。謝靈運詩：「戚戚感物歎，星星白髮垂。」劉禹錫詩：「爲報儒林文士道，如今從此鬢星星。」

哭同舍崔員外

却到同遊地。三年一電光。池塘春草在。風燭故人亡。祭罷泉聲急。齋餘磬韻長。碧天應有恨。斜日弔松篁。

【注】

△電光　極言時間之短促。五燈會元：「此事如擊石火，如閃電光。」

△池塘春草　文選謝靈運登池上樓詩：「池塘生春草，園柳變鳴禽。」句當本此。皮日休詩：「一夜留姿著水光，謝家春草滿池塘。」

△風燭　風中之燭易滅，喻人事之無常也。西域記：「世間富貴，危甚風燭。」茅亭客話：「陵陽費禹珪下第，因曰，人生百年，有如風燭，止可怡神養志，詩酒寄情。」

題姑蘇凌處士莊

一簇林亭返照間。門當官道不曾關。花深遠岸黃鶯鬧。雨急春塘白鷺閑。載酒客尋吳苑寺。倚樓僧看洞庭山。怪來話得僊中事。新有人從物外還。

【注】

△姑蘇　江蘇省吳縣，舊稱姑蘇，以有姑蘇山而名。張繼楓橋夜泊詩：「姑蘇城外寒山寺，夜半鐘聲到客船。」

△官道　猶云官路。元稹通州詩：「蟲蛇白晝攔官道，蚊蚋黃昏撲郡樓。」

△吳苑及洞庭山　並見和侯秀才同友生泛舟溪中相招之作詩注。

△怪來　見題吉澗盧拾遺莊詩注。

△物外　謂世外。宋之問陸渾山莊詩：「歸來物外情，負杖閱巖耕。」

過當塗縣

客過當塗縣。停車訪舊遊。謝公山有墅。李白酒無樓。采石花空發。烏江水自流。夕陽誰共感。寒鷺立汀洲。

【注】

△當塗縣　漢置，三國時廢，故治在今安徽省懷遠縣東南。東晉成帝時僑立當塗縣於今南陵縣北，而故縣廢為馬頭城。

△謝公山有墅　詳上元縣詩註。

△太白酒無樓　當塗縣西北采石磯，有太白樓，亦名謫仙樓。相傳李白醉後捉月死於采石江，後人因作此樓。

此云無，或因兵亂已圮，或樓建於公後也。

△烏江　在安徽省和縣東北四十里，今名烏江浦，土多黑壤，故名。史記項羽紀：「羽欲東渡烏江，烏江亭長檥船待。」即此。

△汀洲　水中可居曰洲。汀，洲渚之平也。見說文汀下段注。庾信哀江南賦：「就汀洲之杜若，待蘆葦之單衣。」宋之問秋蓮賦：「江南兮峴北，汀洲兮不極。」

江亭酒醒却寄維揚餞客

別筵人散酒初醒。江步黃昏雨雪零。滿坐綺羅皆不見。覺來紅樹背銀屏。

【校】

△紅樹　全唐詩樹下注云：「一作燭。」

【注】

△維揚　謂揚州也。梁溪漫志云：「古今稱揚州為惟揚，蓋取禹貢淮海惟揚州之語，今則易惟作維矣。」孟浩然宿桐廬江寄廣陵舊遊詩：「建德非吾土，維揚憶舊遊。」

△綺羅　舊唐書裴漼傳：「頗飾妓妾，後庭有綺羅之賞。」張說觀妓詩：「秀色然紅黛，嬌香發綺羅。」

△銀屏　溫庭筠湘東宴曲：「欲上香車俱脉脉，清歌響斷銀屏隔。」

臺　城

江雨霏霏江草齊。六朝如夢鳥空啼。無情最是臺城柳。依舊煙籠十里堤。

【校】

△（題） 唐詩三百首作金陵圖。

【注】

△六朝 吳、東晉、宋、齊、梁、陳，先後都於建康，合稱六朝。殷堯藩金陵上李公垂侍郎詩：「六朝空據長江險，一統今歸聖代尊。」

△臺城 故址在今江蘇省江寧縣治北玄武湖側。本吳後苑城，晉咸和中修繕爲新宮，亦謂之宮城，宋、齊、梁、陳皆因爲宮，與雞鳴山相接。按晉宋間謂朝廷禁省爲臺，故稱禁城爲臺城。劉夢得賦金陵五詠，故有臺城一篇。今人於他處指言建康爲臺城，則非也。見容齋隨筆。

【箋】

△褚稼軒曰：「唐韋莊金陵圖詩：『江雨霏霏江草齊，六朝如夢鳥空啼，無情最是臺城柳，依舊煙籠十里堤。』謝叠山云：臺城，梁武餓死之地，國亡身滅，陵谷變遷，惟草木無情，只如前日，無情依舊四字最妙。端平中，北使王檝詩：『到處江山是戰場，淮民依舊說耕桑，梅花不識興亡恨，猶向東風笑夕陽。』譏本朝臣子不知邊事之危急。景定間，北將胡諮議留江州詩：『寂寞武磯山上廟，蕭條羅伏水中船，垂楊不管興亡事，依舊青青兩岸邊。』亦譏本朝將相不知國家將亡，猶隨時取樂，如平定無事時。皆從前詩變化來。」

△唐詩三百首詳析曰：「首句是寫雨景，二句以六朝切金陵，鳥空啼即寫感慨意，三句臺城又是切金陵，四句

煙柳籠堤仍是歸結到圖景。其中空、無情、依舊等字，是本詩動脈，蓋非下這等字，不能發抒感慨，並且使詩中實字挑得鬆動，不致呆板，所以詩中用虛字，非但可以幫助口氣，且能使它空靈有致。」

贈漁翁

草衣荷笠鬢如霜。自說家編楚水陽。滿岸秋風吹枳橘。遶陂煙雨種菰蔣。蘆刀夜鱠紅鱗膩。水甑朝蒸紫芋香。曾向五湖期范蠡。爾來空闊久相忘。

【注】

△枳橘　考工記總敘：「橘踰淮而北爲枳。」本草蘇頌曰：「枳木似橘而小。」

△菰蔣　說文：「苽，一名蔣。」苽即菰也。楚辭大招：「設菰粱只。」注：「苽粱、蔣實。」按蔣即菰也。文選左思蜀都賦：「其沃瀛則有欑蔣叢蒲。」劉良曰：「蔣，菰名也。」

△鱠　細切魚肉也。廣韻：「膾，魚膾。說文曰，細切肉也。鱠同膾。」

△甑　炊器。孟子滕文公：「許子以釜甑爨，以鐵耕乎？」

△范蠡　史記貨殖傳：「范蠡既雪會稽之恥，云云。乃乘扁舟泛於江湖。」

過揚州

當年人未識兵戈。處處靑樓夜夜歌。花發洞中春日永。月明衣上好風多。淮王去後無雞犬。煬帝歸來葬綺羅。二十四橋空寂寂。綠楊摧折舊官河。

【注】

△青樓　指妓院。杜牧遺懷詩：「十年一覺揚州夢，贏得青樓薄倖名。」

△淮王去後無雞犬　淮王，謂漢淮南王劉安。神仙傳：「淮南王白日昇天，餘藥器置庭中，雞犬舐啄之，盡得昇天。」

△煬帝　隋文帝次子，名廣，弒父自立。即位後，大興土木，造西苑，置離宮，開邗溝，賦重役繁，民不堪命，羣雄並起。後南巡至江都，爲宇文化及所弒。諡煬。

△二十四橋　故址在今江蘇省江都縣城西門外。方輿勝覽謂隋置，以城門坊市爲名。後宋韓令坤省築州城，分布阡陌，別立橋梁，所謂二十四橋者，或存或廢，不可得而考矣。又揚州畫舫錄謂即吳家磚橋，一名紅藥橋，古有二十四美人吹簫於此，故名。杜牧寄揚州韓綽判官詩：「二十四橋明月夜，玉人何處教吹簫。」

△舊官河　舊唐書敬宗紀：「向東屈曲取禪智橋東，通舊官河。」

寄右省李起居

已向鴛行接鴈行。便應雙拜紫薇郎。纔聞闕下徵書急。已覺回朝草詔忙。白馬似憐朱紱貴。綵衣遙惹御爐香。多慚十載遊梁客。未換青襟侍素王。

【校】

△未換　未字原闕，據綠本、全唐詩補。

【注】

△起㞐　通典職官：「大唐貞觀二年，省起居舍人移其職於門下，置起居郎二人。顯慶中，復於中書省置起居舍人，遂與起居郎分掌左右，云云。每皇帝御殿，則對立於殿，有命則臨陛俯聽，選而書之，以爲起居注。」按㞐，古文居字。見玉篇。

△鴛行　謂朝官行列也。劉禹錫奉和司空裴相公中書即事詩：「佇聞戎馬息，入駕領鴛行。」亦作鵷行。趙彥昭奉和幸韋嗣立山莊侍宴應制詩：「縱然懷豹隱，空愧躡鵷行。」

△紫薇郎　謂中書省中官也。按唐開元元年，改中書省曰紫薇省，中書令曰紫薇令，掌佐天子執大政而總判省事，取象於紫薇，有藩臣匡衞之義，大曆間復爲中書省。或謂唐中書省多植紫薇，故名。白居易直中書省詩：「獨坐黃昏誰是伴，紫薇花對紫薇郎。」

△草詔　翰林志：「學士在禁中草詔，雖宸翰所揮，亦資檢校，謂之視草。」劉禹錫次華州登北樓詩：「壁中今日題詩處，天上同時草詔人。」

△朱紱　漢書韋賢傳：「黻衣朱紱。」顏師古注：「朱紱爲朱裳，畫亞文也。亞，古弗字，故因謂之黻，字亦作黻。」杜甫詩：「白頭無籍在，朱紱有哀憐。」白居易詩：「便留朱紱還鈴閣，却著青袍侍玉除。」

△御爐香　賈至早朝大明宮呈兩省僚友詩：「劍珮聲隨玉墀步，衣冠身惹御爐香。」

△多慚十載遊梁客　公和集賢侯學士分司丁侍御秋日雨霽之作詩亦有「多慚十載遊梁士」句，言棘圍鏖戰，十載棲皇，至今尚未釋褐也。按梁謂梁孝王劉武，漢文帝次子，初立爲代王，後徙淮陽，又徙梁，作曜華宮及

兔園，一時文學之士多歸之。

△素王　家語本姓解：「齊太史子與見孔子，退曰，或者天將欲與素王之乎，夫何其盛也。」

鑷白

白髮太無情。朝朝鑷又生。始因絲一縷。漸至雪千莖。不避佳人笑。唯慙稚子驚。新年過半百。猶歎未休兵。

【注】

△鑷白　謂以鑷子去白髮也。李白秋日鍊藥院鑷白髮贈元六兄林宗詩：「長吁望青雲，鑷白坐相看。」

漳亭驛小櫻桃

當年此樹正花開。五馬仙郎載酒來。李白已亡工部死。何人堪伴玉山頹。

【校】

△（題）小櫻桃　全唐詩注云：「一作桃花。」

【注】

△五馬僊郎　演繁露云：「太守用五馬，後漢已然矣。至唐白樂天和深春二十詩曰：『五匹鳴珂馬，雙輪畫戟

車。』至其自杭分司馬有詩曰：『錢唐五馬留三匹，還擬騎來攬擾春。』老杜亦有詩曰：『使君五馬一馬驄。』則是眞有五馬矣。」僊郎，諸曹郎之稱。見白孔六帖。王維重酬苑郎中詩：「仙郎有意憐同舍。」李頎送盧員外詩：「漢宮題柱憶仙郎。」

△玉山頹　世說新語容止：「山公曰，嵇叔夜之爲人也，巖巖若孤松之獨立，其醉也，傀俄若玉山之將崩。」書言故事：「言醉曰玉山頹。」白居易藍田劉明府攜酌相過與皇甫郎中卯時同飲醉後贈之詩：「玄晏舞狂烏帽落，藍田醉倒玉山頹。」

酬吳秀才霅川相送

一葉南浮去似飛。楚鄉雲水本無依。離心不忍聞春鳥。病眼何堪送落暉。摻袂客從花下散。棹舟人向鏡中歸。夫君別我應惆悵。十五年來識素衣。

【注】

△霅川　即霅溪，在今浙江省吳興縣治南。寰宇記云：「自浮玉山曰苕溪，自銅峴山曰前溪，自天目山曰餘不溪，自德淸縣前北流至州南興國寺曰霅溪，凡四水合爲一溪，東北流四十里入太湖。」

△一葉　謂扁舟也。吳融憶釣舟詩：「青山小隱枕潺湲，一葉垂綸幾泝沿。」

△摻袂　詩鄭風遵大路：「摻執子之袪兮。」傳：「摻，擥。袪，袂也。」箋：「欲擥持其袂而留之。」孔平仲詩：「平川摻袂履星霜，楚尾吳東各一鄉。」

對雨獨酌

榴花新釀綠於苔。對雨閑傾滿滿杯。荷鍤醉翁眞達者。臥雲逋客竟悠哉。能詩豈是經時策。愛酒原非命世才。門外綠蘿連洞口。馬嘶應是步兵來。

【注】

△榴花　陸龜蒙中酒賦：「豈比夫榴花竹葉之味。」李嶠甘露殿侍宴詩：「御筵陳桂醑，天酒酌榴花。」

△荷鍤　晉劉伶嗜酒，每飲必至酩酊而後快。嘗乘鹿車，攜一壺酒，使人荷鍤隨之，謂曰，死便埋我，其肆志放達如此。見晉書本傳。按鍤或作臿，所以插地起土者，見釋名。

△臥雲　喩隱逸也。唐事紀事：「李頻，方干弟子也，登第後，干寄詩曰，弟子已攀桂，先生猶臥雲。」

△經時策　經，匡濟也。李白詩：「欲獻濟時策，此心誰見明。」王翰聞大軍渡淮詩：「廟堂已定匡時策。」

△命世才　文選李陵答蘇武書：「賈誼、亞夫之徒，皆信命世之才，抱將相之具。」命世，謂名高一世也。

△步兵　世說新語任誕：「步兵校尉缺，廚中有貯酒數百斛，阮籍乃求爲步兵校尉。」又：「張季鷹縱任不拘，時人號爲江東步兵。或謂之曰，卿可縱適一時，獨不爲身後名耶，答曰，使我有身後名，不如即時一栝酒。」

夏初與侯補闕江南有約同泛淮汴西赴行朝莊自九驛路先至甬橋補闕由淮楚續至泗上寢病旬日遽聞捐館回首悲慟因成長句四韻弔之

本約同來謁帝閽。忽隨川浪去東奔。九重聖主方虛席。千里高堂尚倚門。世德只應榮伯仲。詩名終自付兒孫。遙憐月落清淮上。寂寞何人弔旅魂。

【注】

△（題）元注云：「巳後自浙西遊汴宋路至陳倉迎駕，却過昭義相州路歸金陵作。」年譜云：「同卷汴堤行、旅次甬西，皆西上道中作。陳思引舊唐書文宗紀：太和七年三月，復於埇橋置宿州，割徐州符離、蘄縣、泗州虹縣隸之。即此甬橋甬西也。陳寅恪秦婦吟校箋，引元和郡圖志九徐州條：按自隋氏鑿汴以來，彭城南控甬橋，以扼汴路，故其鎮尤重。同卷宿州條云：其地南汴河有甬橋，爲舳艫之會。李翺李文公集十八南來錄：乙巳次汴洲，乙酉次宋州（今商邱縣南），甲寅次埇口，丙辰次泗州。此唐時所謂汴宋路也。」

△補闕　唐諫官名。有左右之分，左補闕屬門下省，右補闕屬中書省，掌供奉諷諫，有駁正詔書之權。

△捐館　戰國策趙策：「今奉陽君捐館舍。」捐，棄也，館舍，人所住也，死則不復住，故曰捐館舍。按言人死曰捐館，本此。

△帝閽　舊唐書韓思復傳：「帝閽九重，途遠千里。」帝閽，天子之宮門也。王勃滕王閣序：「懷帝閽而不見，奉宣室以何年。」

△虛席　虛尊位以待賢也。李商隱賈生詩：「可憐夜半虛前席，不問蒼生問鬼神。」

△高堂　謂父母也。李白送張秀才從軍詩：「抱劍辭高堂，將役霍冠軍。」

△世德　詩大雅下武：「王配于京，世德作求。」箋：「以其世世積德，庶爲終成其大功。」文選陸機文賦：「詠世德之駿烈，誦先人之清芬。」

△伯仲　言兄弟之次也。禮記檀弓：「幼名，冠字，五十以伯仲。」疏：「士冠禮二十已有伯某甫，仲叔季，此云五十以伯仲者，二十之時，雖云伯仲，皆配某甫而言，五十之時，直呼伯仲耳。」

汴堤行

欲上隋堤舉步遲。隔雲烽燧叫非時。纔聞破虜將休馬。又道征遼再出師。朝見西來爲過客。暮看東去作浮屍。綠楊千里無飛鳥。日落空投舊店基。

【注】

△隋堤　清一統志云：「河南之開封、商丘、夏邑、永城、汴河故道，有隋隄，一名汴隄。」揚州府志云：「隋開邗溝入江，旁築御河，樹以楊柳，今謂之隋隄，在今江蘇江北運道上。宋張綸因其舊而修築之，南起江都，北達寶應，爲十閘以洩橫流，即今運河隄也。蓋自開封迄江都，沿汴淮運河，皆隋隄所經也。」

△烽燧　後漢書光武帝紀：「大將軍杜茂屯北邊，築亭候，修烽燧。」古邊方告警，作高土臺，中置薪草，有寇則舉火燃之以相告，曰烽，又多積薪，寇至則燔之望其煙，曰燧，晝則燔燧，夜乃舉烽，一臺烽燧既作，鄰臺即相繼遞舉，以告戍守之兵也。

旅次甬西見兒童以竹槍紙旗戲爲陣列主人叟曰斯子也三世沒於陣思所襲祖父讐余因感之

已聞三世沒軍營。又見兒孫學戰爭。見爾此言堪慟哭。遣予何日望時平。

【注】

△遣　猶云使也、令也。

自孟津舟西上雨中作

秋煙漠漠雨濛濛。不卷征帆任晚風。百口寄安滄海上。一身逃難綠林中。來時楚岸楊花白。去日隋堤蓼穗紅。却到故園翻似客。歸心迢遞秣陵東。

【注】

△孟津　水經注云：「武王伐紂，與八百諸侯咸同此盟，故曰孟津，亦曰盟津，又曰富平津，晉杜預造橋於富平津，所謂造舟爲梁也。」按在今河南省孟縣南十八里。

△漠漠　布列貌。杜甫詩：「兵戈塵漠漠，江漢月娟娟。」

△綠林　後漢書劉玄傳：「王莽末，南方饑饉，人庶羣入野澤，掘鳧茈而食之，更相侵奪，新市人王匡王鳳爲平理諍訟，遂推爲渠帥，於是諸亡命馬武、王常、成丹等往從之，藏於綠林中，數月間至七八千人。」後世目盜爲綠林本此。按綠林，山名，在今湖北省當陽縣東北。

△迢遞　義同迢遙，遠貌。文選左思吳都賦：「曠瞻迢遞。」遞亦作遰。謝朓詩：「結構何迢遰。」

含山店夢覺作

曾爲流離慣別家。等閑揮袂客天涯。燈前一覺江南夢。惆悵起來山月斜。

【校】

△曾爲　全唐詩同。爲下注云：「一作是。」

△客　全唐詩注云：「一作各。」

【注】

△含山　又名横山，在今安徽省含山縣西三十里。羣山列峙，勢若吞含，唐因以名縣。

題貂黃嶺官軍

散騎蕭蕭下太行。遠從吳會去陳倉。斜風細雨江亭上。盡日凭欄憶楚鄉。

【校】

△憶楚　全唐詩注云：「一作獨望。」

【注】

△太行　山名，起河南省濟源縣，北入山西省晉城縣。朱子語錄云：「太行山一千里，河北諸州，皆旋其趾，

潞州、上黨，在山脊最高處，過河便見太行山在半天，如黑雲然。」按太行山，列子謂之大形，淮南子謂之五行之山，隋書地理志謂之母山，寰宇記謂之皇母山，或名女媧山。

△吳會　今江蘇省吳縣。陔餘叢考云：「會讀若貴，西漢會稽郡治，本在吳縣，時俗郡縣連稱，故云吳會。或讀爲都會之會，非。魏文帝詩：惜哉時不遇，適與飄風會，吹我東南行，行行至吳會。詩必無兩韻接連重複，知吳會之會，非會合之會矣。」

△陳倉　古縣名，故城在今陝西省寶雞縣東。詳聞再幸梁洋詩注。

過內黃縣

相州吹角欲斜陽。匹馬搖鞭宿內黃。僻縣不容投刺客。野陂時遇射鵰郎。雲中粉堞新城壘。店後荒郊舊戰場。猶指去程千萬里。秣陵煙樹在何鄉。

【注】

△內黃縣　漢置。按陳留有外黃，故加內，東魏併入臨漳，故城在今河南省內黃縣西北。隋於故城東南十九里重置，即今縣也。

△投刺　謂投送名刺以備進謁也。韓愈上崔考功書：「欲事干謁，則患不能小書，困於投刺。」

△粉堞　杜甫峽口詩：「城敧連粉堞，岸斷更青山。」堞，城上女牆也。

襍感

莫悲建業荆榛滿。昔日繁華是帝京。莫愛廣陵臺榭好。也曾蕪沒作荒城。魚龍爵馬皆如夢。風月煙花豈有情。行客不勞煩悵望。古來朝市歎衰榮。

【注】

△廣陵　郡名，後漢置，故城在今江蘇省江都縣東北。隋置揚州，又改曰江都郡，唐復置揚州，改為廣陵郡，又改曰揚州。

△臺榭　書泰誓上：「惟宮室臺榭，陂池侈服，以殘害于爾萬姓。」傳：「土高曰臺，有木曰榭。」杜甫滕王亭子詩：「君王臺榭枕巴山，萬丈丹梯尚可攀。」

△魚龍爵馬　文選鮑照蕪城賦：「吳蔡齊秦之聲，魚龍爵馬之玩，皆薰歇燼滅，光沈響絕。」呂延濟曰：「魚龍、爵馬，皆假為飾以為玩樂。」

垣縣山中尋李書記山居不遇留題河次店

白雲紅樹𡶒㟍東。名鳥羣飛古畫中。僊吏不知何處隱。山南山北雨濛濛。

【校】

△𡶒㟍　全唐詩注云：「一作繞琅。」

【注】

△垣縣　漢置，一曰東垣，後魏改置白水縣，北周曰亳城，隋又改垣縣，故城在今山西省垣曲縣西二十里。

送人遊并汾

風雨蕭蕭欲暮秋。獨攜孤劒塞垣遊。如今虜騎方南牧。莫過陰關第一州。

【注】

△并汾　二州名，皆屬山西省。并州卽今太原縣治，汾州卽今汾陽縣治。

△陰關　卽陰地關，故址在今山西省靈石縣西南。唐書昭宗紀：「大順元年，張濬及李克用戰於陰地。」卽此。

卷五

李氏小池亭十二韻

積石亂巉巉。庭莎綠不芟。小橋低跨水。危檻半依巖。花落魚爭唼。櫻紅鳥競鵮。引泉疎地脈。掃絮積山嵌。古柳紅綃織。新篁紫綺緘。養猿秋嘯月。放鶴夜棲杉。枕簟谿雲膩。池塘海雨鹹。語窗鷄逞辦。舐鼎犬偏饞。踏蘚靑粘屐。攀蘿綠映衫。訪僧舟北渡。貰酒日西銜。遲客登高閣。題詩繞翠嵒。家藏何所寶。淸韻滿琅函。

【校】

△辦　綠本、全唐詩皆作辨。

【注】

△（題）　元注云：「時在婺州寄居作。」按婺州，隋置，以當天文婺女之星爲名，尋廢，唐復置，改曰東陽郡，尋復曰婺州，即今浙江省金華縣治。

△巉巉　高峻貌。韓愈望秋詩：「終南曉望蹋龍尾，倚天更覺靑巉巉。」

△芟　音衫，刈草也。詩周頌載芟：「載芟載柞。」傳：「除草曰芟。」

△唼　集韻：「呞，唼也，或作唼。」溫庭筠昆明池水戰詞：「唼唼游魚近煙𥂕。」按𥂕，島本字。
△鵮　元注云：「竹咸切，鳥啄物也。」
△鼎　烹飪器。文選張協七命：「伊公爨鼎。」
△嵒　通巖，俗作岩，山巖也。見說文。徐鉉云：「從品，象巖厓連屬之形。」
△琅函　吳澄題閣皁山詩：「九重香案兮雲篆，八景琅函記玉題。」函，書函也。

遣　興

如幻如泡世。多愁多病身。亂來知酒聖。貧去覺錢神。異國清明節。空江寂寞春。聲聲林上鳥。喚我北歸秦。

【注】
△如幻如泡　金剛經：「一切有爲法，如夢幻泡影，如露亦如電，應作如是觀。」按夢幻泡影與露電，皆喻世間萬法之空虛無實也。
△異國　猶云異鄉、他鄉。
△秦　即今陝西省。公京兆杜陵人，故云。

婺州和陸諫議將赴闕懷陽羡山居

望闕路仍遠。子牟魂欲飛。道閑燒藥鼎。僧寄臥雲衣。故國饒芳草。他山挂夕暉。東陽雖勝地。王粲奈思歸。

【注】

△諫議　官名，掌侍從規諫。事物紀原三省綱轄部諫議：「秦置諫大夫，後漢光武增爲諫議大夫，歷代不改。唐龍朔中，屬中書，開元後歸門下。正元四年五月，分左右，以左隸門下，以右隸中書。」

△陽羨　古縣名，漢置，爲侯邑。隋改爲義興，唐又析置陽羨縣。故城在今江蘇省宜興縣南五里。

△子牟　莊子：「中山公子牟謂瞻子曰，身在江海之上，心居魏闕之下，奈何？瞻子曰，重生，重生則利輕。」謝靈運詩：「仲連輕齊組，子牟眷魏闕。」張養浩詩：「子牟戀闕心空赤，江總還家鬢尙玄。」

△臥雲　隱逸之喻。詳對雨獨酌詩注。

△東陽　郡名，三國吳置。陳改置金華郡，隋改婺州，唐爲婺州東陽郡，即今浙江省金華縣治。

△王粲　公自況也。詳早秋夜作詩注。

江上題所居

故人相別盡朝天。苦竹江頭獨閉關。落日亂蟬蕭帝寺。碧雲歸鳥謝家山。青州從事來偏熟。泉布先生老漸慳。不是對花長酩酊。永嘉時代不如閑。

【注】

△朝天　謂朝見天子也。杜甫偪仄行：「東家蹇驢肯借我，泥滑不敢騎朝天。」

△蕭帝寺　杜陽雜編：「梁武帝好佛，造浮屠，命蕭子雲飛白大書曰蕭寺。」書言故事：「稱寺曰蕭寺。」杜荀鶴題戰島僧居詩：「入雲蕭帝寺，畢竟欲何如。」

△青州從事　謂好酒也。世說新語術解：「桓溫有主簿，善別酒，有酒輒令先嘗，好者謂青州從事，惡者謂平原督郵。青州有齊郡，平原有鬲縣，從事言到臍，督郵言在鬲上也。」皮日休醉中寄魯望一壺幷一絕詩：「醉中不得親相倚，故遣青州從事來。」

△泉布先生　泉布，謂錢也。大學衍義補：「王昭禹曰：古者寶龜而貨貝，至太公立九府圜灋，始用錢代貝，或曰泉，或曰貝，布取宣布之意，泉取流行之意，其實則一而已。」

△慳　吝也。南史王玄謨傳：「劉秀之儉恪，孝武常呼爲老慳。」

△永嘉時代　喻亂世也。按永嘉，晉懷帝年號，永嘉五年，劉淵稱帝，石勒陷洛陽，帝被虜；衣冠紛紛南渡，史稱「永嘉之亂」。

婺州屛居蒙右省王拾遺車枉降訪病中延候不得因成寄謝

三年流落臥漳濱。王粲思家拭淚頻。畫角莫吹殘月夜。病心方憶故園春。自爲江上樵蘇客。不識天邊侍從臣。怪得白鷗驚去盡。綠蘿門外有朱輪。

【注】

△臥漳濱　文選劉楨贈五官中郎將詩：「余嬰沈痼疾，竄身淸漳濱。」注引山海經云：「少山，淸漳水出焉，

東流于濁漳之水。」

△樵蘇　樵，取薪也。蘇，取草也。曹松己亥歲詩：「澤國江山入戰圖，生民何計樂樵蘇。」

△朱輪　漢制，公列侯及二千石以上官皆得乘朱輪。文選楊惲報孫會宗書：「惲家方隆盛時，乘朱輪者十人，位在列卿，爵爲通侯。」後因以朱輪稱貴顯者所乘車。李白門有車馬客行：「門有車馬賓，金鞍耀朱輪。」

將卜蘭芷村居留別郡中在仕

蘭芷江頭寄斷蓬。移家空載一帆風。伯倫嗜酒還因亂。平子歸田不爲窮。避世飄零人境外。結茅依約畫屏中。從今隱去應難覓。深入蘆花作釣翁。

【注】

△斷蓬　王之渙九日送別詩：「今日暫同芳菊酒，明朝應作斷蓬飛。」斷，絕也、分也，斷蓬猶云片蓬。按蓬末大於本，遇風輒拔而旋，因以爲飄泊無定之喻。

△伯倫　晉劉伶字。伶沛國人，嘗仕建威參軍，泰始初對策，盛言無爲之化，報罷，與阮籍、嵇康同隱，爲「竹林七賢」之一。放情恣志，性尤好酒，妻切諫，不從，著酒德頌，以壽終。參閱對酒詩注。

△平子歸田　平子，東漢張衡字。衡西鄂人，善屬文，時天下承平，俗尚奢侈，衡乃作二京賦，以寓諷諫，構思十年乃成，傳誦於世。見後漢書卷八十九。歸田，謂辭官退隱也。按文選有歸田賦。李善曰：「張衡仕不得志，欲歸於田，因作此賦。」

△釣翁　元結漫問詩：「漫問軒裳客，何如耕釣翁。」

和陸諫議避地寄東陽進退未決見寄

未歸天路紫雲深。暫駐東陽歲月侵。入洛聲華當世重。閔周章句滿朝吟。開爐夜看黃芽鼎。臥甕閑欹白玉簪。讀易草玄人不會。憂君心是致君心。

【注】

△天路　後漢書安帝紀贊：「彼日而微，遂祲天路。」天路，謂君道也。

△紫雲　祥瑞之雲。南史宋文帝紀：「景平初有黑龍現西方，五色雲隨之。二年，江陵城上有紫雲，望氣者皆以爲帝王之符。」李白古風：「東海沈碧水，西關乘紫雲。」

△聲華　有美譽則有光彩，故稱名譽爲聲華。白居易晏坐閒吟詩：「昔爲京洛聲華客，今作江南潦倒翁。」

△閔周　周室東遷，大夫行役至於宗周，見故宗廟宮室，盡爲禾黍，閔周室之衰頹，徬徨不忍去，因作黍離之篇。見詩王風。庾信詩：「大夫唯愍周，君子常思亳。」即引此事。愍，同閔，傷念也。

△黃芽　參同契：「故鉛外黑，內懷金華。」注：「金華即黃芽，乃鉛之精英。」雲笈七籤云：「黃芽是長生之至藥，牙是萬物之初也，緣因白被火變色黃，故名黃芽。」白居易對酒詩：「有時成白首，無處問黃芽。」

△草玄　漢書揚雄傳：「時雄方草太玄，有以自守泊如也，或謿雄以玄尚白，而雄解之，號曰解謿。」杜甫詩：「草玄吾豈敢，賦或似相如。」

山墅閑題

邐迤前岡壓後岡。一川桑柘好殘陽。主人饋餉炊紅黍。鄰父攜竿釣紫魴。靜極却嫌流水鬧。閑多飜笑野雲忙。有名不郍無名客。獨閉衡門避建康。

【校】

△不郍　全唐詩郍作那。

【注】

△邐迤　旁行連延貌。迤，亦作迆。文選吳質答東阿王書：「夫登東岳者，然後知衆山之邐迆也。」

△桑柘　禮記月令：「夏季之月，令野虞毋伐桑柘。」賈島暮過山村詩：「蕭條桑柘外，煙火漸相親。」

△衡門　詩陳風衡門：「衡門之下，可以棲遲。」集韻：「衡門，橫木爲門也。」按朱傳謂爲隱居自樂而無求者之辭，言衡門雖淺陋，然亦可以遊息也。

【箋】

△唐音癸籤曰：「韋莊詩：『靜極却嫌流水鬧，閑多翻笑野雲忙。』本於老杜：『水流心不競，雲在意俱遲。』」

江上逢故人

前年送我曲江西。紅杏園中醉似泥。今日逢君越溪上。杜鵑花發鷓鴣啼。來時舊里人誰在。別後滄波路幾迷。江畔玉樓多美酒。仲宣懷土莫淒淒。

【注】

△曲江　池名，故址在今陝西省長安縣東南。水流曲折，有如之江，故名。漢武帝嘗造宜春苑於此。唐開元中，更加疏鑿，池畔有紫雲樓、芙蓉苑、杏園、慈恩寺、樂遊原諸勝。每歲中和、上巳，遊客如雲。秀士登科，亦賜宴於此。參閱曲江作詩注。

△越溪　宋之問發端州初入西江詩：「問我將何去，淸晨泝越溪。」

旅中感遇寄呈李祕書昆仲

南望愁雲鎖翠微。謝家樓閣雨霏霏。劉楨病後新詩少。阮籍貧來好客稀。猶喜故人天外至。許將孤劍日邊歸。懷鄉不怕嚴陵笑。只待秋風別釣磯。

【注】

△祕書　官名。舊唐書百官志：「祕書省，隸中書之下，祕書監一員從三品，少監二員從四品上，丞一員從五

品上。祕書監之職，掌邦國經籍圖書之事。」
△日邊　謂京師附近。公京兆杜陵人，故云。杜甫詩：「渭水流關內，終南在日邊。」按終南山主峯在長安縣南，故杜詩云然。
△嚴陵　即後漢嚴光。光一名遵，字子陵，少有高名，與光武同游學，及帝即位，乃變姓名，隱身不見，帝思其賢，物色之，後齊國上書，有一男子，披羊裘釣澤中，乃遣使聘之，三反而後至，車駕即日幸其館，除諫議大夫，不屈，耕於富春山，年八十餘卒。後人名其釣處曰嚴陵瀨。見後漢書卷一百十三。

送范評事入關

寂寥門戶寡相親。日日頻來只有君。正喜琴尊長作伴。忽攜書劍遠辭羣。傷心柳色離亭見。聒耳蟬聲故國聞。爲報明年杏園客。與留絕豔待終軍。

【注】

△評事　官名。漢置廷尉平，隋改爲評事，掌平決刑獄，至淸末廢。
△書劍　古時文人隨身之物。高適人日寄杜二拾遺詩：「一臥東山三十春，豈知書劍老風塵。」
△終軍　漢濟南人，字子雲。少好學，辯博能文。奉使說南越王內屬，軍請受長纓，謂必羈南越王頸，致之闕下。既至越，說之，越王聽許，請內屬，而越相呂嘉不從，攻殺王及漢使，軍亦被害，時年二十餘，世謂之終童。見漢書卷六十四。王勃滕王閣序：「無路請纓，等終軍之弱冠，有懷投筆，慕宗慤之長風。」

東陽酒家贈別二絕句

（一）

送君同上酒家樓。酩酊翻成一笑休。正是落花饒悵望。醉鄉前路莫回頭。

（二）

天涯方歎異鄉身。又向天涯別故人。明日五更孤店月。醉醒何處淚霑巾。

【校】

△淚　全唐詩注云：「一作各。」

江上村居

本無蹤跡戀柴扃。世亂須教識道情。顛倒夢魂愁裏得。擷奇詩句望中生。花緣豔絕栽難好。山爲看多詠不成。聞道漢軍新破虜。使來仍說近離京。

【注】

△道情　謝靈運述祖德詩：「拯溺由道情，龕暴資神理。」

江外思鄉

年年春日異鄉悲。杜曲黃鶯可得知。更被夕陽江岸上。斷腸煙柳一絲絲。

【校】

△（題）思鄉　全唐詩鄉下注云：「一作歸。」

【注】

△杜曲　地名。在今陝西省長安縣南韋曲東，其南又名杜固。唐書杜正倫傳：「城南諸杜所居，號杜固。」雍錄：「杜固謂之南杜，杜曲謂之北杜，皆名勝之地。」

和鄭拾遺秋日感事一百韻

禍亂天心厭。流離客思傷。有家拋上國。無罪謫遐方。負笈將辭越。揚帆欲泛湘。避時難駐足。感事易回腸。雅道何銷德。妖星忽耀芒。中原初縱燎。下國竟探湯。盜據三秦地。兵纏八水鄉。戰塵輕犯闕。羽旆遠巡梁。自此修文代。俄成講武場。熊羆驅涿鹿。犀象走昆陽。御馬迷新棧。宮娥改舊粧。五丁功再覩。八難事難忘。鳳引金根疾。兵環玉弩强。

建牙雖可恃。摩壘詎能防。霍廟神遐遠。圯橋路杳茫。出師威似虎。禦敵很如羊。眉畫猶思赤。巾裁未厭黃。晨趨鳴鐵騎。夜舞挹瓊觴。僭侈彤襜亂。諠呼繡扆攘。但聞爭曳組。詎見學垂韁。鵠印提新篆。龍泉奪曉霜。軍威徒逗撓。我武自維揚。負扆勞天眷。凝旒念國章。繡旗張畫獸。寶馬躍紅鶩。但欲除妖氣。寧思蔽耿光。曉煙生帝里。夜火入春坊。鳥怪巢宮樹。狐驕上苑牆。設危終在德。視履豈無祥。氣激雷霆怒。神驅岳瀆忙。功高分虎節。位下恥龍驤。遍命登壇將。巡封異姓王。志求扶墜典。力未振頹綱。漢路閑鵬鶚。雲衢駐驌驦。寶裝軍器麗。麝裛戰袍香。日覩兵書捷。時聞虜騎亡。人心驚獬豸。雀意伺螳螂。上略咸推妙。前鋒詎可當。紆金光照耀。執玉意藏昂。覆餗非無謂。奢華事每詳。四民皆組綬。九土墮耕桑。飛騎黃金勒。香車翠鈿裝。八珍羅膳府。五采鬬筐牀。晏集喧華第。歌鐘簇畫梁。永期傳子姓。寧誤犯天狼。未覩君除側。徒思玉在傍。竄身奚可保。易地喜相將。國運方夷險。天心詎測量。九流雖暫蔽。二柄豈相妨。小孽乖躔次。中興繫昊蒼。法堯功已普。罪己德非凉。帝念惟思理。臣心豈自遑。詔催青瑣客。時待紫薇郎。定難思宸算。勝災滅御粱。皇恩思蕩蕩。睿澤轉洋洋。偃臥雖非晚。艱難亦備嘗。舜庭招諫鼓。漢殿上書囊。儉德遵三尺。淸朝俟一匡。世隨漁父醉。身效接輿狂。竄逐同天寶。遭罹異建康。道孤悲海澨。家遠隔天潢。卒歲貧無褐。經秋病泛漳。似魚甘去乙。比蟹未成筐。守道慙無補。趨時愧不臧。殷牛常在耳。晉豎欲潛肓。忸恨山思板。懷歸海欲航。角吹魂悄悄。笛引淚浪浪。亂覺乾坤窄。貧知日月長。勢將隨鶴列。忽喜遇鴛行。已報新回駕。仍聞近納隍。文風銷劒楯。禮物換旂裳。紫闥重開序。靑衿再設庠。黑頭期命爵。頳尾尙憂魴。吳坂嘶騏驥。岐山集鳳皇。詞源波浩浩。諫署玉鏘鏘。飼雀曾傳慶。烹蛇詎有殃。弢弓韗勁鏃。匣劒淬神鋩。諤諤寧慙直。堂堂不謝張。曉風趨建禮。夜月直文昌。去國時雖久。安邦志不常。良金爐自躍。美玉櫝難藏。北望心如旆。西歸律變商。跡隨江燕去。心逐塞鴻翔。晚翠籠桑塢。斜暉挂竹堂。路愁千里月。田愛萬斯箱。伴釣歌前浦。隨樵上遠岡。鷺眠依晚嶼。鳥浴上枯楊。驚夢緣欹枕。多吟爲倚廊。訪僧紅葉寺。題句白雲房。帆外靑楓老。尊前紫菊芳。夜燈銀耿耿。曉露玉瀼瀼。異國慙傾蓋。歸途俟倂糧。身雖留震澤。心已過雷塘。執友知誰在。家山各已荒。海邊登桂檝。煙外泛雲檣。巢樹禽思越。嘶風馬戀羌。寒聲愁聽杵。空館厭聞螿。望闕飛華蓋。趨朝振玉璫。米慙無薏苡。

麫喜有桃梛。話別心重結。傷時淚一滂。佇歸蓬島後。綸詔潤青緗。

【校】

△佷　綠本、全唐詩並作狠。

△犖佃　綠本、全唐詩佃並作鈿。

△二柄　綠本、全唐詩二並作三。

△宸算　綠本算作筭。

△滅　全唐詩作滅。注云：「一作滅。」

△褌　全唐詩作揮。注云：「一作褌。」

【注】

△鄭拾遺　年譜云：「陳思引唐才子傳，鄭谷字守愚，袁州宜春人，光啓三年，右丞柳玭下第進士，授京兆鄠縣尉，遷右拾遺補闕，乾寧四年爲都官郎中。是拾遺即谷也。」

△妖星　古時謂彗星曰妖星。妖，亦作祆。漢書天文志：「又曰祆星不出三年，其下有軍及失地，若國君喪。」王先謙補注：「晉志以下皆列妖星。黃帝占云：凡妖星所出，形狀不同，爲殃則一。」

△燎　廣雅釋言：「燎，燒也。」書盤庚：「若火之燎于原，不可嚮邇。」後以燎原喩禍亂之蔓延，本此。

△探湯　論語季氏：「見不善如探湯。」孔注：「探湯，喩去惡疾。」疏：「如探湯者，人之試探熱湯，去之

必速，以喻見惡事去之疾也。」

△三秦　秦亡後，項羽三分關中。封秦降將章邯爲雍王，王咸陽以西。司馬欣爲塞王，王咸陽以東至河。董翳爲翟王，王上郡。號曰三秦。王勃杜少府之任蜀州詩：「城闕輔三秦，風煙望五津。」

△入水　關中記：「涇與渭、洛爲關中三川，與渭、灞、澇、潏、滻、灃、滈，爲關中八水。」

△羽旆　文選沈約鍾山詩應西陽教詩：「君王挺逸趣，羽旆臨崇基。」李善曰：「旆，旌旗之垂者，旍旗以羽爲飾。」

△梁　梁州，唐改爲興元府。今陝西省西南部及四川省一帶地。

△熊羆　喻武士也。書康王之誥：「則亦有熊羆之士，不二心之臣。」傳：「勇猛如熊羆之士。」

△涿鹿　古縣名，故城在今直隸涿鹿縣南。史記五帝紀：「黃帝邑於涿鹿之阿。」今縣東南四十里有土城遺址，中有黃帝廟，明志謂之軒轅城。即涿鹿城也。

△犀象　孟子滕文公下：「滅國者五十，驅虎豹犀象而遠之。」

△昆陽　古縣名。故城即今河南省葉縣治。東漢初，光武帝破王莽兵百萬於昆陽。即此。

△五丁　力士也。水經沔水注：「秦惠王欲伐蜀，而不知道，作五石牛，以金置尾下，言能屎金，蜀王負力令五丁引之成路。」胡曾金牛驛詩：「五丁不鑿金牛路，秦惠何由得併吞。」杜甫橋陵詩：「論功超五丁。」

△八難　漢書高祖紀：「張良發八難，難王輟食吐哺。」按沛公爲漢王時，酈食其說立六國後以樹黨，將從之，張良爲陳八難，乃止。

△金根　魏志武帝紀：「乘金根車，駕六馬。」文選潘岳籍田賦：「金根照耀以烱晃兮」張銑曰：「金根，瑞

車也。」

△玉弩　尚書緯帝命驗：「玉弩驚天下。」注：「秦野有枉矢星，形如弩，其星西流，天下見之而驚呼。」江總梁故度支尚書陸君誄：「金城失險，玉弩流災。」薛道衡隋高祖頌序：「玉弩驚天，金鉦照野。」

△建牙　封氏聞見記：「軍前大旗謂之牙旗，出師則有建牙之事。」劉長卿詩：「建牙吹角不聞喧，三十登壇世所尊。」世亦稱武臣出鎮曰建牙。

△摩壘　左傳宣公十二年：「許伯曰：吾聞致師者，御摩姓、摩壘而還。」注：「近敵人之軍壘而還。」

△圯橋　即沂水橋，故址在今江蘇省邳縣南。張良遇黃石公於圯上，授以太公兵法，即此。

△僭侈　僭，以下擬上。侈，奢也。鹽鐵論授時：「民饒則僭侈，富則驕奢。」

△繡䯼　半臂也。後漢書五行志：「更始諸將軍皆幘而衣婦人衣繡擁䯼。」王先謙集解引錢大昕曰：「光武紀作繡䯼。惠棟曰：䯼，依續漢書當作裾。」

△鶻印　搜神記：「漢常山張顥為梁相，天新雨後，有鳥如山鵲，飛翔近地，令人捕之，化為石，顥令椎破，得金印，文曰忠孝侯印，顥上之。」王勃上絳州高長史書：「鶻印蟬簪，金社發公侯之始。」

△龍泉　劍名。李白留別廣陵諸侯詩：「金羈絡駿馬，錦帶橫龍泉。」參閱同舊韻詩注。

△逗撓　同逗橈。漢書韓安國傳：「廷尉當恢，逗橈當斬。」注：「應劭曰：逗，曲行避敵也。橈，顧望也。軍法語也。」文選任昉奏彈曹景宗文：「顧望避敵，逗橈有刑。」

△我武自維揚　書泰誓中：「我武維揚。」句本此。維同惟。揚，舉也。

△負扆　荀子儒效：「負扆而坐。」淮南子齊俗訓：「周公攝天子之位，負扆而朝諸侯。」負，背也。扆，戶牖之間。言南面也。

△天眷　書大禹謨：「皇天眷命，奄有四海，爲天下君。」眷，顧也。見蔡傳。溫子昇舜廟碑：「天眷功高，民歸德盛。」

△凝旒　舊唐書劉洎傳：「陛下降恩旨，假慈顏，凝旒以聽其言，虛襟以納其說，猶恐羣下未敢對敭。」

△寶馬　江總羣臣請武帝懺文：「石壁山河，珍車寶馬。」

△帝里　猶言帝居、帝都。見冬日長安感志寄獻虢州崔郎中二十韻詩注。

△春坊　太子宮府之稱。晉書愍懷太子傳論：「守器春坊。」按唐置太子詹事府，以統衆務，左右二春坊，以領諸局。歷代多有之，淸末廢。

△視履　易履卦：「視履考詳。」疏：「視其所履行善惡得失，考其禍福之徵祥。」

△雷霆　詩大雅常武：「如雷如霆。」疏：「如雷之發聲，如霆之奮擊。」按疾雷爲霆，故云奮擊。後通用爲聲威及盛怒之喻。

△岳瀆　文選蔡邕陳太丘碑文：「稟岳瀆之精，苞靈曜之純。」李善曰：「孝經援神契曰：「五岳之精雄聖，四瀆之精仁明，故以比之也。」

△虎節　古出行者所持節之一種。周禮地官掌節：「凡邦國之使節，山國用虎節，土國用人節，澤國用龍節，皆金也。」注：「山多虎，平地多人，澤多龍，以金爲節鑄像焉。」

△龍驤　將軍之名號。晉書五行志：「武帝加王濬龍驤將軍。」唐玄宗過王濬墓詩：「吳國分牛斗，晉室命龍

驤。」

△鶻鶚　杜甫奉贈嚴八閣老詩：「蛟龍得雲雨，鶻鶚在秋天。」

△驌驦　文選左思吳都賦：「吳王乃巾玉輅，軺驌驦。」劉淵林曰：「驌驦，馬也。左氏傳曰：唐成公如楚，有兩驌驦馬。」

△寶裝　杜甫詩：「百寶裝腰帶，眞珠絡臂鞲。」

△麝裛　麝，謂麝香。裛，浥也、濡也。文選陶潛雜詩：「裛露掇其英。」

△獬豸　當作解廌，獸名，似山羊，一角，古者決訟令觸不直。見說文。漢書司馬相如傳：「弄解廌。」注引張揖曰：「解廌似鹿而一角，人君刑罰得中則生於朝廷，主觸不直者。」按史記作解豸，文選作獬豸，太玄經作解⿰虫豸，論衡作觟䚦，並字異而一物，其正字當依說文作解廌也。

△雀意伺螳螂　說本說苑正諫。喻徒貪目前之利而不顧後患也。

△藏昂　猶言昂藏，謂氣度軒昂也。李白詩：「繡衣柱史何昂藏，鐵冠白筆橫秋霜。」

△覆餗　言不勝重任而敗事也。易鼎：「鼎折足，覆公餗。」疏：「餗，糝也，八珍之膳，鼎之實也，鼎足既折，則覆公餗也。」程傳：「居大臣之位，當天下之任，而所用非人，至於覆敗，猶鼎之折足也。」

△組綬　禮記玉藻：「天子佩白玉而玄組綬，公侯佩山玄玉而朱組綬，大夫佩水蒼玉而純組綬，世子佩瑜玉而綦組綬，士佩瓀玟而縕組綬。」組綬，以組織成之綬也。

△九土　九州也。列子湯問：「九土所資。」

△八珍　八種珍貴之味也。周禮天官膳夫：「珍用八物。」注：「珍謂淳熬、淳毋、炮豚、炮牂、擣珍、漬、

熬、肝管也。」輟耕錄：「所謂迤北八珍，則醍醐、麆吭、野駝蹄、鹿唇、駝乳麋、天鵝炙、紫玉漿、玄玉漿也。」按後以龍肝、鳳髓、豹胎、鯉尾、鶚炙、猩唇、熊掌、酥酪蟬為八珍。

△筐牀　莊子齊物論：「與王同筐牀。」成玄英疏：「筐，正也，同方牀而燕處。」淮南子詮言：「心有憂者，筐牀衽席，弗能安也。」

△天狼　星名。晉書天文志：「狼一星在東井東南，狼為野將，主侵掠。」

△二柄　韓非子二柄：「明主之所以導制其臣者，二柄而已矣。二柄者，刑、德也。殺戮之謂刑，慶賞之謂德。」

△躔次　日月星辰所踐歷之度次也。獨斷：「京師天子之畿內千里，象日月，日月躔次千里。」晉書天文志：「五緯躔次，用告禍福。」

△罪己　古時君上歸罪於己，謂之罪己。左傳莊公十一年：「禹、湯罪己，其興也浡焉，桀、紂罪人，其亡也忽焉。」

△涼　薄也。唐玄宗詩：「涼德慚先哲。」

△青瑣　漢書元后傳：「曲陽侯根驕奢僭上，赤墀青瑣。」注：「孟康曰：青瑣以青畫戶邊鏤中，天子制也。師古曰：青瑣者，刻為連瑣文，而青塗之也。」范雲古意贈王中書詩：「攝官青瑣闥，遙望鳳凰池。」

△紫薇郎　謂中書省中官也。詳寄右省李起居詩注。

△宸算　帝王之謀略。唐書田弘正傳：「奉陛下宸算。」

△諫鼓　置鼓於朝，人民有諫者，擊鼓上達，謂之諫鼓。一名朝鼓，亦稱登聞鼓。後漢書楊震傳：「臣聞堯舜之世，諫鼓謗木立之於朝。」按唐時於東西兩都並置之。

△三尺　禮記禮器：「天子之堂九尺，諸侯七尺，大夫五尺，士三尺。」玉藻：「紳制，士長三尺。」王勃滕王閣序：「勃三尺微命，一介書生。」

△接輿　論語微子：「楚狂接輿歌而過孔子。」疏：「接輿，楚人。昭王時，政令無常，乃披髮佯狂不仕，時人謂之楚狂。」

△海澨　文選江淹擬謝臨川靈運遊山詩：「且泛桂水潮，映月遊海澨。」張銑曰：「海涯曰澨。」

△天潢　星名。史記天官書：「王良旁有八星絕漢曰天潢。」宋均曰：「天潢，天津也。」晉書天文志：「天津九星橫河中，一曰天漢，一曰天江，主四瀆津梁。」

△去乙　禮記內則：「魚去乙。」注：「乙，魚體中害人者。今東海鰫魚有骨，名乙，在目傍，狀如篆乙，食之鯁人不可出。」

△殷牛常在耳晉豎欲潛肓　喻屢爲病魔所纏也。二句並詳賦中與蕭韋二秀才同臥重疾詩注。

△悄悄　憂貌。詩邶風柏舟：「憂心悄悄。」

△浪浪　流貌。離騷：「攬茹蕙以掩涕兮，霑余襟之浪浪。」浪，勒昂切，陽韻。

△鶴列　莊子徐無鬼：「君亦必無盛鶴列於麗譙之間。」注：「鶴列，陳兵也。」釋文：「司馬云，鶴列，鐘鼓也。」獨孤及八陣圖記：「魏之鶴列，鄭之魚麗，周成之熊羆，昆陽之虎豹。」

△鴛行　朝官之行列也。杜甫秦州雜詩：「爲報鴛行舊，鷦鷯在一枝。」

△已報新廻駕仍聞近納隍　列子周穆王：「鄭人有薪於野者，遇駭鹿，御而擊之，斃之。恐人見之也，遽而藏諸隍中，覆之以蕉，不勝其喜，俄而遺其所藏之處，遂以爲夢焉。」隍，城池無水也。見說文。貢師泰詩：「

世事同蕉鹿。」按二句謂廻鑾事猶恐未眞也。

△禮物　書微子之命：「修其禮物，作賓於王家。」蔡傳：「禮，典禮。物，文物也。」

△旂裳　即旂常。周禮考工記輈人：「龍旂九斿。」注：「交龍爲旂，諸侯之所建也。」釋名釋兵：「日月爲常，畫日月於其端，天子所建，言常明也。」

△紫闥　文選曹植求通親表：「注心皇極，結情紫闥。」劉良曰：「皇極、紫闥，天子所居也。」

△黑頭　少壯者之喩。杜甫晚行詩：「遠媿梁江總，還家尙黑頭。」白居易諭懷詩：「黑頭日已白，白面日已黑。」

△頳尾尙憂魴　詩周南汝墳：「魴魚頳尾，王室如燬。」傳：「頳，赤也。魚勞則尾赤。」

△吳坂嘶騏驥　相傳伯樂遇騏驥駕鹽車於吳坂，故云。按吳坂即吳山，又名虞山、虞坂、鹽坂。在今山西省安邑縣東南三十二里。

△岐山集鳳皇　國語周語：「周之興也，鸑鷟鳴於岐山。」韋昭注：「鸑鷟，鳳之別名。」寰宇記：「岐山即天柱山，周鸑鷟鳴於山上，時人亦謂此山爲鳳凰山。」按岐山在今陝西省岐山縣東北。

△詞源　言文詞之盛，如流水之與源通，永不竭絕也。杜甫醉歌行：「詞源倒流三峽水，筆陣横掃千人軍。」

△諫署　諫官之署也。唐武后垂拱中置左右補闕、左右拾遺，分隸門下、中書兩省，在門下省者爲左補闕左、拾遺，在中書省者爲右補闕、右拾遺，掌供奉諷諫。

△餇雀曾傳慶　續齊諧記：「弘農楊寶嘗見一黃雀爲鴟梟所搏，墜於樹下，又爲螻蟻所困，寶愍之，取置巾箱中養之，唯食黃花，百餘日毛羽成，放之，朝去暮還，後忽與羣雀俱來，哀鳴遶室，數日乃去。爾夕三更，

竇讀書未臥，有黃衣童子向竇再拜曰，我王母使臣，爲鴟梟所搏，蒙君拯濟，今當使南海，不得復住，極以悲傷，以白環四枚與竇曰，令君子孫潔白，位登三公。於此遂絕。竇生震，震生秉，秉生賜，賜生彪，四世爲三公。」

△烹蛇詎有殃　烹，殺也。淮南子說林訓：「狡兔得而獵犬烹。」注：「烹猶殺。」殃，凶也、禍也。賈誼新書曰：「孫叔敖爲嬰兒，出遊還，憂而不食。母問其故，泣而對曰，今且見兩頭蛇，恐死。母曰，今蛇安在？曰，聞見兩頭蛇者死，恐他人復見之也，已殺而埋之。母曰，無憂，汝不死矣，吾聞之，有陰德者，天報以福。」

△弢　弓衣也，見說文。左傳文公十六年：「楚共王召養由基，使射呂錡，中項，伏弢。」注：「弢，弓衣也。」國語齊語：「弢無弓。」注：「弢，弓衣也。」按左傳成公十六年：「內旌於弢中。」疏：「弢是盛旌之囊也。」又小爾雅廣器：「矢服謂之弢。」皆當爲弓衣引伸之義也。

△謇謇　直言爭辯也。史記商君傳：「千人之諾諾，不如一士之謇謇。」注：「謇謇，正直貌。」

△建禮　漢宮門名。文選沈約和謝宣城詩：「晨趨朝建禮，晚沐臥郊園。」李善曰：「漢書典職曰：尚書郎晝夜更直於建禮門內。」

△文昌　正殿之名。文選曹植贈徐幹詩：「文昌鬱雲興，迎風高中天。」李善曰：「劉淵林魏都賦注曰：文昌，正殿名也。」

△良金鑪自躍　莊子大宗師：「今大冶鑄金，金踊躍曰，我且必爲鏌鋣。」句引此，謂良金必可鑄爲鋒利之劍，以喻有才德者必爲人所器重也。

△美玉櫝難藏　論語子罕：「子貢曰：有美玉於斯，韞匵而藏諸？求善賈而沽諸？」匵與櫝音義同，藏物器也。句亦以美玉喻人之才德。

△萬斯箱　詩小雅甫田：「乃求千斯倉，乃求萬斯箱。」朱傳：「箱，車箱也。此言收成之後，禾稼既多，則求倉以處之，求車以載之。」

△紅葉寺　姚合詩：「吟詩紅葉寺，對酒黃菊籬。」高駢詩：「紅葉寺多詩景致，白衣人盡酒交遊。」

△白雲房　陳子昂酬暉上人詩：「聞道白雲居，窈窕靑蓮宇。」按白雲居，謂僧伽舍止處也。居與房義同。

△瀼瀼　露盛貌。詩鄭風野有蔓草：「零露瀼瀼。」

△傾蓋　杜甫詩：「客即挂冠至，交非傾蓋新。」詳柳谷道中作却寄詩注。

△併糧　烈士傳：「羊角哀與左伯桃爲友，俱往仕楚，至梁山，逢雪，糧盡，度不兩全，遂併糧與哀。」併，同并，相合也。

△震澤　太湖之古名。書禹貢：「震澤厎定。」注：「震澤，吳南太湖名。」按太湖跨江、浙二省，面積號稱三萬六千頃，湖中島嶼凡十餘，以東西洞庭及馬蹟三山爲最著，水濤山秀，世稱洞天福地。

△雷塘　地名，在今江西省宜春縣東北五里，秀江至此成潭，亦名雷潭。韓愈雷塘禱雨文指此。

△執友　禮記曲禮：「執友稱其仁也。」注：「執友，志同者。」按朱駿聲謂執爲接之借字。接友者，常相接近之友也。

△家山　謂故鄉也。錢起送李棲桐詩：「蓮舟同宿浦，柳岸向家山。」

△桂檝　丁仙芝渡揚子江詩：「桂檝中流望，空波兩岸明。」按謂舟也。

△雲檣　陳基詩：「龍吹花雨颸聞法，鳥語雲檣喜報風。」檣，帆柱也，俗謂之桅竿。

△巢樹禽思越嘶風馬戀羌　羌、種族名。東漢時分爲東西兩支，東羌居安定、北地、上郡等地，西羌居漢陽、金城等地。晉時爲五胡之　。古詩十九首：「胡馬依北風，越鳥巢南枝。」二句本此，喻念念不忘於故土也。

△螿　寒螿也，亦作寒將。爾雅釋蟲：「蜺寒蜩。」郭注：「寒螿也，似蟬而小，青赤。月令曰，寒蟬鳴。」據此則寒螿卽寒蟬，方言謂之寒蜩，又云瘖蜩，以寒蟬至秋深天寒則不鳴也，故後漢書杜密傳有「劉勝知善不薦，聞惡無言，隱情惜己，自同寒蟬」之語。

△華蓋　天子蓋也。古今注：「華蓋，黃帝所作也，與蚩尤戰於涿鹿之野，常有五色雲氣，金枝玉葉，止於上，有花葩之象，故因而作華蓋也。」

△玉璫　杜牧自宣州赴官入京詩：「梅花落徑香繚繞，雪白玉璫花下行。」

△薏苡　後漢書馬援傳：「初，援在交阯，常餌薏苡實，用能輕身省慾，㠯勝瘴氣。南方薏苡實大，援欲以爲種，軍還，載之一車。」按薏苡，一年生草本，果實橢圓形，其仁灰白色，供食用及藥用，俗呼薏苡米。

△桄榔　後漢書夜郎傳：「句町縣有桄榔木，可以爲麪。」本草名桄榔子，又名麪木、鐵木。李時珍曰：「其木似檳榔而光利，故名桄榔。麪，言其粉也。鐵，言其堅也。」

△蓬島　李商隱鄭州獻從叔舍人襃詩：「蓬島煙霞閬苑鐘，三官箋奏附金龍。」

【箋】

△年譜曰：「案和鄭秋日感事有『已報新迴駕』之句，蓋謂僖宗本年（文德元年）二月還京。」又曰：「句云：『卒歲貧無褐，經秋病泛漳』、『殷牛常在耳，晉豎欲潛肓』、『亂覺乾坤窄，貧知日月長』。客中貧病兼

迫之情可見。」

夢入關

夢中乘傳過關亭。南望蓮峯簇簇青。馬上正吟歸去好。覺來江月滿前庭。

【注】

△乘傳　漢書高帝紀：「橫乘傳詣雒陽。」注：「傳者，若今之驛。古者以車，謂之傳車

送人歸上國

送君江上日西斜。泣向江邊滿樹花。若見靑雲舊相識。爲言流落在天涯。

【注】

△上國　左傳昭公十四年：「楚子使然丹簡上國之兵於宗丘。」注：「上國在國都之西，西方居上流，故謂之上國。」

聞春鳥

雲晴春鳥滿江村。還似長安舊日聞。紅杏花前應笑我。我今顦顇亦羞君。

【注】

△亦　全唐詩注云：「一作却。」

櫻桃樹

記得初生雪滿枝。和蜂和蝶帶花移。而今花落遊蜂去。空作主人惆悵詩。

【校】

△初生　全唐詩生下注云：「一作開。」

獨鶴

夕陽灘上立裴回。紅蓼風前雪翅開。應爲不知棲宿處。幾回飛去又飛來。

【注】

△紅蓼　李郢晚泊松江驛詩：「片帆孤客晚夷猶，紅蓼花前水驛秋。」蓼，即水蓼，生河濱等水濕之處，夏秋之候，開白色帶紅五瓣之小花，成穗狀，又名澤蓼，爾雅釋草之「薔、虞蓼」，即此。

新栽竹

寂寞堦前見此君。遠欄吟罷却沾巾。異鄉流落誰相識。唯有叢篁似主人。

【校】

△似　全唐詩注云：「一作伴。」

稻田

綠波春浪滿前陂。極目連雲穲稏肥。更被鷺鷀千點雪。破煙來入畫屏飛。

【注】

△穲稏　稻也，見集韻。陸游詩：「懸知穲稏收，已足供伏臘。」方岳詩：「轉頭穲稏秋風黃。」戒菴漫筆云：「穲稏，杜牧之詩作罷亞，注云，稻名。黃東發云，罷亞，稻之態，非稻名也，引蘇詩紅罷亞對碧玲瓏，又罷亞對雍容，皆用虛字爲證。」

△鷺鷀　白鷺也。鷀，當作鶿。本草云：「釋名：鷺鷥、絲禽、雪客、舂鉏、白鳥。」

△畫屏　見題盤豆驛水舘後軒詩注。

庭前菊

爲憶長安爛熳開。我今移爾滿庭栽。紅蘭莫笑青青色。曾向龍山泛酒來。

【注】

△爛熳　同爛漫、爛縵，光采分布貌。吳融桃花詩：「滿樹如嬌爛漫紅。」楊巨源詩：「五色天書雲爛縵。」

品字箋云：「爛熳二字，六朝後詩詞多用之，而字書韻書，俱不收此字，不知何故。」

△龍山　山名，在今湖北省江陵縣西北，山勢蜿蜒如龍，故名。即晉孟嘉重九登高落帽處。晉書孟嘉傳：「九月九日溫燕龍山，寮佐畢集，有風至吹嘉帽，墮落不之覺，嘉良久如廁，溫令取還之，令孫盛作文嘲嘉，著嘉坐處，嘉還見，即答之，其文甚美。」趙嘏重陽日寄韋舍人詩：「不知是日龍山會，誰是風流落帽人。」朱灣九日登青山詩：「想見龍山會，良辰亦似今。」

燕來

去歲辭巢別近鄰。今來空訝草堂新。花開對語應相問。不是村中舊主人。

【注】

△草堂　文選孔稚珪北山移文：「鍾山之英，草堂之靈。」李善曰：「梁簡文帝草堂傳曰：周顒昔經在蜀，以蜀草堂寺林壑可懷，乃於鍾嶺雷次宗學館立寺，因名草堂。」按後世亦每以名其隱退自樂之所，如杜甫浣花溪草堂、白居易廬山草堂之類。崔曙早發交崖山還太室詩：「吾亦自此去，北山歸草堂。」戴叔倫暮春有感詩：「短策看雲松寺晚、疎簾聽雨草堂春。」

倚柴關

杖策無言獨倚關。如癡如醉又如閑。孤吟盡日何人會。依約前山似故山。

【注】

△柴關　猶言柴門、柴扉。盧綸詩：「明日珂聲出城去，家僮不復掃柴關。」郎士元詩：「仲宣何所賦，只欲滯柴關。」

題七步廊

席門無計那殘陽。更接簷前七步廊。不羨東都丞相宅。每行吟得好篇章。

【校】

△席　全唐詩注云：「一作杜。」

△那　全唐詩注云：「一作奈。」

【注】

△席門　書言故事云：「自稱貧曰席門陋巷。」高適行路難：「東隣少年安所如，席門窮巷出無車。」

△東都丞相宅　丞相，謂唐裴度。度字中立，聞喜人，貞元進士，憲宗時，拜門下侍郎，平章事。穆宗即位，入爲中書侍郎，平章事。帝崩，定策誅劉克明等，迎立文宗。牛僧孺、李宗閔以度功高忌之，罷爲山南東道節度使，徙東都留守。時閹宦擅權，搢紳道喪，度不復有經濟意，乃治第東都，作別墅曰綠野堂，與白居易、劉禹錫觴詠其間。開成中拜中書令，卒諡文忠。按東都，謂洛陽。丞相宅，謂綠野堂也。

語松竹

庭前芳草綠於袍。堂上詩人欲二毛。多病不禁秋寂寞。雨松風竹莫騷騷。

【校】

△於　全唐詩注云：「一作如。」

【注】

△二毛　見同舊韻詩注。

△騷騷　禮記檀弓上：「故騷騷爾則野。」注：「騷騷，謂太疾。」釋文：「騷騷，急疾貌。」文選張衡思玄賦：「寒風淒其永至兮，拂雲岫之騷騷。」李善曰：「騷騷，風勁貌。」

卷六

不出院楚公

一自禪關閉。心猿日漸馴。不知城郭路。稀識市朝人。履帶堦前雪。衣無寺外塵。却嫌山翠好。詩客往來頻。

【注】

△（題）　元注云：「自三衢至江西作。」年譜云：「唐之江南西道，今贛省及皖、鄂之東南，湘之東屬之。」

△禪關　謂禪法之關門。釋門正統云：「然啓禪關者，雖分宗不同，挹流尋源，亦不越經論之禪定一度，與今家之定聖一行也。」

△心猿　參同契注：「心猿不定，意馬四馳，神氣散亂於外。」許渾贈杜居士詩：「機盡心猿伏，神閑意馬行。」

江邊吟

江邊烽燧幾時休。江上行人雪滿頭。誰信亂離花不見。只應惆悵水東流。陶潛政事千杯酒。張翰生涯一葉舟。若有片帆歸去好。可堪重倚仲宣樓。

【注】

△陶潛　晉尋陽柴桑人，志趣高潔，不慕榮利。其詩冲穆澹雅，亦文超逸高古。起爲州祭酒，後爲彭澤令，在官八十餘日。歲終，郡遣督郵至縣，吏曰應束帶見之，潛曰：「我豈能爲五斗米折腰，向鄉里小兒。」即日解印綬去，賦歸去來辭以見意。家居安貧樂道，以詩酒自娛。有陶淵明集。見晉書本傳。

△張翰　見寄從兄遵詩注。

△仲宣樓　故址當在今湖北省當陽縣東南。水經注云：「漳水南經麥城，王仲宣登其東南隅，臨漳水而賦之。」杜甫夜雨詩：「天寒出巫峽，醉別仲宣樓。」按公懷土傷時之作，或言憶仲宣，或竟以仲宣自況，實遭遇經歷使然也。參閱早秋夜作詩注。

江南送李明府入關

雨花煙柳傍江村。流落天涯酒一罇。分首不辭多下淚。回頭唯恐更消魂。我爲孟館三千客。君繼寧王五代孫。正是中興磐石重。莫將顚頷入都門。

【校】

△村　全唐詩作邨。

【注】

△罇　酒器，字本作尊，後加缶加木。見說文句讀。

△我爲孟館三千客　孟，謂戰國齊孟嘗君。公嘗爲鎮海軍節度使周寶客，因以爲喻。

△寧王　唐睿宗長子。本名成器，以避成皇后諱，改名憲。初封永平郡王，後立爲皇太子，及睿宗降爲皇嗣，則天冊授爲皇孫，旋改封爲壽春郡王。中宗卽位，改封宋王，及睿宗復位，封爲寧王。王恭謹畏愼，不干時政，睿宗欲立爲皇太子，王力辭讓，卒諡讓皇帝。見唐書卷八十一。

△磐石　扁厚大石也。史記孝文帝紀：「高帝封王子弟地，犬牙相制，此所謂磐石之宗也。」索隱：「言其固如磐石。」

△都門　長安城東出北頭第一門也。白居易長恨歌：「東望都門信馬歸，歸來池苑皆依舊。」

送福州王先輩南歸

豫章城下偶相逢。自說今方遇至公。八韻賦吟梁苑雪。六銖衣惹杏園風。名標玉籍僊壇上。家寄閩山畫障中。明日一杯何處別。綠楊煙岸雨濛濛。

【注】

△豫章　郡名，漢置。隋廢，置洪州，尋復爲郡，唐又爲洪州。五代時南唐改爲南昌府，卽今江西省南昌縣。

△至公　韓愈詩：「長慚典午非才職，得就閒官卽至公。」劉虛白詩：「不知歲月能多少，猶著麻衣待至公。」

△六銖衣　見放牓日作詩注。

△玉籍僊壇　相傳漢武帝元封五年巡行南部，受上淸籙於羣玉之山，見有玉箱如笥委壇中，忽失去，因改羣玉

峯曰玉笥山。玉籍仙壇事指此。籍猶籙也，謂符命之書。文選王融永明十一年策秀才文：「朕秉籙御天。」李周翰曰：「籙，符也，天子受命，執之以御制天下也。」按玉笥山在今江西省峽江縣東南四十里，公遇王先輩於豫章城下，味其詩意，王似得第南歸。

夜雪泛舟遊南溪

大江西面小溪斜。入竹穿松似若耶。兩岸嚴風吹玉樹。一灘明月曬銀砂。因尋野渡逢漁舍。更泊前灣上酒家。去去不知歸路遠。棹聲煙裏獨嘔啞。

【校】

△曬　全唐詩注云：「一作照。」

【注】

△若耶　溪名，在今浙江省紹興縣南二十里若耶山下，北流入鏡湖，相傳爲西施浣紗處。

△嚴風　烈風也。袁淑傚古詩：「四面各千里，從橫起烈風。」

△嘔啞　棹聲。李咸甫江行：「瀟湘無事後，征棹復嘔啞。」

江行西望

西望長安白日遙。半年無事駐蘭橈。欲將張翰秋江雨。畫作屏風寄鮑昭。

【校】

△（題） 升菴詩話作江行西望寄友。

△秋江 全唐詩秋下注云：「一作松。」

【注】

△蘭橈 梁簡文帝採蓮曲：「桂檝蘭橈浮碧水，江花玉面兩相似。」唐太宗帝京篇：「飛蓋去芳園，蘭橈遊翠渚。」

△鮑昭 即鮑照，唐人避武后嫌名，故改照爲昭。照字明遠，南朝宋東海人，文辭贍逸，文帝時爲中書舍人，有鮑參軍集。見宋書卷五十一及南史卷十三。

【箋】

△楊升菴曰：「用事新奇可愛。」

銅儀

銅儀一夜變葭灰。暖律還吹嶺上梅。已喜漢官今再覩。更驚堯曆又重開。窗中遠岫青如黛。門外長江綠似苔。誰念閉關張仲蔚。滿庭春雨長蒿萊。

【注】

△銅儀 銅製之渾天儀，我國古時研究天文之測器。後漢書順帝紀：「陽嘉元年秋七月，史官始作候風地動銅

儀。」

△葭灰　杜甫小至詩：「吹葭六琯動飛灰。」仇兆鰲注：「以葭莩灰實律管，候至則灰飛管通，冬至之律爲黃鍾也。葭，蘆也。琯以玉爲之，凡有十二。六琯，舉律以該呂也。」按杜詩謂冬至律中黃鍾之宮，黃鍾管之葭灰飛動也。

△暖律還吹嶺上梅　謂仲冬之月，律中黃鍾，暖氣初回，嶺上之梅花競發也。

△漢官　後漢書光武帝紀：「老吏或垂涕曰，不圖今日復見漢官威儀。」楊巨源春日奉獻聖壽無疆詩：「願同東觀士，長覩漢官儀。」

△堯曆　林益五星同色賦：「同色已傳於堯曆，聚井更弭於漢兵。」

△閉關張仲蔚　後漢扶風張仲蔚，明天官，學問弘博，嘗好爲詩賦，與同郡魏景卿俱隱身不仕，所居蓬蒿沒人，故曰閉關。按閉關，謂閉門謝絕人事，藏身之喻也。文選顏延之王君詠：「劉伶善閉關，懷情滅聞見。」

含香

含香高步已難陪。鶴到清霄勢未回。遇物旋添芳草句。逢春寧滯碧雲才。微紅幾處花心吐。嫩綠誰家柳眼開。卻去金鑾爲近侍。便辭鷗鳥不歸來。

【注】

△含香　通典職官典：「尚書郎，口含雞舌香，以其奏事答對，欲使氣息芬芳也。」李頎聖善閣送裴迪入京詩：

「舊託含香署，雲霄何足難。」

△金鑾　唐大明宮內有金鑾殿。兩京記云：「隴首山支隴起平地，上有殿名金鑾殿，殿旁坡名金鑾坡，翰林故事置學士院，後又置東學士院於金鑾坡。」

春雲

春雲春水兩溶溶。倚郭樓臺晚翠濃。山好只因人化石。地靈曾有劍爲龍。官辭鳳闕頻經歲。家住峨嵋第幾峯。王粲不知多少恨。夕陽吟斷一聲鐘。

【注】

△人化石　淮南子：「禹娶塗山，化爲石，在嵩山下，方生啓，曰，歸我子，石破北方而生啓。」隨巢子：「啓生於石。」王韶之云：「啓生而母化石。」漢書：「武帝詔曰，朕用事嵩山，見夏后啓母石。」

△劍爲龍　太平寰宇記云：「龍泉縣南五里，水可用淬劍，昔人就水淬之，劍化龍去，故劍名龍泉。」

△鳳闕　李白感時詩：「冠劍朝鳳闕，樓船侍龍池。」劉禹錫詩：「身帶霜威辭鳳闕。」

雲散

雲散天邊落照和。關關春樹鳥聲多。劉伶避世唯沉醉。甯戚傷時亦浩歌。已恨歲華添皎鏡。更悲人事逐頽波。青雲自有鵷鴻待。莫說他山好薜蘿。

【注】

△關關　詩周南關雎：「關關雎鳩，在河之州。」傳：「關關，和聲也。」

△劉伶　詳對酒詩注。

△甯戚　詳東遊遠歸詩注。

△頽波　事物之衰退，若水之下流，因以爲喩。韋應物遇孟雲卿詩：「高文激頽波，四海靡不傳。」

△鵷鴻　鵷，鳳屬，飛時皆有次序，故以爲朝官之喩。書信故事云：「百官班列曰鵷行。」杜甫至日遣興寄北省舊閣老兩院故人詩：「去歲玆辰捧御牀，五更三點入鵷行。」鴻，水鳥也。易漸：「鴻漸於陸，其羽可用爲儀。」鴻進處高潔，不累於位，峨峨清遠，儀實可貴可法，後以鴻儀喩官位本此。隋書崔廓傳：「謬齒鴻儀，虛班驥皁。」

袁州作

家家生計只琴書。一郡清風似魯儒。山色東南連紫府。水聲西北屬洪都。煙霞盡入新詩卷。郭邑閑開古畫圖。正是江村春酒熟。更聞春鳥勸提壺。

【注】

△袁州　隋置，取袁山爲名，尋改曰宜春郡，唐復置，又改曰宜春郡，尋改曰饒州，故治即今江西省宜春縣治。

△紫府　道觀名，在撫州。老學菴筆記云：「撫州紫府觀眞武殿像設有六丁六甲神，而六丁皆爲女子像。」按撫州故治卽今江西省臨川縣。

△洪都　隋置洪州，故稱洪都。王勃滕王閣序：「豫章故郡，洪都新府。」故治卽今江西省南昌縣。

△煙霞　郭熙山水訓：「山欲高，盡出之則不高，煙霞銷其腰則高矣。」許衡疾中雜言詩：「千里煙霞山障曉，一竿風月野橋春。」

△提壺　王褒僮約：「舍中有客，提壺行酤。」文選劉伶酒德頌：「止則操巵執觚，動則挈榼提壺。」陶潛遊斜川詩：「提壺接賓侶，引滿更勸酬。」李白詩：「提壺莫辭頻。」壺，盛酒器也。按王禹偁初入山聞提壺鳥詩：「遷客由來長合醉，不煩幽鳥道提壺。」則提壺，鳥名也。

題袁州謝秀才所居

主人年少已能詩。更有松軒挂夕暉。芳草似袍連徑合。白雲如鳥傍簷飛。但將竹葉消春恨。莫遣楊花上客衣。若有前山好煙雨。與君吟到暝鐘歸。

【注】

△竹葉　陸龜蒙中酒賦：「豈比夫榴花竹葉之味，酃水之淸，中山之琹。」劉禹錫憶江南：「猶有桃花流水上，無辭竹葉醉尊前。」杜甫九日詩：「竹葉於人旣無分，菊花從此不須開。」按竹葉，酒名，此借以對楊花。公章江作詩：「楊花慢惹霏霏雨，竹葉閑傾滿滿杯。」

△楊花　柳絮也。庾信春賦：「新年鳥聲千種轉，二月楊花滿路飛。」

謁巫山廟

亂猿啼處訪高唐。路入煙霞草木香。山色未能忘宋玉。水聲猶似哭襄王。朝朝暮暮陽臺下。為雨為雲楚國亡。惆悵廟前無限柳。春來空鬬畫眉長。

【校】

△楚國　文苑英華楚誤作交。

△無限　元注云：「一作多少。」

【注】

△高唐　楚臺觀名，在雲夢澤中。李商隱有感詩：「非關宋玉有微辭，卻是襄王夢覺遲，一自高唐賦成後，楚天雲雨盡堪疑。」參閱楚行吟詩注。

鷓鴣

南禽無侶似相依。錦翅雙雙傍馬飛。孤竹廟前啼暮雨。汨羅祠畔弔殘暉。秦人只解歌為曲。越女空能畫作衣。懊惱澤家非有恨。年年長憶鳳城歸。

【校】

△祠　文苑英華注云：「類詩作江。」全唐詩注云：「一作江。」

△澤　文苑英華注云：「類詩作渾。」

△非　文苑英華注云：「類詩作知。」

△鳳城　城下元注云：「一作皇。」

【注】

△鷓鴣　鳥名。生江南，羣棲地上，營巢土穴中，性畏霜，早晚稀出，遇暖則相對而啼，今俗謂其鳴聲曰行不得也哥哥。張詠詩云：「畫中會見曲中聞，不是傷情卽斷魂，北客南來心未穩，數聲相對在前邨。」楊基詩云：「苦向人啼行不得，縱教行得也銷魂。」其鳴聲之哀厲可知。按唐鄭谷以鷓鴣詩得名，時號鄭鷓鴣。詩云：「暖戲煙蕪錦翼齊，品流應得近山鷄，雨昏靑草湖邊過，花落黃陵廟裏啼，遊子乍聞征袖濕，佳人纔唱翠眉低，相呼相喚湘江闊，苦竹叢深春日西。」

△孤竹廟　胡夔亭云：「孤竹廟似卽黃陵廟，湘夫人祠也。少陵湘夫人祠詩云：『蒼梧恨不淺，染淚在叢筠。』卽孤竹之義。」

△汨羅祠　水經注：「汨水又西，爲屈潭，卽羅淵也，屈原懷沙自沈於此，故淵潭以屈爲名，淵北有屈原廟，廟前有碑。」

△歌爲曲　教坊記云：「曲名有山鷓鴣。」

△懊惱澤家　元注云：「鷓鴣之音也。」

△鳳城　杜甫夜詩：「少蟾倚杖看牛斗，銀漢遙應接鳳城。」按趙次公杜詩注云：「秦繆公女弄玉吹簫，鳳降其城，因號丹鳳城。其後號京都之城曰鳳城。」

宿篷船

夜來江雨宿篷船。臥聽淋鈴不忍眠。却憶紫薇情調逸。阻風中酒過年年。

【注】

△淋鈴　雨聲也。按太眞外傳：「上至斜谷口，屬霖雨彌旬，於棧道中聞鈴聲，隔山相應，上即悼念貴妃，因採其聲爲雨霖鈴曲，以寄恨焉。」

△中酒　謂醉酒也。中讀去聲。杜牧詩：「殘春杜陵客，中酒落花前。」

送李秀才歸荊溪

八月中秋月正圓。送君吟上木蘭船。人言格調勝玄度。我愛篇章敵浪僊。晚渡去時衝細雨。夜灘何處宿寒煙。楚王宮去陽臺近。莫倚風流滯少年。

【注】

△荊溪　在今湖南省桃源縣西一百二十里，一名仙人溪，南流入沅。又名千人溪，相傳隔岸有石，用千人拽之

，故名。

△玄度　晉許詢字玄度，好遊山水，而體便登陟。時人云：詢非徒有勝情，實有濟勝之具。見尚友錄卷十五。世說新語賞譽：「許玄度送母始出都，人問劉尹，玄度定稱所聞不，劉曰，才情過於所聞。」又：「許掾嘗詣簡文，爾夜風恬月朗，乃共作曲室中語，襟懷之詠，偏是許之所長，辭寄淸婉，有逾平日，簡文雖契素，此遇尤相咨嗟，不覺造厀，共叉手語，達於將旦，旣而曰，玄度才情，故未易多有許。」劉長卿詩：「多謝淸言異玄度，懸河高論有誰持。」

△浪僊　賈島，字浪仙，唐范陽人。初爲浮屠，名無本，後去而舉進士。嘗於京師騎驢苦吟，得句曰，鳥宿池邊樹，僧敲月下門，初欲作推字未決，引手作推敲勢，不覺衝京兆尹韓愈輿，愈詰之，島以實對，愈曰，敲字佳，遂並轡論詩，因教以爲文。嘗坐誹謗謫長江主簿，時稱賈長江。有長江集。見唐書卷一百七十六。

△楚王宮　見楚行吟詩注。

洪州送西明寺省上人遊福建

記得初騎竹馬年。送師來往御溝邊。荊榛已失當時路。槐柳全無舊日煙。遠自稽山遊楚澤。又從廬岳去閩川。新春闕下應相見。紅杏花中覓酒僊。

【注】

△洪州　隋置，即今江西省南昌縣。

△竹馬　截竹爲馬，兒童嬉戲之具也。杜牧詩：「漸抛竹馬戲。」

△御溝　溝之流經御苑者曰御溝。崔顥詩：「玉戶臨馳道，朱門近御溝。」

△嵇山　在今安徽省宿縣西南一百十里，渦陽縣北六十里。相傳嵇康本上虞人，姓奚，後家於其側，因氏焉。元和志云：「晉嵇康家銍嵇山下，因改姓嵇氏。」又河南省修武縣西北三十五里有嵇山，嵇康嘗居焉。未詳所指何地。

△廬岳　卽廬山，在今江西省星子縣西北，九江縣南。張喬城東寓居寄知己詩：「病來久絕洞庭信，年長却思廬岳耕。」

卷七

建昌渡暝吟

月照臨官渡。鄉情獨浩然。鳥棲彭蠡樹。月上建昌船。市散漁翁醉。樓深賈客眠。隔江何處笛。吹斷綠楊煙。

【校】

△船　品彙作舡，誤。

【注】

△建昌　江名，即汝水，古稱盱水。又名武陽水，一曰臨川江，亦曰撫河。出江西省廣昌縣之血木嶺。

△官渡　官中置船以渡行人，謂之官渡。

△彭蠡　湖澤名。漢書地理志：「彭蠡澤，在豫章彭澤縣西南。」蔡沈書傳：「彭蠡，鄱陽湖是也。」

歲除對王秀才作

我惜今宵促。君愁玉漏頻。豈知新歲酒。猶作異鄉身。雪向寅前凍。花從子後春。到明追此會。俱是隔年人。

【注】

△玉漏　古計時之器，以玉飾之。宗楚客正月晦日侍宴滻水應制賦得長字詩：「珠胎隨月減，玉漏與年長。」白居易小曲新詞：「天涼玉漏遲。」

△寅前　建寅月之前。

△子後　夜半子時之後。

酒渴愛江清

酒渴何方療。江波一掬清。瀉甌如練色。漱齒作泉聲。味帶他山雪。光含白露精。只應千古後。長稱伯倫情。

【注】

△（題）　杜甫軍中醉飲寄沈八劉叟詩：「酒渴愛江清，餘酣漱晚汀。」

△甌　盂也。李羣玉龍山人惠茶詩：「持甌默吟詠，搖膝空咨嗟。」

和李秀才郊墅早春吟興十韻

暖律變寒光。東君景漸長。我悲遊海嶠。君說住柴桑。雪色隨高嶽。冰聲陷古塘。草根微吐翠。梅朶半含霜。酒市多逋客。漁家足夜航。匡盧雲傍屋。彭蠡浪衝牀。綠擺楊枝嫩。紅挑菜甲香。鳳皇城已盡。鸚鵡賦應狂。佇見龍辭沼。寧憂鴈失行。不應雙劍氣。長在斗牛傍。

【注】

△東君　日也。楚辭九歌有東君篇，洪興祖補注引博雅曰：「朱明、曜靈、東君，日也。」

△海嶠　臨海多山之地。張九齡送使廣州詩：「家在湘源住，君今海嶠行。」

△柴桑　山名，在今江西省九江縣西南九十里，漢以此名縣。山海經云：「柴桑之山，其上多銀，其下多碧，多冷石赭。」晉陶潛家於柴桑，即此。

△匡盧　在今江西省星子、九江二縣之間，相傳殷周時有匡俗兄弟七人結廬於此，故曰匡廬。

△彭蠡　見建昌渡暝吟詩注。

△雙劍斗牛二句　詳同舊韻詩「酆獄」句注。

泛鄱陽湖

四顧無邊鳥不飛。大波驚隔楚山微。紛紛雨外靈均過。瑟瑟雲中帝子歸。迸鯉似梭投遠浪。小舟如葉傍斜暉。鴟夷去後何人到。愛者雖多見者稀。

【注】

△鄱陽湖　即禹貢之彭蠡，隋時始名鄱陽，以接鄱陽山而名也。在今江西省北境。

△靈均　戰國楚屈原字。離騷：「皇覽揆余於初度兮，肇錫余以嘉名，名余曰正則兮，字余曰靈均。」

△帝子　楚辭九歌湘夫人：「帝子降兮北渚，目眇眇兮愁予。」注：「帝子，謂堯女也。」謝朓新亭渚別范零陵詩：「洞庭張樂地，瀟湘帝子游。」

△鴟夷　史記越王句踐世家：「范蠡浮海出齊，變姓名，自謂鴟夷子皮。」索隱：「范蠡自謂也，蓋以吳王殺子胥而盛以鴟夷，今蠡自以有罪，故爲號也。韋昭曰，鴟夷，革囊也。或曰，生牛皮也。」

黃藤山下聞猿

黃藤山下駐歸程。一夜號猿弔旅情。入耳便能生百恨。斷腸何必待三聲。穿雲宿處人難見。望月啼時兔正明。好笑五陵年少客。壯心無事也沾纓。

【注】

△黃藤山　按江西省橫峯縣東十里黃藤橋鎮南，有黃藤峯，詩殆指此言也。

△斷腸何必待三聲　水經江水注：「漁者歌曰，巴東三峽巫峽長，猿鳴三聲淚沾裳。」句謂猿鳴屬引淒異，甫聞即足斷腸，不待三也。

△兔　月之異稱。爾雅翼：「兔視月而有子，其目尤瞭，故性號謂之明視。」本草：「爽曰，兔者明月之精。」

參閱秋日早行詩注。

△五陵年少　李白少年行：「五陵年少金市東，銀鞍白馬度春風。」五陵，漢高祖及惠帝、景帝、武帝、昭帝等之陵墓，皆在長安。參閱延興門外作詩注。

章江作

杜陵歸客正裵回。玉笛誰家叫落梅。之子棹從天外去。故人書自日邊來。楊花慢惹霏霏雨。竹葉閑傾滿滿杯。欲問維揚舊風月。一江紅樹亂猿哀。

【校】

△維揚　全唐詩注云：「一作旌陽。」

【注】

△章江　即章水，江西省贛江之西源也，出崇義縣聶都山。

△杜陵歸客　公京兆杜陵人，故云。

△玉笛誰家叫落梅　樂府詩集：「梅花落，本笛中曲也。按唐大角曲亦有大單于、小單于、大梅花、小梅花等曲，今其聲猶有存者。」江總詩：「長安少年多輕薄，兩兩常唱梅花落。」李白詩：「黃鶴樓中吹玉笛，江城五月落梅花。」

△之子　是子也。詩小雅采綠：「之子於釣。」

△日邊　李白詩：「閑來垂釣坐溪上，忽復乘舟夢日邊。」注引宋書：「伊摯將應湯命，夢乘船過日月之旁。」按謂京師附近也。參閱旅中感遇寄呈李秘書昆仲詩注。

南遊富陽江中作

南去又南去。此行非自期。一帆雲作伴。千里月相隨。浪跡花應笑。衰容鏡每知。鄉園不可問。禾黍正離離。

【注】

△富陽　秦置富春縣，晉改曰富陽，故城在今浙江省錢塘江西北岸。

△禾黍正離離　黍，稷之黏者也，其形態與稷無異，有赤、白、黄、黑數種。見本草綱目。離離，垂也、長也。詩王風黍離：「彼黍離離。」

饒州餘干縣琵琶洲有故韓賓客宣城裴尚書脩行李侍郎舊居遺址猶存客有過之感舊因以和吟

琵琶洲近斗牛星。鸞鳳曾於此放情。已覺地靈因昴降。更聞川媚有珠生。一灘紅樹留佳氣。萬古清弦續政聲。戟戶盡移天上去。里人空說舊簪纓。

【注】

△饒州　隋於鄱陽郡置，尋廢，唐復置，改曰鄱陽郡。故治即今江西省鄱陽縣。

△琵琶洲　在今江西省餘干縣治南信江中。寰宇記云：「江水迴抱積沙而成，狀如琵琶。」

△斗牛　二星名。王勃滕王閣序：「龍光射牛斗之墟。」事物異名錄引輿圖輯要云：「江西豫章，惟九江兼斗牛。」廣輿記：「九江府，天文斗牛分野。」

△鸞鳳　王逸楚辭離騷章句序：「虬龍鸞鳳，以託君子，飄風雲霓，以為小人。」文選賈誼弔屈原文：「鸞鳳伏竄兮，鴟鴞翱翔。」李周翰曰：「鸞鳳，喻賢人也。」參閱喻東軍詩注。

△昴降　春秋緯：「漢將蕭何，昴星生於豐，通於制度。」蕭何稟昴星而生，後因以昴降為貴顯者降誕之喻。昴星為二十八宿之一，白虎七宿之第四宿，有星七、六屬金牛座，所謂七姊妹星團，即此宿也。按韓賓客、裴尚書、李侍郎皆退居於此，故以鸞鳳昴降等辭喻之。

△川媚　文選陸機文賦：「石韞玉而生輝，水懷珠而川媚。」李善曰：「孫卿子曰：玉在山而木潤，淵生珠而岸不枯。高氏注：玉，陽中之陰，故能潤澤草，珠，陰中之陽，有明，故岸不枯。」

△清弦　文選郭璞遊仙詩：「中有冥寂士，靜嘯撫清弦。」鮑照代朗月行：「靚裝坐帷裏，當戶弄清絃。」

△戟戶　唐書盧坦傳：「舊制：官階勳俱三品，始聽立戟，後雖轉四品官，非貶削者，戟不奪。坦為戶部侍郎，時階朝議大夫，勳護軍，以嘗任宣州刺史三品，請立戟，許之。」因謂貴顯之家曰戟門、戟戶。元稹西歸詩：「腸斷裴家光德宅，無人掃地戟門深。」

△簪纓　謂貴人之冠飾也。杜甫詩：「空餘老賓客，身上媿簪纓。」

九江逢盧員外

前年風月宿琴堂。大媚偎山近帝鄉。別後幾沾新雨露。亂來猶記舊篇章。陶潛豈是銅符吏。田鳳終爲錦帳郎。莫怪相逢倍惆悵。九江煙月似瀟湘。

【注】

△風月　淸風明月，夜景之美者，故以並稱。文士輒藉以攄情寫景。文心雕龍明詩：「文帝陳思，縱轡以騁節，王徐應劉，望路而爭驅，並憐風月，狎池苑，述恩榮，敘酣宴。」杜甫吹笛詩：「吹笛秋山風月淸，誰家巧作斷腸聲。」

△琴堂　書言故事云：「稱縣治曰琴堂。」高適宓公琴堂詩：「邦伯感遺事，慨然建琴堂。」韋應物送唐明府赴溧水府詩：「退食無事外，琴堂向山開。」參閱潁陽縣詩注。

△雨露　喻恩澤也。白居易寄張李杜三學士詩：「雨露施恩無厚薄，蓬蒿隨分有榮枯。」

△銅符吏　銅符，即銅虎符，發兵所用。劉禹錫始至雲安寄兵部韓侍郎中書白舍人詩：「銅符一以合，文墨紛未縈。」吏，吏員，謂佐治之小吏，如府史之屬。

△田鳳終爲錦帳郎　田鳳，字季宗，後漢人，爲尚書郎，容儀端直，入奏事，靈帝目送之，因題柱曰，堂堂乎張，京兆田郎。見三輔決錄注。按蔡質漢官典職云：「尚書郎給綵綾被或以錦被。」杜佑通典云：「郎官謂之尚書郎，漢置四人，分掌尚書事，云云。其入直，官供靑縑白綾被，或以錦綵爲之，給帳帷、茵褥、通中

枕。」田鳳爲尙書郎，故以錦帳郎稱之。盧綸詩：「高步長居錦帳郎，居然自是漢賢良。」

南昌晚眺

南昌城郭枕江煙。章水悠悠浪拍天。芳草綠遮僊尉宅。落霞紅襯賈人船。霏霏閣上千山雨。嘒嘒雲中萬樹蟬。怪得地多章句客。庾家樓在斗牛邊。

【校】

△（題）眺　元注云：「一作興。」

【注】

△僊尉　漢梅福，字子眞，壽春人，爲郡文學，官南昌尉，後棄官歸，讀書養性。迨王莽專政，福一朝弃妻子，之九江，傳已仙去。見漢書本傳。陶弘景瘞鶴銘：「丹陽仙尉，江陰眞宰。」即用此事。

△嘒嘒　蟬聲也。詩小雅小弁：「鳴蜩嘒嘒。」文選潘岳秋興賦：「蟬嘒嘒以寒吟兮。」嘒，音喙，霽韻。

△怪得　猶俗云難怪也，與怪底義同。倪偁減蘭詞：「陶寫須詩，怪得連篇字字奇。」楊萬里梅花下小飲詩：「今年春在臘前回，怪底空山見早梅。」

△庾家樓　在今江西省九江縣治後，濱大江，其磯石突出江干百許步，相傳晉庾亮鎮江州時所建。按晉書庾亮傳有秋夜登南樓事，然亮時江州鎮武昌，不在湓城。李白詩云：「清景南樓夜，風流在武昌。」亦未嘗言在湓城，自白居易詩云：「潯陽欲到思無窮，庾亮樓南湓口東。」後遂因之傳訛。

衢州江上別李秀才

千山紅樹萬山雲。把酒相看日又曛。一曲離歌兩行淚。更知何地再逢君。

【校】

△何地　全唐詩地下注云：「一作處。」

【注】

△衢州江　在今浙江省境，即古瀔水，又曰衢港，亦曰信安江。

【箋】

△謝疊山曰：「此詩後二句，只是眼前說話，形容惜別，未有如此緊切。」

湘中作

千重煙樹萬重波。因便何妨弔汨羅。楚地不知秦地亂。南人空怪北人多。臣心未肯教遷鼎。天道還應欲止戈。否去泰來終可待。夜寒休唱飯牛歌。

【注】

△汨羅　史記屈原傳：「懷石自投汨羅以死。」應劭曰：「汨水在羅，故名。」按今湖南省湘陰縣東北有古羅城，汨水至此始稱汨羅江。應劭謂汨爲水名，羅爲地名，是也。

△遷鼎　左傳桓公二年：「武王克商，遷九鼎於洛邑，義士猶或非之。」

△否去泰來　謂蹇運去福運來也。按否泰本二卦名，天地交謂之泰，不交謂之否，交則通，不交則塞，故世恒以稱命運之通塞。

△飯牛歌　見東遊遠歸詩注。

桐廬縣作

錢塘江盡到桐廬。水碧山青畫不如。白羽鳥飛嚴子瀨。綠蓑人釣季鷹魚。潭心倒影時開合。谷口閑雲自卷舒。此境只應詞客愛。投文空弔木玄虛。

【注】

△桐廬縣　故城在今浙江省桐廬縣西。

△錢塘江　在杭縣城東南。

△嚴子瀨　即嚴陵瀨，在桐廬縣南。水經注云：「自桐廬至於潛，凡有十六瀨，第二是嚴陵瀨，瀨帶山，山下有石室，嚴子陵所居也，山及瀨皆以此名。」

△季鷹魚　杜甫詩：「凍醪元亮秫，寒鱠季鷹魚。」按謂鱸魚也。晉張翰因秋風起而思吳中菰菜、蓴羹、鱸魚膾，故云。李中新秋詩：「張翰思鱸興。」

△詞客　謂擅長詞章者。韋應物答李澣詩：「楚俗饒詞客，何人最往還。」溫庭筠陳琳墓詩：「詞客有靈應識

我，霸才無主始憐君。」

△木玄虛　今書七志：「木華，字玄虛。」傅亮文章志：「木玄虛爲海賦，文甚儁麗，足繼前良。」

東陽贈別

繡袍公子出旌旗。送我搖鞭入翠微。大抵行人難訴酒。就中辭客易沾衣。去時此地題橋去。歸日何年佩印歸。無限別情言不得。回看溪柳恨依依。

【注】

△繡袍　唐書輿服志：「武后擅政，多賜羣臣巾子繡袍，勒以回文之銘，皆無法度，不足紀。」杜甫詩：「客醉揮金盌，詩成得繡袍。」

△去時此地題橋去歸日何年佩印歸　用司馬相如題昇仙橋柱事。詳下第題青龍寺僧房詩注。按二句謂今日別時，己猶未達，爾後前路茫茫，否泰難卜，未審何時釋褐榮歸，得伸匡堯之志也。

寄湖州舍弟

半年江上愴離襟。把得新詩喜又吟。多病似逢秦氏藥。久貧如得顧家金。雲煙但有穿楊志。塵土多無作吏心。何況別來詞轉麗。不愁明代少知音。

【注】

△湖州　隋於吳興郡置湖州，尋廢，唐復置，復爲吳興郡，又改爲湖州。今浙江省吳興縣治，其舊治也。

△秦氏藥　詳賦中與蕭韋二秀才同臥重疾詩「晉豎」句注。

△穿楊　謂善射也。戰國策西周策：「有養由基者善射，去楊葉百步而射之，百發百中。」按射策爲古試士之一法，此以穿楊爲鏖戰棘闈之喻也。白居易喜行簡登第詩：「折桂一枝先許我，穿楊三葉盡驚人。」

△作吏　晉書嵇康傳：「游仙澤，觀魚鳥，心甚樂之，一行作吏，此事便廢。」高適詩：「寧堪作吏風塵下。」

△明代　謂政治清明之世也。張嘉貞恩敕尙書省寮宴昆明池應制詩：「昔人徒習武，明代此聞詔。」

信州西三十里山名僊人城下有月巖山其狀秀拔中有山門如滿月之狀余因行役過其下聊賦是詩

驅車過閩越。路出饒陽西。僊山翠如畫。簇簇生虹蜺。羣峯若侍從。衆阜如嬰提。巖巒互吞吐。嶺岫相追攜。中有月輪滿。皎潔如圓珪。玉皇恣遊覽。到此神應迷。常娥曳霞帔。引我同攀躋。騰騰上天半。玉鏡懸飛梯。瑤池何悄悄。鸞鶴煙中棲。回頭望塵世。露下寒淒淒。

【注】

△信州　唐置，故治在今江西省上饒縣西北。

△閩越　今福建本周時七閩地，後爲越人所居，故曰閩越。

△虹蜺　與虹霓同。亦作蝱蜺。爾雅釋天：「螮蝀，虹也。」疏：「虹雙出，色鮮盛者爲雄，雄曰虹，闇者爲雌，雌曰蜺。」文選曹植七啓：「慷慨則氣成虹蜺。」

△玉皇　天帝之稱。亦曰玉帝。韋應物答淸都觀幼遐詩：「逍遙仙家子，日夕朝玉皇。」王建贈王屋道士詩：「玉皇符詔下天壇。」

△霞帔　白居易霓裳羽衣歌：「案者舞者顏如玉，不著人家俗衣服，虹裳霞帔步搖冠，鈿瓔纍纍佩珊珊。」按霞帔，衣之有霞文者，道家所至貴重，此以狀舞衣之豔麗。

△玉鏡　謂月也。許謙題延月樓詩：「崦嵫稅駕紅塵息，玉鏡飛空天地白。」

△瑤池　仙境也。相傳爲西王母所居。神仙傳：「崑崙閬風苑有玉樓十二層，左瑤池，右翠水。」

婺州水館重陽日作

異國逢佳節。憑高獨苦吟。一杯今日醉。萬里故園心。水館紅蘭合。山城紫菊深。白衣雖不至。鷗鳥自相尋。

【校】

△醉　全唐詩注云：「一作酒。」

△故園　品彙園作鄉。

【注】

△白衣　續晉陽秋：「陶潛九日無酒，出籬邊，悵望久之，見白衣人至，乃王弘送酒使也，即使就酌，醉而後歸。」白衣人，謂童僕也，古時任賤役者著白衣，故云。

△鷗鳥　用列子黃帝篇海上之人從鷗鳥遊事。詳村居書事詩注。江淹雜體詩：「物我俱忘懷，可以狎鷗鳥。」杜甫泊松滋江亭詩：「紗帽隨鷗鳥，扁舟繫此亭。」

避地越中作

避世移家遠。天涯歲已周。豈知今夜月。還是去年愁。露果珠沈水。風螢燭上樓。傷心潘騎省。華髮不禁秋。

【注】

△越　周國名，夏少康之後，封於會稽，今浙江省紹興縣治，有浙江杭縣以南，東至海之地。春秋之季滅吳，遂有今浙江、江蘇及山東之一部。

△傷心潘騎省華髮不禁秋　潘騎省，謂晉潘岳，岳累官散騎侍郎，因以所職稱之。岳秋興賦序云：「余春秋三十有二，始見二毛。」李善注引杜預曰：「二毛，頭白有二毛也。」故云「華髮不禁秋」。二句引安仁感秋事，所以自傷也。公自避地越中，三四年間，挾書仗劍，萍蹤無定，志未稍伸，而鬢髮忽斑矣，客中困頓鬱悒之情，可以想見。

撫州江口雨中作

江上閑衝細雨行。滿衣風灑綠荷聲。金騮掉尾橫鞭望。猶指廬陵半日程。

【注】

△撫州　隋於臨川郡置，時總管楊武通奉使安撫，因以撫爲州名。唐改曰臨川郡，尋復曰撫州。故治即今江西省臨川縣，在盱江之濱。

△金騮　栗毛馬也。

△廬陵　即今江西省吉安縣治。

信州溪岸夜吟作

夜倚臨溪店。懷鄉獨苦吟。月當山頂出。星倚水湄沉。霧氣漁燈冷。鐘聲谷寺深。一城人悄悄。琪樹宿僊禽。

【注】

△琪樹　文選孫綽遊天臺山賦：「琪樹璀璨而垂珠。」呂延濟曰：「琪樹，玉樹。」許渾秋思詩：「琪樹西風枕簟秋，楚雲湘水憶同遊。」白居易牡丹芳詩：「仙人琪樹白無色，王母桃花小不香。」

訪潯陽友人不遇

不見安期悔上樓。寂寥人對鷺鷥愁。蘆花急雨江煙暝。何處潺潺獨棹舟。

【注】

△潯陽　縣名，故治即今江西省九江縣。潯陽江在其北，即大江也。潯本作尋，水名，在江北，南流入大江，漢因以名縣，而江遂得潯陽之稱。白居易琵琶行：「潯陽江頭夜送客，楓葉荻花秋瑟瑟。」詠此。

△安期　即安期生。魏志華佗傳注：「觀神仙於瀛州，求安期於海島。」謝靈運登江中孤嶼詩：「始信安期術。」按安期生，秦瑯琊人，受學於河上丈人，賣藥海邊，時人皆呼千歲公。始皇東遊，與語三日夜，賜金帛數千萬，皆置之而去，留書及赤玉舄一量爲報曰，後數十年求我蓬萊山下，始皇遣使者入海求之，未至輒遇風波而返。漢武帝時，李少君言於帝曰，臣遊海上，見安期生食巨棗如瓜。見史記封禪書、列仙傳及高士傳。

東林寺再遇僧益大德

見師初事懿皇朝。三殿歸來白馬驕。上講每敎傾國聽。承恩偏得內官饒。當時可愛人如畫。今日相逢鬢已凋。若向君門逢舊友。爲傳音信到雲霄。

【校】

△雲霄　雲字原缺，據綠本及全唐詩補。

【注】

△東林寺　晉惠遠創建，謝靈運爲鑿池種蓮，號蓮社。故址在今江西省九江縣南廬山麓。劉長卿詩：「絕巘東林寺，高僧惠遠公。」

△懿皇　唐懿宗，名漼，宣宗之子，在位十四年，年號咸通。

△三殿　唐書敬宗紀：「寶曆二年六月甲子，觀驢鞠角觝於三殿。」雍錄：「三殿者，麟德殿也，一殿而有三面，故曰三殿。」杜甫送翰林張海士南海勒碑詩：「詔從三殿去，碑到百蠻開。」

△內官　隋以禁中諸省及禁衞之官爲內官。唐因隋制，雖小有變革，而大較不異。貞觀六年，大省內官凡文武定員六百四十有三而已。見通典職官典。唐書韋嗣立傳：「今朝廷重內官，輕外職。」嗣立景龍中人，是重內官蓋自中宗始。

西塞山下作

西塞山前水似藍。亂雲如絮滿澄潭。孤峯漸映湓城北。片月斜生夢澤南。爨動曉煙烹紫蕨。露和香蔕摘黃柑。他年却棹扁舟去。終傍蘆花結一菴。

【注】

△西塞山　在今湖北省大冶縣東九十里，一名道士洑磯。水經注云：「黃石山連逕江側，東山偏高，謂之西塞。」韋應物詩：「勢從千里奔，直入江中斷。」詠此。按張志和詞：「西塞山前白鷺飛，桃花流水鱖魚肥。」

地在今浙江省吳興縣西南，非此。

△湓城　本晉時柴桑之湓口城，隋置湓城縣於此。唐武德四年，改曰潯陽縣，即今江西省九江縣治。何遜日夕望江山贈魚司馬詩：「湓城對湓水，湓水縈如帶。」

△夢澤　即雲夢澤，夢亦作瞢。周禮夏官職方：「荆州，其澤藪曰雲瞢。」爾雅釋地：「楚有雲夢。」按雲夢本爲二澤，分跨今湖北省境大江南北，江南爲夢，江北爲雲，面積廣八九百里，今湖北省京山縣以南，枝江縣以北，蘄春縣以西，及湖南省北境華容縣以北，皆其區域，後世淤成陸地，遂併稱之曰雲夢。

△蔕　瓜當也。見說文。文選張衡西京賦：「蔕倒茄於藻井。」李善曰：「聲類曰：蔕，果鼻也。」段玉裁云：「瓜當果鼻正同類。」蓋謂瓜果之根蔕也。

齊安郡

彌棹齊安郡。孤城百戰殘。傍村林有虎。帶郭縣無官。暮角梅花怨。淸江桂影寒。黍離緣底事。撩我起長歎。

【注】

△齊安郡　故城在今湖北省黃岡縣西北。杜牧有九日登高詩、憶齊安詩。

△彌棹　彌，息也、止也。棹，櫂或字，舟旁撥水之具。彌棹猶言停舟。梁簡文帝法昻師銘：「頓轡中衢，息棹脩渚。」皇甫冉送裴陟詩：「夜雨須停棹，秋風暗入衣。」意皆同。

△暮角梅花怨　樂府詩集：「按唐大角曲亦有大單于、小單于、大梅花、小梅花等曲。」詳章江作詩注。

△黍離　詩王風黍離：「彼黍離離，彼稷之苗，行邁靡靡，中心搖搖。」序：「黍離，閔宗周也。周大夫行役至於宗周，過故宗廟宮室，盡爲禾黍，閔周室之顚覆，徬徨不忍去，而作是詩。」向秀思舊賦：「歎黍離之愍周兮，悲麥秀於殷墟。」

夏口行寄婺州諸弟

回頭煙樹各天涯。婺女星邊遠寄家。盡眼楚波連夢澤。滿衣春雪落江花。雙雙得伴爭如鴈。一一歸巢却羨鵶。誰道我隨張博望。悠悠空外泛僊槎。

【注】

△夏口　城名，在今湖北省武昌縣西黃鵠山上，吳孫權築。晉河羨縣及南朝宋郢州與江夏郡均治此。按水經注云：「鵠山東北對夏口城，孫權所築，對岸則入新津，故城以夏口爲名。」此乃江南之夏口城，非江北之夏口也。

△婺女星　即女宿，二十八宿之一。史記天官書：「婺女。」索隱：「爾雅云：須女謂之務女，或作婺字。」按隋置婺州於東陽郡，即以當婺女之星爲名，婺州故治在今浙江省金華縣。

△誰道我隨張博望悠悠空外泛僊槎　張博望，指漢張騫。胡曾詩：「馬援橐中無薏苡，張騫槎上有蒲萄。」杜甫秋興詩：「聽猿實下三聲淚，奉使虛隨八月槎。」參閱漁溏十六韻詩注。

卷八

南省伴直

文昌二十四僊曹。盡倚紅簷種露桃。一洞煙霞人迹少。六行槐柳鳥聲高。星分夜彩寒侵帳。蘭惹春香綠映袍。何事愛留詩客宿。滿庭風雨竹蕭騷。

【注】

△（題）元注云：「甲寅年自江南到京後作。」

△南省　唐時尚書省在大內之南，故曰南省。唐書孔戣傳：「韓愈上疏言：臣與戣同在南省。」

△文昌　謂文昌臺。稱謂錄云：「新唐書百官志注：龍朔二年，改尚書曰中臺，光宅元年曰文昌臺，俄曰文昌都省。」

△僊曹　唐時尚書省諸曹之稱。李商隱詩：「茅君奕世僊曹貴，許掾全家道氣濃。」

△蕭騷　蕭條淒涼之意。薛能詩：「寒窗不可寐，風地葉蕭騷。」

鄠杜舊居二首

（一）

却到山陽事事非。谷雲谿鳥尚相依。阮咸貧去田園盡。向秀歸來父老稀。秋雨幾家紅稻熟。野塘何處錦鱗肥。年年爲獻東堂策。長是蘆花別釣磯。

【注】

△鄠杜　即鄠縣及杜陵縣，皆屬陝西省。

△山陽　漢商縣地，明始置山陽縣，屬商州，淸因之。故縣在今陝西省商縣南。

△阮咸　晉尉氏人，字仲容，爲「竹林七賢」之一，與叔父籍齊名，有大小阮之稱。諸阮前世皆儒學，善居室，唯咸一家尙道棄事，好酒而貧。舊俗七月七日，法當曬衣，諸阮庭中爛然錦綺，咸時總角，以竿挂大布犢鼻幝於中庭，人或怪之，答曰，未能免俗，聊復爾耳。李商隱七夕偶題詩：「明朝曬犢鼻，方信阮郞貧。」

△向秀　晉懷人，字子期，爲「竹林七賢」之一，與嵇康、呂安善。好老莊，注莊子，於舊注外爲解義，妙析奇致，大暢玄風，郭象又述而廣之，或謂大半竊取自秀也。見晉書卷四十九及世說新語文學。

△年年爲獻東堂策長是蘆花別釣磯　言己屢因入京應試而久別故里也。按東堂策用晉郤詵對策東堂事。見冬日長安感志寄獻虢州崔郞中二十韻詩注。

（二）

一徑尋村渡碧溪。稻花香澤水千畦。雲中寺遠磬難識。竹裏巢深鳥易迷。紫菊亂開連井合。紅榴初綻拂簷低。歸來滿把如澠酒。何用傷時歎鳳兮。

【注】

△如澠酒　左傳昭公十二年：「有酒如澠。」注：「澠水，出齊國臨淄縣。」釋文：「澠音繩。」

△歎鳳兮　論語微子：「楚狂接輿歌而過孔子曰：鳳兮鳳兮，何德之衰，往者不可諫，來者猶可追，已而已而，今之從政者殆而。」朱傳：「接輿，楚人，佯狂辟世，夫子時將適楚，故接輿歌而過其車前也。鳳有道則見，無道則隱，接輿以比孔子，而譏其不能隱爲德衰也。」

寄江南諸弟

萬里逢歸鴈。鄉書忍淚封。吾身不自保。爾道各何從。性拙唯多蹇。家貧半爲慵。祇思溪影上。臥看玉華峯。

【注】

△玉華　山名，在今陝西省宜君縣南四十里。其南曰野火谷，野火之西曰鳳凰谷，唐之玉華宮故地也。

投寄舊知

却將顦顇入都門。自喜煙霄足故人。萬里有家留百越。十年無路到三秦。摧殘不是當時貌。流落空餘舊日貧。多謝青雲好知己。莫教歸去重沾巾。

【校】

△煙霄　綠本、全唐詩煙皆作青。

【注】

△百越　亦作百粵。四庫全書百粵先賢志提要云：「南方之國越爲大，自勾踐六世孫無疆爲楚所敗，諸子散處海上，其著者，東越無諸，都東冶，至漳泉，故閩越也。東海王搖，都永嘉，故甌越也。自湘灕而南，故西越也。牂柯西下邕、雍、綏、建，故駱越也。統而言之，謂之百越。」按公自黃巢亂後，浪跡江南，求仕求食，往來萬里，大抵由吳之浙，次之贛，之湘，之鄂，旋至巫峽，回贛，復自贛返浙也。詩云百越，泛言之耳。

癸丑年下第獻新先輩

五更殘月省牆邊。絳旆蜺旌卓曉煙。千炬火中鶯出谷。一聲鐘後鶴冲天。皆乘駿馬先歸去。獨被羸童笑晚眠。對酒暫時情豁爾。見花依舊涕潸然。未酬闞澤傭書債。猶欠君平賣卜錢。何事欲休休不得。來年公道似今年。

【校】

△鶯　綠本作鸎。

△先歸　全唐詩注云：「一作爭先。」

【注】

△癸丑　唐昭宗景福二年。

△省　謂尚書省。按唐時各州縣貢士至京師，試於尚書省，由禮部主之，謂之省試，亦謂之禮部試，即明淸之會試也。

△羸童　羅鄴詩：「羸童相對亦無眠。」蘇軾送鄭戶曹詩：「羸童瘦馬從吾飲，陋巷何人似子賢。」

△闞澤　三國吳山陰人，字德潤，究覽羣籍，居貧無資，常爲人傭書以供紙筆。孫權辟爲掾，累官中書令，封都鄉侯。見三國志卷五十三。

△君平　漢嚴遵，字君平，蜀人，以字行。卜筮成都市，日得百錢，即閉肆而讀老子，卒年九十餘，著有老子指歸。見漢書卷七十三。

題汧陽縣馬跑泉李學士別業

水滿寒塘菊滿籬。籬邊無限彩禽飛。西園夜雨紅櫻熟。南畝清風白稻肥。草色自留閑客住。泉聲如待主人歸。九霄岐路忙於火。肯戀斜陽守釣磯。

【注】

△汧陽縣　北周置，以在汧山之陽爲名。故城在今陝西省汧陽縣西。

△九霄　杜甫春宿左省詩：「星臨萬戶動，月傍九霄多。」注：「九霄，天也。」

絳州過夏留獻鄭尚書

朝朝沉醉引金船。不覺西風滿樹蟬。光景暗消銀燭下。夢魂長寄玉輪邊。因循每被時流誚。奮發須由國士憐。明月客腸何處斷。綠槐風裏獨揚鞭。

【注】

△鄭尙書　年譜云：「集八有絳州過夏留獻鄭尙書一律，陳思引舊唐書本記，本年（昭宗景福二年）十一月，刑部尙書平章事判度支鄭延昌罷政事守尙書左僕射，則尙書即鄭延昌也。」

△金船　事物異名錄云：「山堂肆考：酒杯名金船。唐詩：醉把金船倒。」參閱對雪獻薛常侍詩注。

△玉輪　月之異名。元稹月詩：「絳河冰鑑朗，黃道玉輪巍。」李商隱令狐舍人說昨夜西掖翫月詩：「昨夜玉輪明，傳聞近太淸。」

△國士　擧國推仰之士曰國士。史記刺客傳：「豫讓曰：至於智伯國士遇我，我以國士報之。」劉兼自遣詩：「家人莫問張儀舌，國士須知豫讓心。」

綏州作

雕陰無樹水難流。雉堞連雲古帝州。帶雨晚駝鳴遠戍。望鄉孤客倚高樓。明妃去日花應笑。蔡琰歸時鬢已秋。一曲單于暮烽起。扶蘇城上月如鈎。

【校】

△難　全唐詩注云：「一作南。」

【注】

△綏州　西魏置，隋改曰上州，又改爲雕陰郡，唐復置綏州，淸直隸陝西省，民國曰綏德縣。

△雉堞　城上女牆也。文選包照蕪城賦：「版築雉堞之殷。」

△馳　駝或字。見集韻。

△明妃　王嬙，字昭君，秭歸人，漢元帝宮女。元帝後宮按圖召幸，宮人皆賂畫工，昭君自恃其貌，獨不與，畫工乃惡圖之。其後以王嬙賜匈奴和親，及入辭，光彩射人，貌爲後宮冠，帝悔恨，窮案其事，畫工毛延壽等皆棄市，而昭君竟行。入胡，妻呼韓邪單于，號寧胡閼氏，卒葬匈奴。晉時避司馬昭諱，改曰明妃。

△蔡琰　東漢蔡邕女，字文姬，博學有才辨，妙解音律。詳同舊韻詩注。

△單于　曲名。李益詩：「秋風吹入小單于。」參閱章江作詩注。

△扶蘇城　上郡城在綏州城北，即扶蘇監蒙恬軍處。

卷九

與東吳生相遇

十年身事各如萍。白首相逢淚滿纓。老去不知花有態。亂來唯覺酒多情。貧疑陋巷春偏少。貴想豪家月最明。且對一尊開口笑。未衰應見泰階平。

【校】

△身事　全唐詩事下注云：「一作世。」

△且　元注云：「一作獨。」

【注】

△（題）　元注云：「及第後出關作。」按直齋書錄解題：「韋莊，唐乾寧元年進士也。」唐才子傳：「乾寧元年，蘇儉榜進士，釋褐爲校書郎。」公第進士，年已五十有九，見年譜。公喜遷鶯云：「人洶洶，鼓鼕鼕，襟袖五更風，大羅天上月朦朧，騎馬上虛空。香滿衣，雲滿路，鸞鳳遶身飛舞，霓旌絳節一羣羣，引見玉華君。」又：「街鼓動，禁城開，天上探人回，鳳銜金榜出門來，平地一聲雷。鶯已遷，龍已化，一夜滿城車馬，家家樓上簇神仙，爭看鶴沖天。」二詞皆詠及第也。

△開口笑　莊子盜跖：「開口而笑者，一月之中，不過四五日而已。」杜牧九日齊山登高詩：「塵世難逢開口

笑，菊花須插滿頭歸。」

△泰階平　文選揚雄長楊賦：「是以玉衡正而太階平也。」太同泰。泰階，星名，即三台。晉書天文志：「一曰泰階，上階上星爲天子，下星爲女主。中階上星爲諸侯三公，下星爲卿大夫。下階上星爲士，下星爲庶人。所以和陰陽而理萬物也。」

庭前桃

曾向桃源爛漫遊。也同漁父泛僊舟。皆言洞裏千株好。未勝庭前一樹幽。帶露似垂湘女淚。無言如伴息嬀愁。五陵公子饒春恨。莫引香風上酒樓。

【注】

△桃源　山名，在今湖南省桃源縣西南。桃源經云：「桃源山在桃源縣南十里，西北乃沅水曲流，而南有障山，東帶沙羅溪，周三十有二里，即桃花源也。」按晉陶潛嘗作桃花源記，謂有漁人誤入桃花源，遇秦時避亂者之後，生聚於其地，出而復往，迷失其處，後人相傳，謂陶潛所記之遺跡，即桃源山下之桃源洞。今洞外有碑封之，唐劉禹錫題曰「桃源佳致碑」。王維桃源行：「居人共住武陵源，還從物外起田園。」

△息嬀　春秋息侯之夫人也。姓嬀，故稱息嬀。楚文王滅息，以息嬀歸，生堵敖及成王。不言，王問之，對曰，吾一婦人，而事二夫，縱弗能言，其又奚言。見左傳莊公十四年。杜牧題桃花夫人廟詩：「細腰宮裏露桃新，脈脈無言度幾春，至竟息亡緣底事，可憐金谷墮樓人。」即詠息嬀事也。

丙辰年鄜州過寒食城外醉吟五首

（一）

滿街楊柳綠絲煙。畫出清明二月天。好是隔簾花樹動。女郎撩亂送鞦韆。

【注】

△丙辰年　唐昭宗乾寧三年。

△鄜州　今陝西省鄜縣治。

△寒食　節名。荆楚歲時記云：「冬至後一百五日，謂之寒食，禁火三日。」注：「據曆，合在淸明前二日，亦有去冬至一百六日者。」按寒食禁火之俗，世多以爲晉文公哀念介之推而作，然亦有異說。名義考云：「介之推亡日在仲冬，而寒食在仲春之末，淸明之前，非介之推亡月，而用介之推事，誤也。周官司烜氏：仲春以木鐸修火禁於國中。禁火則寒食，周制已然，於介之推何與？」

（二）

雕陰寒食足遊人。金鳳羅衣濕麝薰。腸斷入城芳草路。淡紅香白一羣羣。

【注】

△雕陰　史記魏世家：「襄王五年，秦敗我龍賈軍於雕陰。」即此。秦置縣，故城當在今陝西省鄜縣北。

△金鳳羅衣　羅衣繡金鳳以爲飾，故云。王建宮詞：「羅衣葉葉繡重重，金鳳銀鵝各一重。」李賀十月樂詞：

「珠帷恐臥不成眠，金鳳刺衣著體寒。」

（三）

開元坡下日初斜。拜掃歸來走鈿車。可惜數株紅豔好。不知今夜落誰家。

【注】

△開元坡　在鄠縣北。

△鈿車　以金華爲飾之車。搜神記：「杜蘭香數詣張碩，有婢子二人，大者萱枝，小者松枝，鈿車青牛上飲食皆備。」杜牧詩：「繡鞅瓏璁走鈿車。」

（四）

馬驕風疾玉鞭長。過去唯留一陣香。閑客不須燒破眼。好花皆屬富家郎。

【注】

△好花　喻美女也。

（五）

雨絲煙柳欲清明。金屋人閑煖鳳笙。永日迢迢無一事。隔街聞筑氣毬聲。

【校】

△永日　全唐詩日下注云：「一作晝。」

△築　全唐詩注云：「一作蹴。」

【注】

△金屋　漢武故事：「漢武爲太子時，長公主欲以女配帝，問曰，得阿嬌好否，帝曰，若得阿嬌，當以金屋貯之。」李白詩：「漢武得阿嬌，貯之黃金屋。」

△煖鳳笙　風俗通云：「笙長四寸，十三簧，像鳳之身，正月之音也。」按笙中之簧，以銅爲之，簧煖則字正而聲淸越，故必用焙而後可。陸天隨詩云：「妾思冷如簧，時時望君煖。」樂府亦有簧煖笙淸之語。

△築氣毬　猶言打毬。馮默菴云：「築，今人改作蹴，不知古人打毬用馬用杖。」

宜君縣比卜居不遂留題王秀才別墅二首

（一）

本期同此臥林丘。榾柮爐前擁布裘。何事却騎羸馬去。白雲紅樹不相留。

【校】

△（題）宜君縣　全唐詩君下注云：「一作春。」

△騎　原缺，據綠本及全唐詩補。

【注】

△宜君縣　後魏置，清屬陝西鄜州。按今宜君縣西南有宜君故城，即後魏故縣。

△榾柮　木頭，見廣韻。貴耳集：「嵩山極峻，法堂壁上有一詩曰：爭似滿爐煨榾柮，慢騰騰地煖烘烘。」

（二）

明月巖霜撲皁貂。羨君高臥正逍遙。門前積雪深三尺。火滿紅爐酒滿瓢。

【注】

△皁貂　黑貂裘。戎昱桂州口號：「誰道桂林風景暖，到來重着皁貂裘。」蘇轍寄子瞻詩：「莫倚皁貂欺朔雪，更催靈火煮鉛丹。」

鄜州留別張員外

江南相送君山下。塞北相逢朔漠中。三楚故人皆是夢。十年陳事只如風。莫言身世他時異。且喜琴尊數日同。惆悵却愁明日別。馬嘶山店雨濛濛。

【校】

△朔漠　全唐詩注云：「一作相幕。」

【注】

△君山　即湘山，在今湖南省岳陽縣西南洞庭湖中，周七里有奇。水經注云：「洞庭湖中有君山，湘君之所遊

處，故曰君山。」湘君，舜二妃也。

△三楚　阮籍詠懷詩：「三楚多秀士，朝雲進荒淫。」注：「三楚，謂楚文王都郢，昭王都鄀，孝烈王都壽春。」

病中聞相府夜宴戲贈集賢盧學士

滿筵紅蠟照香鈿。一夜歌鐘欲沸天。花裏亂飛金錯落。月中爭認繡連乾。尊前莫話詩三百。醉後寧辭酒十千。無那兩三新進士。風流長得飲徒憐。

【注】

△集賢　唐有集仙殿，開元中改名集賢。以五品以上爲學士，每以宰相爲學士者知院事，掌刋輯經籍，搜求佚書。

△香鈿　漢宮秋第一折：「額角香鈿貼翠花，一笑有傾城價。」按鈿，金華也。見說文新附。鄭珍新附考云：「漢以前書無鈿，釋名只言華勝。王嘉拾遺記載魏明帝宮人云：『不服辟寒鈿，那得君王憐。』是漢魏間始有此名。」

△錯落　同鑿落，酒器名。白居易寄獻北都留守裴令公詩：「銀含錯落盞，金屑琵琶槽。」

△連乾　馬飾也。晉書王濟傳：「嘗乘一馬，著連乾鄣泥。」按世說新語術解作連錢。連乾當即連錢也。梁元帝紫騮馬詩：「金絡鐵連錢。」

△詩三百　論語爲政：「子曰：詩三百，一言以蔽之，曰，思無邪。」朱傳：「詩三百十一篇，言三百者，舉大數也。」

△酒十千　曹植名都篇：「歸來宴平樂，美酒斗十千。」李白將進酒：「陳王昔時宴平樂，斗酒十千恣讙謔。」

出關

馬嘶煙岸柳陰斜。東去關山路轉賒。到處因循緣嗜酒。一生惆悵爲判花。危時只合身無著。白日那堪事有涯。正是灞陵春酎綠。仲宣何事獨辭家。

【校】

△東去　元注云：「一作回首。」

【注】

△判花　公文書之判詞後簽花押，故曰判花。劉克莊贈洪使君詩：「判花人競誦，詩草士深藏。」

△仲宣　公自況也。見早秋夜作詩注。

卷十

過樊川舊居

却到樊川訪舊遊。夕陽衰草杜陵秋。應劉去後苔生閣。嵇阮歸來雪滿頭。能說亂離唯有燕。解偷閑暇不如鷗。千桑萬海無人見。橫笛一聲空淚流。

【校】

△閣　全唐詩作閣。

△嵇　全唐詩作稽。

【注】

△（題）　元注云：「時在華州駕前，奉使入蜀作。」按華州在陝西。

△樊川　在長安縣南，潏水之支流也。水經注：「沈水上承皇子坡於樊川，卽杜之樊鄉也。」沈水卽潏水也。三秦記：「長安正南秦嶺之水，流爲秦川，一名樊川。」

△杜陵　縣名，在長安縣東南。

△應劉　謂應瑒、劉楨。庾肩吾侍宴詩：「徒然欣並命，無以廁應劉。」

△嵇阮　謂嵇康、阮籍。杜甫詩：「班揚名甚盛，嵇阮逸相須。」

△千桑萬海　神仙傳：「麻姑謂王方平曰：接侍以來，已見東海三爲桑田，向到蓬萊水淺，淺於往者會時略半也，豈將還復爲陵陸乎？」後因謂世事變遷之速曰滄海桑田，或曰滄桑。李商隱一片詩：「人間桑海朝朝變。」詩云千桑萬海，極言之耳。

△橫笛　橫吹之笛也。夢溪筆談：「後漢馬融所賦長笛，空洞無底，剡其上孔，五孔，一孔出其背，正似今之尺八。李善爲之注云：七孔，長尺四寸。」杜甫宴楊使君東樓詩：「樓高欲愁思，橫笛未休吹。」

長安舊里

滿目牆匡春草深。傷時傷事更傷心。車輪馬跡今何在。十二玉樓無處尋。

【校】

△匡　全唐詩注云：「一作垣。」

△今何在　才調集補註作一時盡。

△無處　才調集補註作無何。

【注】

△牆匡　圍牆無上蓋者。

過渼陂懷舊

辛勤曾寄玉峯前。一別雲溪二十年。三徑荒涼迷竹樹。四鄰凋謝變桑田。渼陂可是當時事。紫閣空餘舊日煙。多少亂離何處問。夕陽吟罷涕潸然。

【注】

△渼陂　長安志：「渼陂在鄠縣西五里，出終南山諸谷，合胡公泉爲陂。」杜甫渼陂行：「岑參兄弟皆好奇，攜我遠來遊渼陂。」即此。

△三徑　喻隱士所居。陸厥奉答内兄希叔詩：「杜門清三徑，坐檻臨曲池。」聯珠詩格：「鄭月山涉趣園詩云：『三徑歸來正自佳。』注：『三徑，松、菊、竹徑也。』」參閱同舊韻詩注。

△紫閣　即紫閣峯，在鄠縣東南三十里。杜甫秋興詩：「紫閣峯陰入渼陂。」

汧陽間

汧水悠悠去似絣。遠山如畫翠眉橫。僧尋野渡歸吳嶽。鴈帶斜陽入渭城。邊靜不收蕃帳馬。地貧唯賣隴山鸚。牧童何處吹羌笛。一曲梅花出塞聲。

【校】

△（題）　全唐詩注云：「一作汧陽縣閣。」馮默菴曰：「臨水大橋橫截數里者，兩岸及橋俱有數閣，土人即稱曰閣，浙、閩皆然。」

【注】

△汧陽　本漢隃麋縣地，北周置汧陽縣及汧陽郡，以在汧山及汧水之陽，故名。故城在今陝西省汧陽縣西，隋唐舊治南里許。

△汧水　源出陝西省隴縣西北之汧山，東南流經汧陽、鳳翔二縣，至寶雞縣入渭水。

△絣　廣韻：「振繩墨也。」喻汧水之直也。

△吳嶽　山名。在隴縣西南，亦曰吳山、嶽山。即禹貢岍山，古之西鎮也。後漢書郡國志：「汧縣有吳嶽山，本名汧。」汧山即岍山也。

△渭城　古縣名，漢置。水經注云：「太史公曰：長安，故咸陽也，高帝更名新城，武帝別爲渭城。」故城在今陝西省咸陽縣東。王維送元二使安西詩：「渭城朝雨裛輕塵。」

△隴山鸚　禽經：「鸚鵡摩背而瘖。」注：「鸚鵡出隴西，能言鳥也。人以手撫拭其背，則瘖瘂矣。」岑參赴北庭度隴思家詩：「隴山鸚鵡能言語，爲報家人數寄書。」按隴山在今陝西省隴縣西北，爲關中西面之險塞。

△羌笛　陳暘樂書：「羌笛五孔，馬融賦笛謂出於羌中，舊制四孔而已，京房加一孔，以備五音。」王之渙出塞詩：「羌笛何須怨楊柳，春風不度玉門關。」按楊柳，漢橫吹曲折楊柳也。

△梅花　笛曲名。李白從軍詩：「笛奏梅花曲，刀開明月環。」參閱章江作詩注。

△出塞　古今注云：「橫吹胡樂也。有出塞、入塞曲。」

焦崖閣

李白曾歌蜀道難。長聞白日上青天。今朝夜過焦崖閣。始信星河在馬前。

【注】

△蜀道難　樂府瑟調曲名。樂府詩集：「樂府解題曰：蜀道難備言銅梁、玉壘之阻，與蜀國絃頗同。」按梁陳間已有人擬作，並不創自李白。

△星河　即銀河。河圖緯括地象：「川德布精，上爲星河。」許渾韶陽樓夜讌詩：「待月西樓捲翠羅，玉盃瑤瑟近星河。」

雞公幘

石狀雖如幘。山形可類雞。向風疑欲鬭。帶雨似聞啼。蔓織青籠合。松長翠羽低。不鳴非有意。爲怕客奔齊。

【注】

△雞公幘　元注云：「去褒城縣二十里。」按今陝西省褒城縣北十五里，有山狀類雞冠，名雞翁山。詩云：「石狀雖如幘，山形可類雞。」則雞翁山即雞公幘，名異而實同。

△客奔齊　用戰國齊田文客爲雞鳴脫關事。論衡：「孟嘗君叛出秦關，雞未鳴，關不開，下座賤客鼓臂爲雞鳴，而羣雞和之，乃得出關。」

浣花集補遺一

乞彩牋歌

浣花溪上如花客。綠闇紅藏人不識。留得溪頭瑟瑟波。潑成紙上猩猩色。手把金刀裁綵雲。有時翦破秋天碧。不使紅霓段段飛。一時驅上丹霞壁。蜀客才多染不供。卓文醉後開無力。孔雀銜來向日飛。翩翩壓折黃金翼。我有歌詩一千首。磨礱山岳羅星斗。開卷長疑雷電驚。揮毫只怕龍蛇走。班班布在時人口。滿袖松花都未有。人間無處買煙霞。須知得自神僊手。也知價重連城璧。一紙萬金猶不惜。薛濤昨夜夢中來。殷勤勸向君邊覓。

【注】

△彩牋　蜀牋譜：「濤自製深紅小彩牋，時謂之薛濤牋。」

△浣花溪　在今四川省成都縣西，一名濯錦江，又名百花潭。唐杜甫故宅在此，號浣花草堂。每歲四月十九日，蜀人多遊宴於此，謂之浣花日。唐名妓薛濤亦家於溪旁，以溪水造牋，號浣花牋。

△瑟瑟　碧色也。升菴外集：「白樂天琵琶行：楓葉荻花秋瑟瑟。今解者多以為蕭瑟，非也。瑟瑟，本是寶名，其色碧，此句言楓葉赤，荻花白，秋色碧也。或者咸怪余說之異，余曰，曷不以樂天他詩證之。其出府歷吾廬詩曰：嵩碧伊瑟瑟。重修香山寺排律云：兩面蒼蒼屹，中心瑟瑟流。薔薇云：猩猨凝血點瑟瑟。以瑟瑟對斑斑，對蒼蒼，對猩猩，豈是蕭瑟乎？唐惟白公用瑟瑟字多。」樓鑰石城釣月圖詩：「江平風輕波瑟瑟。」

△猩猩色　赤色也。韓渥已涼詩：「猩色屏風畫折枝。」

△丹霞　全唐詩話：「張蠙字象文，唐末登第入蜀，蜀王時為金堂令。徐后遊大慈寺，見壁間題云：『墻頭細

雨垂纖草，水面迴風聚落花。」問寺僧，僧以蠟對，乃賜霞光牋，令寫詩以進。」蜀箋譜云：「霞光箋疑卽今之彤霞牋，亦深紅色也。蓋以胭脂染色，最爲靡麗。」

△孔雀銜來向日飛　孔雀，一名越鳥，形體碩大，細頸隆背，似鳳皇，自背及尾皆作圓文，五色相繞，如帶千錢。見異物志。韓愈詠孔雀詩：「穆穆鸞鳳友，何年來止玆。」孔雀類鳳凰，故云。按鄴中記：「石虎詔書以五色紙著鳳凰口中，令銜之飛下端門。」楊巨源酬崔駙馬惠牋百張詩：「浮碧空從天上得，殷紅應自日邊來。」句蓋合石虎事及楊詩蛻化而來。

△磨礱　文選枚乘上書諫吳王：「磨礱砥礪，不見其損，有時而盡。」李善曰：「賈逵國語注曰：礱，磨也。」

△連城璧　史記藺相如傳：「趙惠文王時，得楚和氏璧，秦昭王聞之，使人遺趙王書，願以十五城請易璧。」後稱連城璧，本此。李白詩：「趙氏連城璧，由來天下傳。」

△薛濤昨夜夢中來　唐詩紀事：「進士楊蘊中下成都獄，夢一婦人曰，吾薛也，贈詩云，玉漏深長燈耿耿，東墻西墻時見影，月明窗外子規啼，忍使孤魂愁夜永。」按薛，謂薛濤，濤字洪度，唐時名妓，知音律，工詩詞，喜與時士遊，韋皐、元稹、白居易、杜牧等皆常相與唱和。僑寓成都百花潭，親製松花紙及深紅小彩牋，酬獻賢傑，時號薛濤牋。晚衣女冠服，居碧雞坊，剏吟詩樓，相傳有詩五百首。

詠白牡丹

閨中莫妬啼妝婦。陌上須慚傅粉郎。昨夜月明清似水。入門惟覺一庭香。

【校】

△啼　全唐詩作新。

△濤　全唐詩作渾。

【注】

△傅粉郎　世說新語容止：「何平叔美姿儀，面至白，魏帝疑其傅粉，正夏月，與熱湯餅，既啗，大汗出，以朱衣自拭，色轉皎然。」世以「傅粉何郎」喻美男子，本此。冷齋夜話：「前輩作花詩，多用美女美丈夫比之。吾叔淵材作海棠詩曰：雨過溫泉浴妃子，露濃湯餅試何郎。意尤工也。」宋璟梅花賦：「儼如傅粉，是謂何郎。」溫庭筠詩：「問雲徵楚女，凝粉試何郎。」皆用平叔事也。

咸陽懷古

城邊人倚夕陽樓。城上雲凝萬古愁。山色不知秦苑廢。水聲空傍漢宮流。李斯不向倉中悟。徐福應無物外遊。莫怪楚吟偏斷骨。野煙蹤跡似東周。

【校】

△悟　全唐詩注云：「一作死。」

【注】

△咸陽　讀史方輿紀要：「山南水北曰陽，地在九嵕之南，渭水之北，山水皆陽，故曰咸陽。」故城在今陝西省咸陽縣治東二十里。

△李斯　見同舊韻詩注。

△徐福・十洲記：「東海祖洲上有不死之草，生瓊田中，始皇使徐福發童男女入海尋祖州，不返。」按福字君房，後亦得道。

△物外　猶言世外。開天遺事：「王休高尚不親勢利，常與名僧數人，或跨驢，或騎牛，尋訪山水，自謂結物外遊。」李中懷廬岳舊遊寄劉鈞田感鑿上人詩：「昔年廬岳閑遊日，乘興因尋物外僧。」

【箋】

△才調集補註曰：「此詩借秦以喻唐，漢宮特陪說耳。腹聯言李斯以荀卿學術禍秦，肆然破壞典型，焚書坑儒，以致徐福輩避禍而逃於物外耳。以比朱溫滹流白馬之禍，名士幾盡，而已不得不避禍而遠依王建也。人之云亡，邦國殄瘁，眼看朝市宮室有黍離之痛矣，是以哀吟斷骨而寄慨於咸陽之蔓草荒煙，如周既東遷，離離禾黍時也。」

奉和左司郎中春物暗度感而成章

纔喜新春已暮春。夕陽吟殺倚樓人。錦江風散霏霏雨。花市香飄漠漠塵。今日尙追巫峽夢。少年應遇洛川神。有時自患多情病。莫是生前宋玉身。

【注】

△左司郎中　舊唐書職官志：「尙書都省有左右司郎中各一員。」

△錦江　在今四川省境，爲岷江別流。蜀人以此水濯錦鮮明，故以名江，並名其地曰錦里。杜甫登樓詩：「錦江春色來天地。」詠此。

△花市　成都古今記：「二月花市。」陸游詩：「人歸花市路，客醉酒家樓。」

△巫峽夢　見楚行吟注。

△洛川神　見覩軍迴戈詩注。

△宋玉　杜甫詠懷古跡詩：「搖落深知宋玉悲，風流儒雅亦吾師。」李羣玉詩：「行雲永絕襄王夢，野水偏傷宋玉才。」按宋玉，戰國楚人，屈原弟子，爲楚大夫，悲其師放逐，作九辯述其志，又作高唐、神女等賦，皆寓言託興之作。

奉和觀察郎中春暮憶花言懷見寄四韻之什

天畔峨眉簇簇青。楚雲何處隔重扃。落花帶雪埋芳草。春雨和風濕畫屏。對酒莫辭銜暮角。望鄉誰解倚高亭。惟君信我多惆悵。只願陶陶不願醒。

【校】

△峨眉　全唐詩眉作嵋。

△高亭　全唐詩高作南。

【注】

△峨眉　山名，亦作峨嵋，兩山相對如蛾眉，故又作蛾眉，在今四川省峨眉縣西南。
△重扃　猶言重門。王勃九成宮頌：「紅花紫的，垂倒井以披文，金鎖銀鋪，接重扃而炫色。」
△陶陶　沈酣貌。蘇軾詩：「飛雲不覺醉陶陶。」黃庭堅醉落魄詞：「陶陶兀兀，尊前是我華胥國。」

江皐贈別

金管多情恨解攜。一聲歌罷客如泥。江亭繫馬綠楊短。野岸維舟春草齊。帝子夢魂煙水濶。謝公詩思碧雲低。風前不用頻揮手。我有家山白日西。

【注】
△金管　樂器。江淹爲蕭太傅謝侍中敦勸表：「奏金管於後陣。」
△如泥　墨莊漫錄：「南海有蟲，無骨，名曰泥，水在則活，失水則醉，如一堆泥然。」
△帝子夢魂煙水濶　楚辭九歌湘夫人：「帝子降兮北渚，目眇眇兮愁余。」注：「帝子，謂堯女也。」
△謝公詩思碧雲低　言謝玄暉澄江靜如練之句，詩思高出於雲上也。
△揮手　劉琨扶風歌：「揮手長相謝。」
△我有家山白日西　家山，謂故里也。錢起送李棲桐詩：「蓮舟同宿浦，柳岸向家山。」白日西，猶言日邊，謂京師附近。李白詩：「忽復乘舟夢日邊。」按公京兆杜陵人，故云爾。

姬人養蠶

昔年愛笑蠶家婦。今日辛勤自養蠶。仍道不愁羅與綺。女郎初解織桑籃。

【注】

△姬人　古今詞話：「莊有寵人，資質豔麗。」

贈姬人

莫恨紅裙破。休嫌白屋低。請看京與洛。誰在舊香閨。

【注】

△紅裙　萬楚五日觀妓詩：「眉黛奪將萱草色，紅裙妬殺石榴花。」

△白屋　漢書蕭望之傳：「恐非周公相成王躬吐握之禮，致白屋之意。」顏師古注：「賤人所居。」賈島雪晴晚望詩：「樵人歸白屋，寒日下危峯。」

悼亡姬

鳳去鸞歸不可尋。十州仙路彩雲深。若無少女花應老。爲有姮娥月易沈。竹葉豈能消積恨。丁香空解結同心。湘江水濶蒼梧遠。何處相思弄舜琴。

【注】

△十洲　神仙所居，在八方巨海之中。李商隱牡丹詩：「鸞鳳戲三島，神僊居十洲。」

△姮娥　亦作嫦娥。搜神記：「后羿請不死之藥於西王母，嫦娥竊之以奔月宮。」按姮娥，后羿妻。漢文帝名恒，漢人因改姮爲嫦。李商隱無題詩：「嫦娥應悔偷靈藥，碧海青天夜夜心。」

△竹葉　酒名。庾肩吾詩：「竹葉暫傾杯。」孟浩然詩：「頓覺寒消竹葉杯。」

△丁香　李商隱代贈詩：「芭蕉不展丁香結，同向春風各自愁。」按丁香結，謂丁香花蕾也。

△舜琴　禮記樂記：「昔者舜作五弦之琴，以歌南風。」曹唐詩：「不聞北斗傾堯酒，空覺南風入舜琴。」

【箋】

△年譜曰：「古今詞話：『韋莊以才名寓蜀，王建割據，遂羈留之，莊有寵人，資質豔麗，兼善書翰，建聞之，託以教內人爲詞，強莊奪去，莊追念悒怏，作小重山及空相憶云：空相憶，何計得傳消息，天上姮娥人不識，寄書何處覓？新睡覺來無力，不忍把伊書跡，漏院落花春寂寂，斷腸芳草碧。情意淒怨，人相傳播，盛行於時。姬後聞之，遂不食而卒。』按詩集補遺有悼亡姬一首，及獨吟、悔恨、虛席、舊居四首。注：『俱悼亡姬作。』詩云：『若無少女花應老，爲有姮娥月易沉。』『湘江水濶蒼梧遠，何處相思弄舜琴。』與前詞『天上姮娥』及憶帝鄉『說盡人間天上兩心知』，荷葉盃『碧天無路信難通』諸句，語意相類，疑詞亦悼亡姬作。楊湜所云，近於附會，以調名憶帝鄉，詞有『天上姮娥』句，云王建奪去，以『不忍把伊書跡』，云『兼善詞翰』，湜宋人，其詞話記東坡詞事，尙有誤者，此尤無徵難信。新五代史前蜀世家稱：『(王)建雖起盜賊，而爲人多智詐，善待士。』似不致有此。又悔恨一首悼亡姬云：『纔聞及第心先喜，試說求婚淚便流。』是悼亡在初及第時，亦非入蜀後事也。」

獨吟

默默無言惻惻悲。閑吟獨傍菊花籬。只今已作經年別。此後知爲幾歲期。開篋每尋遺念物。倚樓空綴悼亡詩。夜來孤枕空腸斷。窗月斜輝夢覺時。

【注】

△悼亡詩　晉潘岳妻死，有悼亡詩三首，見文選。後人因稱喪妻曰悼亡。孫逖挽樊氏夫人歌：「白日期偕老，幽泉忽悼亡。」

悔恨

六七年來春又秋。也同歡笑也同愁。纔聞及第心先喜。試說求婚淚便流。幾爲妬來頻斂黛。每思閑事不梳頭。如今悔恨將何益。腸斷千休與萬休。

【注】

△斂黛　黛，青黑色之顏料，古時婦女用以畫眉。釋名釋首飾：「黛，代也。滅眉毛去之，以此畫代其處也。」陶潛閑情賦：「願在眉而爲黛，隨瞻視以閒揚。」斂黛猶云縐眉，言愁則斂眉耳。梁元帝代舊姬有怨詩：「怨黛舒還斂。」

虛席

一閉香閨後。羅衣盡施僧。鼠偷筵上果。蛾撲帳前燈。土蝕釵無鳳。塵生鏡少菱。有時還影響。花葉曳香繒。

【校】

△(題)虛 全唐詩注云：「一作靈。」

【注】

△施 式義切，寘韻。惠也、與也。元稹遣悲懷詩：「衣裳已施行看盡。」

△釵無鳳 李洞詩：「不覺宮人拔鳳釵。」鳳釵，釵之作鳳形者。按中華古今注：「秦始皇以金銀作鳳頭，玳瑁爲脚，號曰鳳釵。」釵無鳳，言釵因斷折而佚其鳳頭也。

△影響 猶言形貌聲音。顏延之詩：「影響豈不懷，自遠每相匹。」

舊居

芳草又芳草。故人揚子家。青雲容易散。白日等閑斜。皓質留殘雪。香魂逐斷霞。不知何處笛。一夜叫梅花。

【注】

△故人揚子家　故人，謂故妻。古樂府：「故人工織素。」此指亡姬。揚子，謂漢揚雄，雄字子雲，成都人，嘗作解嘲云，惟寂惟漠，守德之宅。高適哭單父梁九少府詩：「夜臺今寂寞，疑是子雲居。」意本此。按夜臺，謂陰間，墓穴一閉，無復見明，故云夜臺。李白哭善釀紀叟詩：「夜臺無曉日，沽酒與何人。」

△等閑　猶言尋常。張謂詩：「眼前一尊又長滿，心中萬事如等閑。」猶言一般。李商隱青陵臺詩：「莫許韓憑爲蛺蝶，等閑飛上別花枝。」

△梅花　即梅花落，漢橫吹曲名。樂府詩集云：「笛中曲也。」李白從軍詩：「笛奏梅花曲。」公章江作詩：「玉笛誰家叫落梅。」又汧陽間詩：「一曲梅花出塞聲。」皆謂笛曲，可合觀之。

按：以上四首，俱韋公悼亡姬作。見全唐詩注。

暴雨

江村入夏多雷雨。曉作狂霖晚又晴。波浪不知深幾許。南湖今與北湖平。

【注】

△霖　淫雨也。王令詩：「夏霖連延久積注，往往竈下秋生魚。」

平陵老將

白羽金僕姑。腰懸雙轆轤。前年葱嶺北。獨戰雲中胡。疋馬塞垣老。一身如鳥孤。歸來辭第宅。却占平陵居。

【注】

△金僕姑　矢名。左傳莊公十一年：「公以金僕姑射南宮長萬。」盧綸詩：「鷲翎金僕姑。」

△轆轤　劍名。皇甫曾贈老將詩：「轆轤劍折虬髯白，轉戰功多獨不侯。」杜牧詩：「手撚金僕姑，腰懸玉轆轤。」按漢書作鹿盧。漢書雋不疑傳：「帶櫑具劍。」注：「晉灼曰，古長劍首以玉作井鹿盧形，上刻木作山形，如蓮花初生未敷時，今大劍木首，其狀似此。」

△葱嶺　葱，亦作蔥。水經河水注：「葱嶺在敦煌西八千里，其山高大，上生葱，故曰葱嶺。」

△雲中　郡名，秦置。有今山西省境內長城以外及綏遠省之東部南部地。漢析其東北部置定襄郡，西南部仍爲雲中郡，治雲中縣，即今綏遠省托克托縣。

△塞垣　文選鮑照東武吟：「後逐李輕車，追虜窮塞垣。」張詵曰：「塞垣，長城也。」

即事

亂世時偏促。陰天日易昏。無言搔白首。憔悴倚東門。

勉兒子

養爾逢多難。常憂學已遲。辟疆爲上相。何必待從師。

【注】

△辟疆　史記呂后紀：「留侯子張辟疆爲侍中，年十五，請拜呂台、呂產、呂祿爲將，將南北軍，丞相如辟疆計，太后說。」按侍中之職，掌出納帝命，拾遺補闕，贊相禮儀，輔弼庶務，出入禁中，與帝升降，百寮之中，莫密於茲。

長干塘別徐茂才

亂離時節別離輕。別酒應須滿滿傾。纔喜相逢又相送。有情爭得似無情。

【注】

△長干　古金陵里巷名。故址在今南京市南。民庶雜居，有大長干、小長干之別。樂府遺聲：「唐人多以長干名篇，如崔顥、李白，皆作之。」崔顥長干行：「君家住何處，妾住在橫塘。」李白長干行：「同居長干里，兩小無嫌猜。」

憫耕者

何代何王不戰爭。盡從離亂見淸平。如今暴骨多於土。猶點鄉兵作戍兵。

【注】

△淸平　謂太平之時也。文選班固兩都賦序：「海內淸平，朝廷無事。」

壺關道中作

處處兵戈路不通。却從山北去江東。黃昏欲到壺關寨。疋馬寒嘶野草中。

【注】

△壺關　關名。在今山西省長治縣東南壺口山上，兩峯夾峙而中虛，狀似壺口，山以此名，關即以山名。漢以來就其地置壺關縣。

題酒家

酒綠花紅客愛詩。落花春岸酒家旗。尋思避世爲逋客。不醉長醒也是癡。

【注】

△避世　論語憲問：「賢者辟世。」鄭玄云：「伯夷、叔齊、虞仲，辟世者。」辟同避。避世，謂隱遁也。蘇軾避世堂詩：「高人不畏虎，避世已無心。」

△逋客　謂隱者。耿湋詩：「失意成逋客，終年獨掩扉。」

寄舍弟

每吟富貴他人合。不覺汍瀾又濕衣。萬里日邊鄉樹遠。何年何路得同歸。

【注】

△汍瀾　涕淚貌。文選歐陽建臨終詩：「揮筆涕汍瀾。」

△日邊　謂京師附近。詳旅中感遇寄呈李秘書昆仲詩注。

僕者楊金

半年辛苦葺荒居。不獨單寒腹亦虛。努力且爲田舍客。他年爲爾覓金魚。

【注】

△金魚　佩飾。唐時有魚符，以袋盛之，袋之飾，分金銀二等。困學紀聞云：「佩魚始於唐永徽二年，以李爲鯉也。」事物紀原云：「唐高祖給隨身魚，三品以上，其飾金，五品以上，其飾銀，故名魚袋。天后改爲龜，後復曰魚。神龍初，賜紫則給金魚，賜緋則給銀魚，不限品也。」韓愈詩：「不知官高卑，玉帶懸金魚。」元稹詩：「犀帶金魚束紫袍。」

春陌二首

（一）

滿街芳草卓香車。僊子門前白日斜。腸斷東風各回首。一枝春雪凍梅花。

【注】

△卓香車　卓，特立也。牛嶠詞：「晴街春色香車立。」

（二）

嫩煙輕染柳絲黃。句引花枝笑凭牆。馬上王孫莫回首。好風偏逐羽林郎。

【注】

△羽林郎　禁軍之名稱，掌宿衞侍從。漢武帝時置建章營騎，後更名羽林。宣帝令中郎將騎都尉監羽林，領郎百人，謂之羽林郎。庾信詩：「今年喜夫壻，新拜羽林郎。」

中酒

南鄰酒熟愛相招。蘸甲傾來綠滿瓢。一醉不知三日事。任他童穉作漁樵。

【注】

△蘸甲　酒斟滿，捧觴必蘸指甲，故云。說見猗覺寮雜記。杜牧詩：「為君蘸甲十分飲。」徐鉉詩：「蘸甲遞觴纖似玉，含詞忍笑膩於檀。」

晏起

爾來中酒起常遲。臥看南山改舊詩。開戶日高春寂寂。數聲啼鳥上花枝。

【注】

△開　全唐詩注云：「一作閉。」

幽居春思

綠映紅藏江上村。一聲鷄犬似山源。閉門盡日無人到。翠羽春禽滿樹喧。

【注】

△山源　賀知章望人家桃李花詩：「山源夜雨渡仙家。」

思歸引

越鳥南翔鴈北飛。兩鄉雲路各言歸。如何我是飄飄者。獨向江頭戀釣磯。

【注】

△思歸引　樂府琴曲歌辭。元稹樂府古題序曰：「其在琴瑟者，爲操，爲引。」詩體明辨曰：「述事本末，先後有序，以抽其臆者曰引。」

與小女

見人初解語嘔啞。不肯歸眠戀小車。一夜嬌啼緣底事。爲嫌衣少縷金華。

【注】

△嘔啞　小兒學語聲。白居易念金鑾子詩：「嘔啞初學語。」

憶小女銀娘

睦州江上水門西。蕩槳揚帆各解攜。今日天涯夜深坐。斷腸偏憶阿銀犁。

【注】

△睦州　隋置，治雉山縣，在今浙江省淳安縣西。唐移治今建德縣。

△犁　通離。禮記少儀：「離而不提心。」釋文：「犁，本又作離。」

女僕阿汪

念爾辛勤歲已深。亂離相失又相尋。他年待我門如市。報爾千金與萬金。

【注】

△門如市　言居高位，謁者甚衆，至門庭擁塞若市也。漢書鄭崇傳：「上責崇曰：君門如市，何以欲禁切主上。崇對曰：臣門如市，臣心如水。」

南鄰公子

南鄰公子夜歸聲。數炬銀燈隔竹明。醉凭馬鬃扶不起。更邀紅袖出門迎。

【注】

△紅袖　喻美女也。王建綺岫宮詩：「武帝去來紅袖盡，野華黃蝶領春風。」

春愁

自有春愁更斷魂。不堪芳草思王孫。落花寂寂黃昏雨。深院無人獨倚門。

【注】

△王孫　王維送別詩：「春草明年綠，王孫歸不歸。」

殘花

江頭沈醉泥斜暉。却向花前慟哭歸。惆悵一年春又去。碧雲芳草兩依依。

【注】

△泥　滯陷不通也。論語子張：「致遠恐泥。」注：「泥難不通。」

買酒不得

停尊待爾怪來遲。手挈空缾毻㲘歸。滿面春愁消不得。更看溪鷺寂寥飛。

【注】

△毻㲘　煩悶也。李肇唐國史補：「得第謂之前進士，俱捷謂之同年。既捷列姓名於慈恩寺塔謂之題名會，不捷而醉飽謂之打毻㲘。」

洪州送僧遊福建

八月風波似鼓鼙。可堪波上各東西。殷勤早作歸來計。莫戀猿聲住建溪。

【注】

△建溪　閩江北源也。

河清縣河亭

由來多感莫憑高。竟日衷腸似有刀。人事任成陵與谷。大河東去自滔滔。

【注】

△河淸縣　漢軹縣地。唐置大基縣，尋省，後復置，改曰河淸。在今河南省孟縣西南五十里。

鍾陵夜闌作

鍾陵風雪夜將深。坐對寒江獨苦吟。流落天涯誰見問。少卿應識子卿心。

【注】

△鍾陵　舊縣名，故城在今江西省進賢縣西北。

△少卿　李陵字。陵漢成紀人，廣孫。武帝時拜騎都尉，自請將步騎五千伐匈奴，以少擊衆，矢盡而降，單于立爲右校王。見漢書卷五十四。

△子卿　蘇武字。武漢杜陵人，武帝時，以中郎將使匈奴，單于脅降，不屈，徙北海，使牧羊，仍仗漢節，留十九年。昭帝與匈奴和親，乃還，拜典屬國。宣帝立，賜關內侯，圖形麒麟閣。見漢書卷五十四。

【箋】

△平按：韋公在蜀，雖位望通顯，而未嘗忘唐，觀此詩留落天涯二語，及贈峨嵋山彈琴李處士「余今正泣楊朱淚」一句，宅心可知矣。

聞回戈軍

上將鏖兵又欲旋。翠華巡幸已三年。營中不用栽楊柳。願戴儒冠爲控弦。

【校】

△欲　全唐詩注云：「一作去，一本缺二字。」

【注】

△鏖兵　以兵鏖戰也。漢書霍去病傳：「合短兵鏖皋蘭下。」注：「晉灼曰：世俗謂盡死殺人爲鏖糟。」正字通：「鏖，彊戰也。」明太祖詩：「鏖殺江南百萬兵，腰間寶劍血猶腥。」

得故人書

正向溪頭自采蘇。青雲忽得故人書。殷勤問我歸來否。雙闕如今畫不如。

【注】

△雙闕　闕，門觀也。見說文。鍇注：「爲二臺於門外，作樓觀於上，上員下方，以其闕然爲道謂之闕。以其上可遠觀謂之觀。」張正見御幸樂遊苑侍宴詩：「兩宮明合璧，雙闕帶飛煙。」參閱灞陵道中作詩注。

虎　跡

白額頻頻夜到門。水邊踪跡漸成羣。我今避世棲巖穴。巖穴如何又見君。

【注】

△（題）虎跡　此欲遐棲高蹈而作，蓋世亂民困之歎也。

悼楊氏妓琴弦

魂歸寥廓魄歸煙。只住人間十八年。昨日施僧裙帶上。斷腸猶繫琵琶弦。

【注】

△寥廓　文選陸機歎逝賦：「或冥邈而既盡，或寥廓而僅半。」李善曰：「廣雅曰：寥，深也，廓，空也。」

傷灼灼

嘗聞灼灼麗於花。雲髻盤時未破瓜。桃臉曼長橫綠水。玉肌香膩透紅紗。多情不住神仙界。薄命曾嫌富貴家。流落錦江無處問。斷雲飛作碧天霞。

【注】

△灼灼　元注云：「灼灼，蜀之麗人也。近聞貧且老，殂落於成都酒市中，因以四韻弔之。」按麗情集云：「灼灼，錦城官妓也，善舞柘枝，歌水調，相府筵中，與河東人座接，神通目授，如舊相識，自此不復面

矣，灼灼以軟綃帕裹淚密寄河東人。」

△破瓜　俗以十六歲爲破瓜，以瓜字可分爲二八字也。謝邁詞：「破瓜年紀小腰身。」通俗編婦女：「俗以女子破身爲破瓜，非也，瓜字破之爲二八字，言其二八十六歲耳。」

△曼長　王逸楚辭注云：「曼、澤也。」庾信詩：「向人長曼臉。」

△橫綠水　鄭雲叟詠西施云：「臉橫一寸波，浸破吳王國。」

△錦江　在今四川省華陽城內。亦名流江、汶江，俗名府河、走馬河，又有內江之稱。」

歲晏同左生作

歲暮鄉關遠。天涯手重攜。雪埋江樹短。雲壓夜城低。寶瑟湘靈怨。淸砧杜魄啼。不須臨皎鏡。年長易淒淒。

【注】

△寶瑟　瑟之飾以珠玉者。駱賓王帝京篇：「翠幌珠簾不獨映，淸歌寶瑟自相依。」

△湘靈　舜妃，溺於湘水爲湘夫人也。楚辭遠遊：「使湘靈鼓瑟兮。」李益古瑟怨：「湘靈沈怨不知年。」

△杜魄　杜鵑也。李遠送人入蜀詩：「杜魄呼名語，巴江作字流。」羅隱送朗州張員外詩：「酒奠湘江杜魄哀。」

和同年韋學士華下途中見寄

綠楊城郭雨淒淒。過盡千輪與萬蹄。迸我獨遊三蜀路。羨君新上九霄梯。馬驚門外山如活。花笑尊前客似泥。正是清和好時節。不堪離恨劍門西。

【注】

△三蜀　寰宇記：「蜀郡、廣漢、犍爲爲三蜀。」

△九霄梯　九霄，指天之極高處。孫綽原憲贊：「志逸九霄。」李翺贈毛仙翁詩：「從此便教塵骨貴，九霄雲路願追攀。」羣書拾唾云：「九霄、神霄、青霄、碧霄、丹霄、景霄、玉霄、琅霄、紫霄、太霄。」按九霄梯，猶言天梯、青雲梯。謝靈運詩：「惜無同懷客，共登青雲梯。」

△似泥　墨莊漫錄：「應劭漢官儀曰：周澤爲太常齋，有疾，云云。一歲三百六十日，三百五十九日齋，一日不齋醉如泥。」李白襄陽歌：「傍人借問笑何事，笑殺山翁醉似泥。」

△劍門　縣名，唐聖曆二年置，因劍門山爲名。故城在今四川省劍閣縣東北六十里。

漢州

比儂初到漢州城。郭邑樓臺觸目驚。松桂影中旌旆色。芰荷風裏管弦聲。人心不似經離亂。時運還應却太平。十日醉眠金鴈驛。臨岐無恨臉波橫。

【校】

△比　全唐詩注云：「一作北。」

△恨　全唐詩注云：「一作限。」

【注】

△漢州　唐垂拱二年置。天寶初，改德陽郡，乾元初，復爲漢州。明淸皆屬四川省成都府。民國改爲廣漢縣。

△儂　我也。見廣韻。又吳人謂人曰儂，卽人之聲轉，甌人呼曰能。見六書故。

△金鴈驛　郝天挺云：「漢州驛名也。」按今四川省廣漢縣南一里，有金雁橋，跨金雁河上，劉先主入蜀，嘗擒張任於此。驛蓋以此名。

△臉波　白居易天津橋詩：「眉月晚生神女浦，臉波春傍竊娘隄。」

長安清明

蚤是傷春夢雨天。可堪芳草更芊芊。內官初賜淸明火。上相閑分白打錢。紫陌亂嘶紅叱撥。綠楊高映畫鞦韆。遊人說得承平事。暗喜風光似昔年。

【校】

△夢　全唐詩注云：「一作暮。」

△堪　全唐詩注云：「一作憐。」

△映　全唐詩注云：「一作影。」

【注】

△夢雨　郝天挺云：「夢雨出高唐賦，如杜牧之夢雲字意。」杜牧潤州詩：「柳暗朱樓多夢雲。」又李商隱聖女祠詩：「一春夢雨常飄瓦，盡日靈風不滿旗。」

△淸明火　春明退朝錄：「周禮四時變火，唐惟淸明取楡柳火賜近臣戚里，順陽氣也。」

△白打錢　事物紺珠：「兩人對踢爲白打，三人角踢爲官場，勝者有采。」白打，蹴踘戲也。按唐書百官志：「中尙署獻毬，寒食，新進士於月燈閣賜打毬宴。」王建宮詞：「寒食内人長白打，庫中先散與金錢。」

△紅叱撥　馬名。續博物志：「天寶中，大宛進汗血馬，一曰紅叱撥，二曰紫叱撥，三曰青叱撥，四曰黃叱撥，五曰丁香叱撥，六曰桃花叱撥。」

【箋】

△尙秉和曰：「自隋唐以來，打毬多於春日，而寒食爲此者尤多。白居易詩云：『蹴毬塵不起，潑火雨初晴。』是其證。韋莊詩：『内官初賜淸明火，上相閑分白打錢。』蓋打毬時以錢爲賭也。」

長安春

長安二月多香塵。六街車馬聲轔轔。家家樓上如花人。千枝萬枝紅豔新。簾間笑語自相問。何人占得長安春。長安春色本無主。古來盡屬紅樓女。如今無奈杏園人。駿馬輕車擁將去。

【注】

△六街　唐時京師中之街衢。資治通鑑唐紀：「睿宗景雲元年，中書舍人韋元徽巡六街。」注：「長安城中左

右六街，金吾街使主之，左右金吾將軍掌晝夜巡警之法，以執禦非違。」曹松長安春日詩：「浩浩看花晨，六街揚遠塵。」

△轔轔　楚辭九歌大司命：「乘龍兮轔轔。」注：「轔轔，車聲。」杜甫兵車行：「車轔轔，馬蕭蕭，行人弓箭各在腰。」

△紅樓　酉陽雜俎：「長樂坊安國寺紅樓，睿宗在藩舞榭。」李白侍從宜春苑詩：「紫殿紅樓覺春好。」沈佺期亦有紅樓院應制詩。其時民間亦多紅樓，爲豪家眷屬所居。白居易夢遊春詩：「到一紅樓家，愛之看不足。」後因以爲婦女居處之稱。

△杏園　故址在今陝西省長安縣曲江西。詳代書寄馬詩注。

和人春暮書事寄崔秀才

半掩朱門白日長。晚風輕墮落梅妝。不知芳草情何限。只怪遊人思易傷。纔見蚕春鶯出谷。已驚新夏燕巢梁。相逢只賴如澠酒。一曲狂歌入醉鄉。

【校】

△鶯　全唐詩作鶯。

【注】

△落梅妝　南朝宋武帝女壽陽公主，人日臥含章殿簷下，梅飄著其額，成五出之花，拂之不去，經三日洗之，乃落，宮女效之，今稱梅花妝。見翰苑新書及金陵志。白居易多雨春空過詩：「花凋易落妝。」參閱春愁詩

注。

△如澠酒　左傳昭公十二年：「有酒如澠。」成廷珪送李唐臣詩：「酌君何惜酒如澠。」參閱鄠杜舊居詩注。

△醉鄉　謂醉中之境界。唐書王績傳：「績著醉鄉記，以次劉伶酒德頌。」韓愈送王秀才序：「吾少時讀醉鄉記，私怪隱居者無所累於世，而猶有是言，豈誠旨於味耶？」胡曾詩：「高情公子多秋興，更領詩人入醉鄉。」

古離別

一生風月供惆悵。到處煙花恨別離。止竟多情何處好。少年長抱長年悲。

【校】

△（題）全唐詩注云：「一作多情。」

△長年　全唐詩長作少。

【注】

△（題）參閱卷一古離別詩注。

△煙花　喩靡麗也。杜甫淸明詩：「秦城樓閣煙花裏，漢主山河錦繡中。」後亦引伸以喩娼妓。

△止竟　卽至竟。猶今俗言到底也。

秋霽晚景

秋霽禁城晚。六街煙雨殘。牆頭山色健。林外鳥聲歡。翘日樓臺麗。淸風劒珮寒。主人襟袖薄。斜凭翠闌干。

【校】△劒珮　全唐詩珮作佩。

【注】△翘日　翘，懸也。見廣韻。

搖落

搖落秋天酒易醒。淒淒長似別離情。黃昏倚柱不歸去。腸斷綠荷風雨聲。

【注】△搖落　謂凋殘也。文選魏文帝燕歌行：「秋風蕭蕭天氣涼，草木搖落露爲霜。」杜甫吹笛詩：「故園楊柳今搖落，何得愁中卻盡生。」

飲散呈主人

夢覺笙歌散。空堂寂寂秋。更聞城角暮。煙雨不勝愁。

【校】

△寂寂　全唐詩作寂寞。

△暮　全唐詩作弄。

使院黃葵花

薄妝新著澹黃衣。對捧金爐侍醮遲。向日似矜傾國貌。倚風如唱步虛詞。乍開檀炷疑聞語。試與雲和必解吹。爲報同人看來好。不禁秋露卽離披。

【校】

△日　全唐詩作月。

【注】

△使院　資治通鑑唐紀：「玄宗天寶六載，常淸至使院。」注：「使院，留後治事之所，節度使便坐治事，亦或就使院。」

△黃葵　卽黃蜀葵。亦名秋葵、側金盞花。潘德久詩：「一樹黃葵金盞側，勸人相對醉西風。」李涉黃葵花詩：「此花莫遣俗人看，新染鵝黃色未乾。」

△金爐　羣芳譜：「秋葵一名側金盞。」故詩以金爐擬之。

△侍醮　侍，侍側也。醮，醮儀，道家祀神之儀式。

△向日　葵朝暮傾陽，故云。杜甫詩：「葵藿傾太陽，物性固莫奪。」司馬光客中初夏詩：「更無柳絮因風起，惟有葵花向日傾。」

△傾國貌　稱譽美人之詞，言其美色有傾覆邦家之魅力也。李延年歌：「北方有佳人，絕世而獨立，一顧傾人城，再顧傾人國，寧不知傾城與傾國，佳人難再得。」李白清平調：「名花傾國兩相歡。」

△步虛詞　樂府解題：「步虛詞，道觀所唱，備言衆仙飄緲輕舉之美。」

△檀炷　謂檀香一炷。陳克詞：「檀炷燒窗燈背壁。」按黃蜀葵葉心下有紫檀色，故詩以檀心擬之。蘇軾黃葵詩：「檀心自成暈。」味如聞語三字，又與檀口映合。閨選云：「臂留檀印齒痕香。」毛熙震云：「歌聲慢發開檀點。」伊孟昌黃葵詩云：「檀點佳人噴異香。」意可互發。

△雲和　漢武帝內傳：「七月七日，王母降武帝大殿，命侍女董雙成吹雲和之笙。」

邊上逢薛秀才話舊

前年同醉武陵亭。絕倒閑譚坐到明。也有降脣歌白雪。更憐紅袖奪金觥。秦雲一散如春夢。楚市千燒作故城。今日皤然對芳草。不勝東望涕交橫。

【注】

△武陵　郡名，漢置，治義陵。後漢移治臨沅，在今湖南省常德縣西。隋移今常德縣治，唐置朗州，尋仍曰武陵郡。

△絕倒　因大笑而身若傾仆也。五代史晉家人傳：「左右皆失笑，帝亦自絕倒。」

△白雪　見對酒賦友人詩注。

△金觥　酒器，以銅爲之，故云金觥。曹唐小遊仙詩：「武皇含笑把金觥。」歐陽修寄大名程資政琳詩：「飲豪常憶困金觥。」

△秦雲　呂氏春秋：「秦雲如行人。」

△楚市　史記：「白起攻楚，拔郢，燒夷陵，遂東至竟陵。」

少年行

五陵豪客多。買酒黃金鱙。醉下酒家樓。美人雙翠幰。揮劍邯鄲市。走馬梁王苑。樂事殊未央。年華已云晚。

【注】

△行　詩之一體。見元稹樂府古題序。詩體明辨曰：「步驟馳騁，疏而不滯曰行。漢馬援有武溪深行，當是行之最古者。」樂府行甚多。

△黃金鱙　鱙、同璏。見玉篇。禮記明堂位：「爵，夏后氏以璏。」疏：「夏爵名也，以玉飾之。」按璏，盞

本字，槃杯也。見通俗文。杜甫詩：「誰能載酒開金琖，喚取佳人舞繡筵。」白居易詠家醞詩：「光搖金琖有精神。」

△翠幰　盧照鄰詩：「隱隱朱城臨玉道，遙遙翠幰沒金隄。」幰，車上張繪也。

△邯鄲市　王建詩：「遠客無主人，夜投邯鄲市。」按邯鄲，戰國趙都。漢置邯鄲縣，高帝立張耳為趙王，都此。故城在今河北省邯鄲縣西南十里。

△梁王苑　西京雜記：「梁孝王好宮室苑囿之樂，築兔園，園有雁池，池間有鶴州鳧渚。」

令狐亭絕句

若非天上神仙宅。須是人間將相家。想得當時好煙月。管弦吹殺後庭花。

【校】

△（題）　全唐詩作令狐亭，無絕句二字。

△煙　全唐詩注云：「一作風。」

【注】

△後庭花　碧雞漫志云：「玉樹後庭花，陳後主造，其詩皆以配聲律，遂取一句為曲名。偽蜀時孫光憲、毛熙震、李珣有後庭花曲，皆賦後主故事，不著宮調。」杜牧泊秦淮詩：「商女不知亡國恨，隔江猶唱後庭花。」

閨　月

明月照前除。煙花蕙蘭濕。淸風行處來。白露寒蟬急。美人情易傷。暗上紅樓立。欲言無處言。但向姮娥泣。

【注】

△前除　除，殿階也。見說文。杜甫詩：「淸夜置酒臨前除。」李遠詩：「泠泠宮漏響前除。」

【箋】

△馮鈍吟曰：「淸迥。」

閨怨

戚戚彼何人。明眸利於月。啼妝曉不乾。素面凝香雪。良人去淄右。鏡破金簪折。空藏蘭蕙心。不忍琴中說。

【注】

△明眸　文選曹植洛神賦：「明眸善睞。」宋玉神女賦：「眸子炯其精朗兮，瞭多美而可觀。」

△啼妝　劉孝威詩：「啼妝落紅粉。」白居易琵琶行：「夢啼妝淚紅闌干。」

△素面　楊貴妃外傳：「封三姨爲虢國夫人，不施妝粉，自衒美豔，常素面朝天。」

△良人　婦人稱夫曰良人。孟子離婁：「良人者，所仰望而終身也。」焦循正義：「良與郎，聲之侈弇耳，古

者婦稱夫曰良，而今謂之郎也。」

△淄右　文選江淹別賦：「又若君居淄右，妾家河陽。」按淄右，卽淄川，故城在今山東省歷城縣東。

△鏡破　太平廣記：「陳太子舍人徐德言之妻，後主叔寶之妹，封樂昌公主。方屬時亂，恐不相保，謂其妻曰，以君之才容，國亡必入權豪之家。儻情緣未盡，猶冀相見，宜有以信之。乃破一鏡，各報其半，約曰，他日必以正月望賣於都市。及陳亡，其妻果入越公楊素之家。德言至京，遂以正月望訪於都市，有蒼頭賣半鏡者，德言出半鏡以合之，乃題詩曰，鏡與人俱去，鏡歸人不歸，無復姮娥影，空留明月輝。陳氏得詩，涕泣不食，素知之，卽召德言還其妻。」黃滔詩：「虧蟾便是陳宮鏡，莫吐淸光照別離。」卽用此事。

△蘭蕙心　文選鮑照蕪城賦：「東都妙姬，南國麗人，蕙心紈質，玉貌絳脣。」張銑曰：「蕙，香草，喻美也。」故事成語考：「蘭蕙質，柳絮才，皆女人之美譽。」王勃七夕賦：「金聲玉貌，蕙心蘭質。」

上春詞

曈曨赫日東方來。禁城煙煖蒸靑苔。金樓美人花屛開。晨妝未罷車聲催。幽蘭報暖紫芽坼。天花愁豔蝶飛廻。五陵年少惜花落。酒濃歌極翻如哀。四時輪環終又始。百年不見南山摧。遊人陌上騎生塵。顏子門前吹死灰。

【注】

△上春詞　上春，孟春也。梁元帝纂要：「正月曰孟春，亦曰上春。」文選江淹別賦：「羅與綺兮嬌上春。」

詞猶辭也。文章辨體曰：「因其立辭之要曰辭。漢武帝有秋風辭。樂府有木蘭辭、步虛詞。太平御覽所引，又有古樂軍詞。」

△曈曨　日欲明也。見說文。寇準詩：「曈曨初日上觚稜。」又文選陸機文賦：「情曈曨而彌鮮。」按此言文情由隱而顯，有如日之欲明也。

△金樓　梁武帝乾闥婆詩：「金樓帶紫煙。」又歡聞歌：「豔豔金樓女。」

△死灰　火滅已冷之灰也。莊子齊物論：「形固可使如槁木，心固可使如死灰。」注：「死灰槁木，取其寂寞無情耳。」文選宋玉風賦：「動沙堁，吹死灰。」杜甫秋日荊南述懷三十韻：「自古江湖客，冥心著死灰。」

擣練篇

月華吐豔明燭燭。青樓婦唱擣衣曲。白袷絲光織魚目。菱花綬帶鴛鴦簇。臨風縹緲疊秋雪。月下丁冬擣寒玉。樓蘭欲寄在何鄉。憑人與繫征鴻足。

【校】

△白袷　全唐詩袷作祫。

【注】

△擣練篇　擣，手椎也。見說文。段注：「以手爲椎而椎之。」練，熟素繒。見正字通。杜甫暮歸詩：「客子入門月皎皎，誰家搗練風淒淒。」篇意祖此。按篇，詩之一體。見元稹樂府古題序。文章辨體曰：「本其名

篇之義曰篇。」曹植有名都篇、白馬篇、遠遊篇、吁嗟篇等作。

△燭燭　光貌。文選蘇武雜詩：「燭燭晨明月。」李善曰：「蒼頡篇曰：燭，照也。」呂向曰：「燭燭，月光也。」

△擣衣　李白子夜吳歌：「長安一片月，萬戶擣衣聲。」杜甫擣衣詩：「甯辭擣衣倦，一寄塞垣深。」

△袊　方言：「袒飾謂之直袊。」注：「婦人初嫁所著上衣直袊也。」

△魚目　參同契：「魚目豈爲珠。」魚目似珠而非珠，因以爲僞珠之喻。李白贈別從甥高五詩：「魚目高泰山，不如一璵璠。」

△丁冬　佩聲。亦作丁東、丁當。馬臻詩：「風簷微動玉丁多。」

△寒玉　喻物之清冷者。李賀江南弄：「吳歙越吟未終曲，江上團團帖寒玉。」謂月也。李羣玉詩：「一條寒玉走秋泉。」謂水也。

△樓蘭　漢西域諸國之一，在今新疆省鄯善縣東南。唐時號納縛波。

雜體聯錦

攜手重攜手。夾江金線柳。江上柳能長。行人戀尊酒。尊酒意何深。爲郎歌玉簪。玉簪聲斷續。鈿軸鳴雙轂。雙轂去何方。隔江春樹綠。樹綠酒旗高。淚痕沾繡袍。袍縫紫鵞濕。重持金錯刀。錯刀何燦爛。使我腸千斷。腸斷欲何言。簾動眞珠繁。眞珠綴秋露。秋露沾金盤。金盤湛瓊液。仙子無歸跡。無跡又無言。海煙空寂寂。寂寂古城道。馬嘶芳岸草。岸草接長隄。長隄人解攜。解攜忽已久。緬邈空回首。回首隔天河。恨唱蓮塘歌。蓮塘在何許。日暮西山雨。

【注】

△金線柳　施肩吾新柳詩：「萬條金線帶春烟，深染青絲不直錢。」

△玉簪　三夢記：「張氏夢中詩：手把玉簪敲砌竹，淸歌一曲月如霜。」陶翰燕歌行：「玉簪還趙女，寶瑟付齊娥。」

△金錯刀　文選張衡四愁詩：「美人贈我金錯刀。」

△眞珠簾　杜陽雜編：「同昌公主堂中設連珠之帳，續眞珠爲之也。」

△金盤　謂承露盤。三輔故事：「武帝作銅露盤承天露，和玉屑飲之，欲以求仙。」洛陽伽藍記：「永寧寺浮屠金寶瓶下，有承露金盤三十重。」

△瓊液　太眞夫人傳：「仙方有九品，一名太和自然龍胎之醴，二名玉胎瓊液之膏。」

△緬邈　思深時久之義。文選潘岳寡婦賦：「遙逝兮逾遠，緬邈兮長乖。」李善注引國語賈逵注曰：「緬，思邈也。」呂延濟注：「緬邈，長遠貌。」陶潛閑情賦：「悲白露之晨零，顧襟袖以緬邈。」

撫楹歌

鳳縠兮鴛綃。霞疎兮綺寮。玉庭兮春晝。金屋兮秋宵。愁瞳兮月皎。笑頰兮花嬌。輕羅兮濃麝。室焌兮香椒。鸞輿去兮蕭屑。七絲斷兮沈寥。主父卧兮漳水。君王幸兮雲韶。鉛華窅窕兮穠姿。棠公肸蠁兮靡依。翠華長逝兮莫追。晏相望門兮空悲。

【校】

△(題)楹　全唐詩作盈。

△輕羅　全唐詩作羅輕。

△沈寥　全唐詩沈作沉。

【注】

△撫楹歌　齊棠公死，大夫崔杼往弔，見棠姜而美之，遂取之。莊公通焉，崔杼稱疾不視事。公問疾，遂從姜氏，姜入于室，與杼自側戶出，公撫楹而歌。見左傳襄公二十五年。

△縠　釋名：「縠、粟也，其形足足如踧，視之如粟也。」按縠似羅而疏，似紗而密，蓋今之縐紗，故有紗縠之稱。

△綃　生絲也。見說文。急就篇注：「綃，生白繒，似縑而疏者，一名鮮支。」

△霞疎　禮記明堂位：「疏屏，天子之廟飾也。」疏：「疏屏者，疏，刻也，屏，樹也，謂刻於屏樹，為雲氣蟲獸也。」

△綺寮　文選張衡西京賦：「交綺豁以疏寮。」李善曰：「蒼頡篇曰：寮，小窗也。」左思魏都賦：「皦日籠

光於綺寮。」

△玉庭　齊書樂志南郊歌：「設業設簴，展容玉庭。」唐高宗太子納妃公主出降詩：「玉庭浮瑞色，銀牓藻祥徽。」

△金屋　見丙辰年鄜州遇寒食城外醉吟詩注。

△蕭屑　韋應物對春雪詩：「蕭屑杉松聲，寂寥寒夜慮。」蕭屑，幽寂衰颯之義。

△七絲　即七絃琴。小學紺珠云：「宮、商、角、徵、羽、少宮、少商，五絃象五行，大絃爲君，小絃爲臣，文王、武王加二絃，以合君臣之恩。」晉書孫登傳：「登好讀易，撫七絃琴。」孟昶戒石文：「政存三異，道在七絲。」

△肸蠁　肸，響布也。蠁，知聲蟲也。並見說文。漢書司馬相如傳：「衆香發越，肸蠁布寫。」王先謙補注：「凡言肸蠁者，蓋聲入則此蟲知之，其應最捷，故以喻靈感通微之意，云云。甘泉賦：『肸蠁豐融，懿懿芬芬。』謂秬鬯香美通於神明。蜀都賦：『景福肸蠁而興作。』謂天帝建福，默相歆應。皆靈感通微之意也。」

△晏相望門　左傳襄公二十五年：「甲興，公登臺而請，弗許，請盟，弗許，請自刃於廟，弗許，皆曰，君之臣杼疾病，不能聽命。近於公宮，陪臣干掫有淫者，不知二命。公踰牆，又射之，中股，反隊，遂弒之。晏子立於崔氏之門外，門啓而入，枕尸股而哭。」

【箋】

△才調集補註曰：「此首不知何所刺。若直詠崔子，不應用漳浦事。鑾輿、翠華等字，亦用不得也。」

贈峨嵋山彈琴李處士

峨嵋山下彈琴客。似醉似狂人不測。何須見我眼偏青。未見我身頭已白。茫茫四海本無家。一片愁雲颺秋碧。壺中醉臥日月明。世上長遊天地窄。晉朝叔夜舊相知。蜀郡文君小來識。後生常建彼何人。贈我篇章苦雕刻。名卿名相盡知音。遇酒遇琴無閒隔。如今世亂獨傷然。天外鴻飛招不得。余今正泣楊朱淚。八月邊城風刮地。霓旌絳旆忽相尋。爲我罇前橫綠綺。一彈猛雨隨手來。再彈白雪連天起。淒淒清清松上風。咽咽幽幽隴頭水。吟蜂遶樹去不來。別鶴引離飛又止。錦鱗不動惟側頭。白馬仰聽空豎耳。廣陵故事無人知。古人不說今人疑。子期子野俱不見。烏啼鬼哭空傷悲。坐中詞客悄無語。簾外月華庭欲午。爲君吟作聽琴歌。爲我留名係仙譜。

【校】

△彈琴客　全唐詩彈作能。

△日月明　全唐詩明下注云：「一作長。」

△罇　全唐詩作尊。

△錦鱗　全唐詩鱗誤作麟。

【注】

△眼偏青　晉書阮籍傳：「阮籍不拘禮教，能爲青白眼，見禮俗之士，以白眼對之。嵇喜來弔，籍作白眼，喜不懌而退。喜弟康聞之，乃齎酒挾琴造焉，籍大悅，乃見青眼。」按名義考云：「阮籍能爲青白眼，故後人有青盼、垂青之語。人平視睛圓，則青，上視睛藏，則白。上視，怒目而視也。」

△壺中醉臥　後漢書費長房傳：「費長房者，汝南人也，曾爲市掾，市中有老翁賣藥，懸一壺於肆頭，及市罷，輒跳入壺中，市人莫之見，唯長房於樓上覩之異焉，因往再拜奉酒脯。翁知長房之意其神也，謂之曰，子明日可更來，長房旦旦復詣翁，翁乃與俱入壺中，唯見玉堂嚴麗，旨酒甘肴盈衍其中，共飲畢而出。」

△叔夜　晉嵇康字。康丰姿俊逸，工書畫，善鼓琴。其琴賦序云：「衆器之中，琴德最優。」按此爲下廣陵句先伏一筆。

△文君　漢卓王孫女，臨邛人，有文學。司馬相如飲於卓氏，文君新寡，相如以琴心挑之，遂夜奔相如。

△常建　唐長安人，開元十五年，與王昌齡同榜登科，大曆中淪爲盱眙尉，遂寄意琴酒，浪遊山水。其詩似初發通莊，卻尋野徑，百里之外，方歸大道，其旨遠，其興僻，佳句輒來，唯論意表。全唐詩錄存詩一卷。

△翛然　無係貌。莊子大宗師：「翛然而往。」

△楊朱淚　淮南子：「楊朱見岐路而哭之，爲其可以南可以北。」

△綠綺　琴名。傅玄琴賦序：「楚王有琴曰繞梁，司馬相如有綠綺，蔡邕有焦尾，皆名器也。」

△錦鱗不動惟側頭白馬仰聽空豎耳　荀子勸學篇：「昔者瓠巴鼓瑟而流魚出聽，伯牙鼓琴而六馬仰秣。」二句意本此。

△廣陵故事　晉書嵇康傳：「康將刑東市，太學生三千人請以爲師，弗許。康顧視日影，索琴彈之，曰：昔袁孝尼嘗從吾學廣陵散，吾每靳固之，廣陵散於今絕矣。時年四十，海內之士，莫不痛之，帝尋悟而恨焉。初，康嘗游乎洛西，暮宿華陽亭，引琴而彈，夜分忽有客詣之，稱是古人，與康共談音律，辭致淸辯，因索琴彈之，而爲廣陵散，聲調絕倫，遂以授康，仍誓不傳人，亦不言其姓字。」

△子期　列子：「伯牙善鼓琴，子期善聽。」曹丕與朝歌令吳質書：「昔伯牙絕絃於鍾期，仲尼覆醢於子路，痛知音之難遇，傷門人之莫逮。」

△子野　師曠，字子野，春秋晉樂師，能辨音以知吉凶，著有禽經。按左傳襄公十八年：「晉人聞有楚師，師曠曰，不害，吾驟歌北風，又歌南風，南風不競，多死聲，楚必無功。」

△簾外月華庭欲午　言簾外之月，將屆中天，如日之欲午。按謂行將夜分也。

【箋】

△馮鈍吟曰：「唐季歌行多不耐看，此書（按謂才調集）所存皆有致，此太白、飛卿所未有也。」

下邽感舊

昔爲童稚不知愁。竹馬閑乘遶縣遊。曾爲看花偷出郭。也因逃學暫登樓。招他邑客來還醉。儳得先生去始休。今日故人何處問。夕陽衰草盡荒丘。

【校】

△縣　太平廣記作院。

△邑客　太平廣記邑作過。

△儳　太平廣記作讒，非。

△何處　太平廣記何作無。

【注】

△下邽　舊縣名。秦置上邽，漢分置下邽，故城在今陝西省渭南縣東北五十里。

△儳　儳言，謂錯雜而言也。禮記曲禮：「長者不及，毋儳言。」

【箋】

△年譜曰：「太平廣記幼敏類：『韋莊幼時，常在下邽縣僑居，多與鄰巷諸兒會戲。及廣明亂後，再經舊里，追思往事，但有遺蹤，因賦詩以記之。又途次逢李氏諸昆季，亦嘗賦感舊詩、下邽詩云云。』下邽爲白居易故鄉，居易此時尚健在。廣記又載其逢李氏兄弟詩有『御溝西面朱門宅，記得當時好弟兄』句，集六洪州西明寺省上人游福建詩，亦有『記得初騎竹馬年，送師來往御溝邊』句，居長安御溝西與居下邽皆兒時事也。」

途次逢李氏兄弟感舊

御溝西面朱門宅。記得當時好弟兄。曉傍柳陰騎竹馬。夜隈燈影弄先生。巡街趁蝶衣裳破。上屋探雛手脚輕。今日相逢俱老大。憂家憂國盡公卿。

【注】

△隈　曲也。儀禮大射儀：「大射正執弓，以袂順左右隈。」注：「隈，弓淵也。」胡培翬正義：「淵，宛也，言曲宛也。」

△趂　集韻：「趁，或从尓。」逐也。

江上別李秀才

前年相送灞陵春。今日天涯各避秦。莫向尊前惜沈醉。與君俱是異鄉人。

【注】

△灞陵　舊縣名，故城在今陝西省長安縣東。王昌齡別李浦之京詩：「故園今在灞陵西，江畔逢君醉不迷。」

△避秦　秦政暴虐，因以避秦爲避亂之喻。語本陶潛桃花源記。許敬宗詩：「不知今有漢，惟言昔避秦。」

寄禪月大師

新春新霽好晴和。間闊吾師鄙悋多。不是爲窮常見隔。祇應嫌醉不相過。雲離谷口俱無著。日到天心各幾何。萬事不如碁一局。雨堂閑夜許來麼。

【校】

△不是　全唐詩不作豈。

△嫌醉　全唐詩醉作酒。

【注】

△（題）全唐詩注云：「贈貫休，見高僧傳。」按全唐詩所錄，惟頷聯二句而已，餘據禪月集補。

△日到天心各幾何　貫休酬韋相公見寄詩：「一丈臨山且奈何。」自注云：「日到天心，乃相公之日，老僧日去山一丈耳。」

句

印將金鑠鑠。簾用玉鉤鉤。

【注】

△全唐詩注云：「北夢瑣言云：『杜荀鶴嘗吟一聯詩云：舊詩灰絮絮，新酒竹篘篘。』或話於莊，莊擬之云云。」

句

不隨妖豔開。獨媚玄冥節。

【注】

△全唐詩注云：「詠梅，見海錄碎事。」

（按以上補遺詩除乞彩牋歌、詠白牡丹二首見於原集附錄外，餘皆輯自才調集補註、全唐詩及禪月集。又全唐詩有南陽小將張彥硤口鎭稅人場射虎歌及龍潭二首，俱載集外補遺詩中，注謂「一作白居易詩」，「一作僧應物詩」，眞贋莫辨，聊付闕如。）

浣花集補遺二

秦婦吟

按此詩浣花集及全唐詩、集外詩皆不載，蓋由韋公貴後諱之。淸光緒二十六年，甘肅鳴沙山敦煌石室發見五代藏書，法國伯希和教授、英國斯坦因爵士，均得有秦婦吟寫卷，分藏巴黎國立圖書館、英國博物院。王國維、羅振玉、陳寅恪、張蔭麟諸氏皆有所考索。茲就各家研究心得，略采許文雨、鍾露昇二先生之說，參以己見，寫定斯篇。

中和癸卯春三月。洛陽城外花如雪。東西南北路人絕。綠楊悄悄香塵滅。路傍忽見如花人。獨向綠楊陰下歇。鳳側鸞欹鬢脚斜。紅攢黛斂眉心折。借問女郎何處來。含嚬欲語聲先咽。迴頭斂袂謝行人。喪亂漂淪何堪說。三年陷賊留秦地。依稀記得秦中事。君能爲妾解金鞍。妾亦與君停玉趾。前年庚子臈月五。正閉金籠教鸚鵡。斜開鸞鏡懶梳頭。閑凭雕欄慵不語。忽看門外起紅塵。已見街中擂金鼓。居人走出正倉惶。朝士歸來尚疑誤。是時西面官軍入。擬向潼關爲警急。皆言博野自相持。盡道賊軍來未及。須臾主父乘奔至。下馬入門癡似醉。適逢紫蓋去蒙塵。已見白旗來匝地。扶羸攜幼競相呼。上屋緣墻不知次。南鄰走入北鄰藏。東鄰走向西鄰避。北鄰諸婦咸相湊。戶外崩騰如走獸。轟轟崐崐乾坤動。萬馬雷聲從地涌。火迸金星上九天。十二官街煙烘烔。日輪西下寒光白。上帝無言空脉脉。陰雲暈氣若重圍。宦者流星如血色。紫氣潛隨帝座移。妖光暗射台星拆。家家流血如泉沸。處處寃聲聲動地。舞妓歌姬盡暗損。嬰兒稚女皆生棄。東鄰有女眉新畫。傾國傾城不知價。長戈擁得上戎車。迴首香閨淚盈帊。旋抽金線學縫旗。纔上雕鞍教走馬。有時馬上見良人。不敢迴眸空淚下。西鄰有女眞仙子。一寸橫波剪秋水。粧成只對鏡中春。年幼不知門外事。一夫跳躍上金階。斜袒半肩欲相恥。牽衣不肯出朱門。紅粉香脂刀下死。南鄰有女不記姓。昨日良媒新納聘。瑠璃階上不聞行。翡翠簾間空見影。忽看庭際刀刄鳴。身首支離在俄頃。仰天掩面哭一聲。女弟女兄同入井。北鄰少婦行相促。旋拆雲鬟拭眉綠。已聞擊托壞高門。不覺攀緣上重屋。須臾四面火光來。欲下迴梯梯又摧。煙中大叫猶求救。梁上懸屍已作灰。妾身幸得全刀鋸。不敢踟躕久迴顧。旋梳蟬鬢逐軍行。强展蛾眉出門去。舊里從茲不得歸。六親自此無尋處。一從陷賊經三載。終日驚憂心膽碎。夜臥千重劍戟圍。朝餐一味人肝膾。鴛幃縱入豈成歡。寶貨雖多非所愛。蓬頭面垢眉猶赤。幾轉橫波看不得。衣裳顛倒言語異。面上誇功雕作字。柏臺多士盡狐精。蘭省諸郎皆鼠魅。還將短髮戴華簪。不脫朝衣纏繡被。翻持象笏作三公。倒佩金魚爲兩史。朝聞奏對入朝堂。暮見喧呼來酒市。一朝五鼓人驚起。叫嘯喧爭如竊議。夜來探馬入皇城。昨日官軍收赤水。赤水去城一百里。朝若來兮暮應至。兇徒馬上暗吞聲。女伴閨中潛失喜。皆言冤憤此時銷。必謂妖徒今日死。逡巡走馬傳聲急。又道軍前全陣入。大彭小彭相顧憂。二郎四郎抱鞍泣。汎汎數日無消息。必謂軍前已銜壁。簸旗掉劍却來歸。又道官軍悉敗績。四面從茲多厄束。一㪷黃金一升粟。尙讓廚中食木皮。黃巢機上刲人肉。東南斷絕無糧道。溝壑漸平人漸少。六軍門外倚僵屍。七架營中塡餓殍。長安寂寂今何有。廢市荒街麥苗秀。採樵斫盡杏園花。修寨誅殘御溝柳。華軒繡轂皆銷散。甲第朱門無一半。含元殿上狐兔行。花蕚樓前荊棘滿。昔時繁盛皆埋沒。舉目淒涼無故物。內庫燒爲錦繡灰。天街踏盡公卿骨。來時曉出城東陌。城外風煙如塞色。路傍時見遊奕軍。坡下絕無迎送客。霸陵東望人煙絕。樹鏁驪山金翠滅。大道俱成棘子林。行人夜宿墻匡月。明朝曉至三峯路。百萬人家無一戶。破落田園但有蒿。摧殘竹樹皆無主。路傍試問金天神。金天無語愁於人。廟前古柏有殘蘖。殿上金爐生暗塵。一從狂寇陷中國。天地晦冥風雨黑。案前神水呪不成。壁上陰兵驅不得。閑日徒歆奠饗恩。危時不助神通力。我今愧恧拙爲神。且向山中深避匿。寰中簫管不曾聞。筵上犧牲無處覓。旋教魘鬼傍鄉村。誅剝生靈過朝夕。妾聞此語愁更愁。天遣時災非自由。神在山中猶避難。何須責望東諸侯。前年又出楊震關。舉頭雲際見荊山。如從地府到人間。頓覺時淸天地閑。陝州主帥忠且貞。不動干戈唯守城。蒲津主帥能戢兵。千里晏然無戈聲。朝携寶貨無人問。夜插金釵唯獨行。明朝又過新安東。路上乞漿逢一翁。蒼蒼面帶苔蘚色。隱隱身藏蓬荻中。問翁本是何鄉曲。底事寒天霜露宿。老翁暫起欲陳辭。却坐支頤向天哭。鄉園本貫東畿縣。歲歲耕桑臨近甸。歲種良田二百廛。年輸戶稅三千萬。小姑慣織褐絁袍。中婦能炊紅黍飯。千間倉兮萬斯箱。黃巢過後猶殘半。

自從洛下屯師旅。日夜巡兵入村塢。匣中秋水拔青蛇。旗上高風吹白虎。入門下馬若旋風。罄室傾囊如捲土。家財既盡骨肉離。今日垂年一身苦。一身苦兮何足嗟。山中更有千萬家。朝飢山上尋蓬子。夜宿霜中臥荻花。妾聞此父傷心語。竟日闌干淚如雨。出門唯見亂梟鳴。更欲東奔何處所。仍聞汴路舟車絕。又道彭門自相殺。野色徒銷戰士魂。河津半是冤人血。適聞有客金陵至。見說江南風景異。自從大寇陷中原。戎馬不曾生四鄙。誅鋤竊盜若神功。惠愛生靈如赤子。城壕固護教金湯。賦稅如雲送軍壘。奈何四海盡滔滔。湛然一鏡平如砥。避難徒爲闕下人。懷安却羨江南鬼。願君舉棹東復東。詠此長歌獻相公。

【注】

△中和癸卯　唐僖宗中和三年。

△香塵滅　言無人煙。按香塵，佛家語，六塵之一。三藏法數：「旃檀沈水飲食之香，及男女身分所有香等，是名香塵。」

△鳳側鸞欹鬢脚斜　鳳，鳳釵，釵之作鳳形者。中華古今注：「秦始皇以金銀作鳳頭，玳瑁爲脚，號曰鳳釵。」李洞詩：「不覺宮人拔鳳釵。」鸞，似鳳，五彩而多青色。按此言釵之作鸞形者。欹，斜也。句謂無心梳頭，釵鬢欹斜不正也。

△紅攢黛斂眉心折　紅，指燕脂。按中華古今注：「燕脂起自紂，以紅藍花汁凝作脂，產於燕地，故名燕脂。」

攢，聚也。黛，青黑色之顏料，古時婦女用以畫眉者。斂亦聚也。句言頰上脂粉凝聚不勻，所畫之眉中斷不接連也。

△含嚬　含，懷藏也。嚬，同顰、頻，眉蹙貌。言心有隱憂而攢眉蹙額也。

△斂袂　整斂衣袖，以示肅敬。斂亦作撿。

△玉趾　猶言玉步。玉謂佩玉，古人佩玉，以爲行步之節，因謂行步曰玉步。

△庚子臈月五　庚子、唐僖宗廣明元年。臈，臘或字。見集韻。臈月五，十二月五日也。

△鸞鏡　李商隱李衞公詩：「鸞鏡佳人舊會稀。」又陳後宮詩：「侵夜鸞鏡開。」馮浩注引范泰鸞鳥詩序：「罽賓王獲彩鸞鳥，欲其鳴而不能致，夫人曰，嘗聞鳥見其類而後鳴，可縣鏡以映之，王從其言，鸞睹影悲鳴，哀響中宵，一奮而絕。」

△擂　急擊鼓也。見集韻。

△潼關　關名，在今陝西省潼關縣。地當黃河之曲，據崤函之固，扼秦晉豫三省之衝。廣明元年十二月，黃巢陷洛陽，將至潼關，張承範率神策營弩手往援，與守將齊克讓合軍拒賊。然輜重不完，軍乏鬭志，及賊衆抵關下，遂諠譟而潰。

△博野　清一統志：「自北齊廢蠡吾入博野，歷隋唐時，蠡吾故地，爲博野之西境。」按博野在今河北省安國縣東。

△主父　婢妾稱主人曰主父。

△紫蓋　宋書符瑞志：「漢世術士言：黃旗紫蓋，見於斗牛之間，江東有天子氣。」薛道衡隋高祖功德頌：

「談黃旗紫蓋之氣。」按此謂天子車駕。

△蒙塵　謂天子出奔也。中和元年一月十日，賊入長安，宦者田令孜帥神策兵五百奉帝自金光門出奔，經鳳翔、興元，以至成都。出時惟皇子四人及妃嬪數人，百官皆莫知之。

△迊　同帀，周也。

按自「中和癸卯春三月」至「已見白旗來迊地」，敍亂起京師失守也。

△轟轟　車馬衆多之聲。文選左思蜀都賦：「車馬雷駭，轟轟闐闐。」

△崐崐　猶言混混、袞袞，繼續繁多之意。

△十二官街　長安志云：「皇城中南北七街，東西五街。」白居易鄉居詩：「唯看老子五千字，不踏長安十二衢。」

△暈氣　日月旁氣也。呂氏春秋明理：「日有暈珥。」高注：「氣圍繞日，周匝有似軍營相圍守，故曰暈也。」

△宦者　後漢書宦者傳：「宦者四星在皇位之側。」

△台星　即三台星，晉書天文志：「三台六星，兩兩而居，起文昌列抵大微，一曰天柱，三公之位也，在人曰三公，在天曰三台。」

△帊　亦作帕。見廣韻。佩巾也。

△孾　玉篇：「音纓，孩也。」

按自「扶羸携幼競相呼」至「孾兒稚女皆生棄」，總敍大亂情形。

△一寸橫波剪秋水　橫波，言目斜視，如水波之橫流也。文選傅毅舞賦：「眉連娟以增繞兮，目流睇而橫波。」秋水，喻眼波淸澈也，白居易箏詩：「雙眸翦秋水，十指剝春葱。」袁桷題美人圖詩：「望幸眸凝秋水，倚愁眉簇春山。」

△粧成只對鏡中春　溫庭筠詩：「紅粧萬戶鏡中春。」春，姸麗之喻。

按自「東鄰有女眉新畫」至「紅粉香脂刀下死」，敍西鄰女遭難。

△瑠璃　卽琉璃。亦作流離。北史大月氏傳：「太武時，其國人商販京師，自云能鑄石爲五色瑠璃，於是採鑛山中，於京師鑄之，旣成，光澤乃美於西方來者。」則以鑛石鑄琉璃，由來已久。按今以扁靑石爲藥料而燒成之物，亦曰琉璃，昔宮殿之琉璃瓦卽是。

△翡翠　綠色之硬玉，體略透明。

△雲鬟　昔時每以雲狀婦人之髮，鬟曰雲鬟，髻曰雲髻。鬟，總髮也。李白久別離：「雲鬟綠鬢罷攬結。」劉禹錫贈李司空妓詩：「高髻雲鬟宮樣妝。」

△托　玉篇：「托，推也。」

△重屋　樓也。見說文。唐書西域傳東女國：「所居皆重屋。王九層，國人六層。」

按自「南鄰有女不記姓」至「梁上懸屍已作灰」，敍北鄰婦遭難。

△蟬鬢　古今注：「魏文帝宮人莫瓊樹始製爲蟬鬢，望之縹緲如蟬翼然。」梁元帝登顏園故閣詩：「妝成理蟬鬢，笑罷斂蛾眉。」

△蛾眉　本作娥眉。詩衞風碩人：「螓首蛾眉。」疏：「言如螓首蛾眉，指其體之所似也。」陳奐詩毛氏傳疏

引詩小學云：「蛾眉古作娥眉。王逸注離騷賦云：蛾，眉好貌。顏思古注漢書，始有形若蠶蛾之說。夫蠶蛾之眉，與首異物，類乎鳥之有毛角者，人眉似蠶角，其醜甚矣，安得云美哉？此千年之誤也。娥者，美好輕揚之意。方言：娥，好也，秦晉之間，好而輕者謂之娥。大招：娥眉曼只。枚乘七發：皓齒娥眉。張衡思玄賦：嫮眼娥眉。」據此，則蛾爲娥之借字也。

△六親　漢書賈誼傳：「以奉六親，至孝也。」注：「應劭曰：六親，父、母、兄、弟、妻、子也。」

△柏臺　御史臺之別稱。漢書朱博傳：「御史府中列柏樹，常有野鳥數千，棲宿其上。」故世稱御史臺曰柏臺，或曰柏府。宋之問和姚給事寓直之作詩：「柏臺遷鳥茂，蘭署得人芳。」元稹狂醉詩：「一自柏臺爲御史，二年辜負兩京春。」

△蘭省　即蘭臺，掌圖籍祕書。韋應物答僩奴重陽二甥詩：「一朝忝蘭省，三載居遠藩。」

△華簪　貴重之簪，簪以固冠，仕宦者用之。錢起闕下贈裴舍人詩：「獻賦十年猶未遇，羞將白髮對華簪。」

△象笏　禮記玉藻：「笏，天子以球玉，諸侯以象。」孫希旦集解：「象，象牙也。」唐書車服志：「象笏，上圓下方，六品以竹木。上挫下方，金飾。」韓愈送殷員外序：「朱衣象笏，承命以行。」

△三公　通典職官典：「周以太師、太傅、太保曰三公。」

△金魚　佩飾。詳僕者楊金詩注。

△兩史　謂柏臺與蘭省。

按自「妾身幸得全刀鋸」至「暮見諠呼來酒市」，敍己雖幸免于死，而被擄之苦，與朝臣狼狽附賊之狀，皆極不堪。

△赤水　鎮名，在今陝西省渭南縣東二十五里。分東西二鎮，濱赤水，有九空石橋跨之，西鎮屬渭南，東鎮屬華縣。

△逡巡　卻退貌。莊子田子方：「背逡巡。」成玄英疏：「逡巡，猶卻巡也。」亦作逡循。漢書萬章傳：「逡循甚懼。」

△官軍全陣入　中和元年一月十日，賊入長安，十六日踐祚含元殿，定國號曰大齊，改元金統。時官軍四合，謀會師長安。五月六日，巢退守長安東數里，未幾，唐弘夫率官軍自西門入，紀律廢弛，秩序大亂，巢軍反擊，分兵由數門入，官軍巷戰敗績，長安再陷，時五月十一日也。

△大彭小彭　卽賊將時溥與秦彥，二賊皆彭城人，故云。

△二郎四郎　卽黃巢及其弟揆，巢兄弟八人，巢行二而揆行四，故云。

△銜璧　左傳僖公六年：「秋，楚子圍許以救鄭，諸侯救許，乃還。冬，蔡穆侯將許僖公以見楚子於武城，許男面縛銜璧，大夫衰絰，士輿櫬。楚子問諸逢伯，對曰，昔武王克殷，微子啓如是。武王親釋其縛，受其璧而祓之焚其櫬而命之，使復其所，楚子從之。」杜預注：「縛手於後，唯見其面，以璧爲贄，手縛，故銜之。櫬，棺也。將受死，故衰絰。」

△簸旗掉劍　揚旗搖劍，形容賊衆得意之狀。

按自「一朝五鼓人驚起」至「又道官軍悉敗績」，敍虛聞官軍之收復，實又敗績也。

△厄束　厄，同戹，通作阸，困窮也。束，縛也，亦困窮計無所出之意。

△斞　同斗。漢書平帝紀：「民捕蝗詣吏，以石斞受錢。」

△尙讓　山東濮州人，黃巢僭號稱帝，以爲相。

△黃巢　曹州冤句人，世鬻鹽，富於貲，喜養亡命。僖宗乾符中，王仙芝作亂，巢應之，及仙芝敗亡，巢收集其黨，號衝天大將軍，取洛陽，破潼關，進陷京師，僖宗奔蜀，巢僭號稱帝。後爲李克用所敗，計蹙自刎，時溥獻其首於行在，詔以首獻於廟。巢亂首尾凡十一年，唐室元氣大傷。

△刲　音睽，割也。

△六軍　唐代禁旅分龍武、神武、神策等營，每營復分左右，是爲六軍。據唐兩京城坊考，左軍駐太和門外，右軍駐九仙門外。

△七架營　按長安志有七架亭，在禁苑中，去宮城十三里，未審卽其地否。

△麥苗秀　史記微子世家：「箕子朝周，過故殷虛，感宮室毀壞生禾黍，箕子傷之，欲哭則不可，欲泣爲其近婦人，乃作麥秀之詩以歌詠之。」

△杏園　故址在今陝西省長安縣曲江西，唐新進士多遊宴於此。見張禮遊城南記。

△甲第朱門　甲第，猶言巨室。史記武帝紀：「賜列侯甲第。」集解：「有甲乙第次，故曰第。」朱門，謂豪富之家。杜甫詠懷詩：「朱門酒肉臭，路有凍死骨。」

△含元殿　唐書李華傳：「華作含元殿賦成，以示蕭穎士。穎士曰：『在景福之上，靈光之下。』」長安志云：「丹鳳門內當中正殿曰含元殿。」耶律楚材詩：「含元殿壞荆榛古。」

△花蕚樓　唐書讓皇帝傳：「先天後，以隆慶舊邸爲興慶宮，於宮西南置樓，其西署曰花蕚相輝之樓，其南曰勤政務本之樓。」王諲花蕚樓賦：「非徒擬花蕚之麗，蓋取諸棠棣之華。」張祜詩：「八月平時花蕚樓，萬

方同樂是千秋。」
△内庫　内廷之庫。唐書藝文志：「貞觀中，購天下書，繕寫藏於内庫，以宮人掌之。」
△天街　謂京師之街道也。韓愈早赴街西行香詩：「天街東西異。」
按自「四面從茲多厄束」至「天街踏盡公卿骨」，敍食人慘狀及擧目殘破之情形。
△遊奕軍　巡邏之兵，遊同游。南史樊毅傳：「弟猛爲南豫州刺史，領靑龍八十艘，爲水軍，於白下遊奕，以禦隋六合兵。」
△驪山　亦作麗山，在今陝西省臨潼縣東南，與藍田縣藍田山相連，山下有溫泉，唐明皇就置華淸宮，卽太眞浴處也。
△墻匡月　墻匡，圍墻無上蓋者。公長安舊里詩：「滿目墻匡春草深。」月，月光。墻上無蓋，故月光入照也。
△三峯路　當爲一城鎭，因華山附近之三峯而得名。羅校作三山路，誤。
△金天神　華山之神。唐明皇華嶽詩：「四方皆石壁，五位祀金天。」張說華山碑序：「加視王秩，進號金天。」
△呪　祕藏記：「呪者，佛法未來漢地前，漢地有世間呪禁法，能發神驗，除災患，今特陀羅尼人，能發神通除災患，與呪禁法相似，是故曰呪。」
△陰兵　猶言神兵。琵琶記：「差撥陰兵，助他築墳。」
△歆　饗也，謂神靈先享其氣也。詩大雅生民：「其香始升，上帝居歆。」

△愧赧　爾雅釋言：「愧，慙也。」方言：「赧，慙也。山之東西，自愧曰赧。」駱賓王夏日遊德州序：「韋句繁廡，心神愧赧。」

△寰中　王者畿內也。李百藥詩：「聲教盡寰中。」

△犧牲　謂祭祀用之牛羊豕也。禮記月令：「命祀山林川澤，犧牲毋用牝。」

按自「來時曉出城東陌」至「何須責望東諸侯」，敍人神欲避亂之語，以見劇亂也。

△楊震關　楊震，字伯起，東漢華陰人。少好學，明經博覽，諸儒爲之語曰：關西孔子楊伯起。見後漢書本傳。華陰密邇入關之西道，震墓即在道側。

△荆山　新唐書：「湖城縣覆釜山，一名荆山。」（卷三十八）按荆山在今河南省閿鄉縣南三十五里。閿鄉故城在今治西四十里，其地東接函谷關，西達潼關，爲省西要隘。

△地府　道家稱冥中曰地府。中黃眞經：「地府除籍天錄名，坐察陰司役神明。」

△陝州主帥　陝州，後魏置，隋廢，唐復置，自乾元至五代，常置節度觀察防禦諸使，以州爲治所，賜軍號。時虢、陝觀察使爲王重盈，主帥殆指其人。按陝州故地即今河南省陝縣。

△蒲津主帥　據新唐書卷三十九，蒲津爲蒲州西之一關。亦稱蒲關、河關。自河東而言，亦曰蒲坂津。故址在今陝西省朝邑縣東。當黃河西岸，自古以來爲山河要隘，唐玄宗早渡蒲關詩所謂「地險關逾壯」也。時蒲州已改爲河中府，主帥當指鄭從讜無疑。按王校津作州，誤。

△戢兵　藏兵也。左傳襄公二十四年：「兵不戢必取其族」。注：「戢，藏也。」

△晏然　安然也。漢書宣帝紀：「北邊晏然靡有兵革之事。」

△新安　縣名，隋置，故治在今河南省新安縣東。唐徙今治。

△鄉曲　猶言鄉里、鄉邑。漢書司馬遷傳：「長無鄉曲之譽。」

△蹔　同暫。列子楊朱：「其法可暫行於一國。」

△東畿縣　畿，京城附近之地。縣，地方區域之稱，隸於府或州。按唐時置東畿觀察使，領鄭、懷、汝、陝四州之地，故云。

△甸　書禹貢：「五百里甸服。」蔡傳：「甸服，畿內之地也。甸，田，服，事也，以皆田賦之事，故謂之甸服。五百里者，王城之外，四面皆五百里也。」

△壥　同廛，田百畝也。周禮地官遂人：「上地，夫一廛，田百畮。」注：「鄭司農云：廛，居也。揚子雲有田一廛，謂百畮之居也。玄謂廛，城邑之居，孟子所云五畮之宅，樹之以桑麻者也。」

△小姑　稱謂錄：「婦謂夫之妹曰小姑。」釋親考：「夫之女弟爲女妹。丘氏曰：自唐以來，稱爲小姑，故詩有先遣小姑嘗之句。家禮考證，李白去婦詞，回頭語小姑，莫嫁如兄夫。王仲初新嫁娘詩，未諳姑食性，先遣小姑嘗。是小姑者，夫之妹也。」古樂府青溪小姑曲：「開門白水，側近橋梁，小姑所居，獨處無郎。」按公詩謂翁女也。

△褐絁　褐，黃黑色。見正字通。絁，或作纏，粗緒也。段玉裁曰：「蓋今之綿紬。」唐書食貨志：「丁歲輸綾絁二丈。」

△中婦　謂翁次男之妻也。荀昶擬相逢狹路間詩：「大婦織紈綺，中婦縫羅衣。」

△千間倉兮萬斯箱　詩小雅甫田：「乃求千斯倉，乃求萬斯箱。」句本此。言收成之後，禾稼既多，乃以倉處

之，以車載之也。公和鄭拾遺秋日感事一百韻詩：「田愛萬斯箱。」箱，車箱也。

△村塢　村落也。庾信杏花詩：「依稀映村隖。」隖，同塢。

△匣中秋水拔青蛇　白居易詠李都尉古劍詩：「湛然玉匣中，秋水澄不流。」又鴉九劍詩：「誰知閉匣長思用，三尺青蛇不肯蟠。」按青蛇，劍名。萬花谷：「龜文、龍藻、白虹、青蛇、屬螻、步光、皆劍名也。」元稹說劍詩：「白虹坐上飛，青蛇匣中吼。」秋水，狀寶劍之色。越絕書：「太阿劍色，視之如秋水。」句言寶劍出匣，寒光閃閃，其色如凄澈之秋水也。

△旗上高風吹白虎　即「高風吹旗上白虎」之倒裝。白虎，旗上所繡白虎也。

△垂年　資治通鑑唐紀：「武宗會昌六年，使垂年之母，銜羞入地。」注：「垂年，猶言末垂之年。」王校改殘年，羅校改垂垂，似不必。

△闌干　淚流橫斜貌。白居易長恨歌：「玉容寂寞淚闌干。」

△汴路　陳寅恪秦婦吟校箋引元和郡縣圖志徐州條云：「按自隋氏鑿汴以來，彭城南控埇橋，以扼汴路，故其鎮尤重。」

△彭門　山名，在今四川省彭縣西北。兩峯對立如闕。亦曰天彭門，又稱天彭闕。

按自「前年又出楊震關」至「河津半是冤人血」，敍新安老翁道亂離之苦，更慨己東奔路絕也。

△四鄙　四方邊遠之處。唐書張建封傳：「益治兵，四鄙附悅。」

△金湯　金城湯池之略言，喻嚴固之甚也。文選王融永明九年策秀才文：「金湯非粟而不守，水旱有待而無遷。」張銑曰：「假如以金爲城，以湯爲池，雖險固，非粟不可守也。」

△滔滔　論語微子：「滔滔者天下皆是也，而誰以易之。」集解：「孔安國曰：滔滔者，周流之貌也。言當今天下治亂同，空舍此適彼。」

△闕下　謂宮闕之下，指天子所居言之。史記封禪書：「新垣平使人持玉杯上書闕下，獻之。」按上書闕下者，謂至宮闕下上書於天子也。

△相公　謂周寶。詳陪金陵府相中堂夜宴詩注。

按末二句揭明諷諫之義。

【箋】

△年譜曰：「中和三年癸卯三月，在洛陽，作秦婦吟。原詩起云：中和癸卯春三月，洛陽城外花如雪。北夢瑣言、唐詩紀事、唐才子傳，皆謂在長安應舉時作，非是。瑣言六：『蜀相韋莊應舉時，黃巢犯闕，著秦婦吟一篇，內一聯云：內庫燒爲錦繡灰，天街踏盡公卿骨。爾後公卿亦多垂訝，莊乃諱之，時人號秦婦吟秀才。他日撰家戒內，不許垂秦婦吟障子，以此止謗，亦無及也。』此詩近方發見於敦煌，浣花集及全唐詩、集外詩皆不載，當由端己貴後諱之。其諱之之因，瑣言謂由『內庫』『天街』二句。近日陳寅恪君作讀秦婦吟，疑爲不然。其文略曰：『據舊唐書高駢傳載中和二年僖宗責駢之詔，亦引駢表中「園陵開毀，宗廟焚燒」之語，當時朝廷詔書尙不以此爲諱，更何有於民間樂府所言之錦繡成灰，公卿暴骨乎？即以詩人之篇什論，杜子美諸將之「早時金盌出人間」，即高千里之「園陵開毀」，「洛陽宮殿化爲烽」，亦等於「宗廟焚燒」，豈子美可言於廣德、大曆之時，端己不得言於廣明、中和之世耶？端己平生心儀子美，以草堂爲居，浣花名集，豈得謂不識此義？即此二句果有所甚忌諱，則刪去之或改易之可也，何至併其全篇而禁絕之，可知其忌

諱所在，有關全篇主旨之結構，不僅繫於此二句也。依秦婦吟所述，此婦之出長安，約在中和二年二月黃巢反攻長安城之後，端己之出長安，亦當在此相距不久之時，當時避難者東奔之路線，應與詩中所言不殊，此覩于平時交通之情狀而可推知者也。秦婦吟之秦婦，無論其是否爲端己本身之假託，抑或實有其人，所經行之路線則非有二。據舊唐書楊復光傳，王重榮爲東面招討使，復光以兵會之。又據兩唐書王重榮傳，復光與重榮合攻李詳於華州，及重榮軍華陰，復光軍渭北，掎角敗巢軍，是從長安東出奔洛陽者，自須經楊軍防地。據舊唐書楊復光傳，復光斬秦宗權將王俶，併其軍，分爲八都，鹿晏弘、晉暉、李師泰、王建、韓建等，皆八都之大將也，是楊軍八都大將之中，前蜀創業垂統之君，端己北面親事之主，王建即是其一。其餘若晉暉、李師泰之徒，皆當日楊軍八都之舊將，後來王蜀開國之元勳也。當復光會兵華渭之日，疑不能不有如秦婦避難之人，及北夢瑣言九所記西班李將軍女委身之事。端己之詩流行一世，本寫故國亂離之慘狀，適觸新朝宮闈之隱情，所以諱莫如深，志希免禍，以生平之傑構，古今之至文，而竟垂戒子孫，禁其傳布者，其故儻在斯歟？儻在斯歟？』—

△藍文徵曰：「有唐盛時，中央集權，世有英辟，代多賢輔。故內則政治休明，四海乂安，外則聲威廣被，邊土遐舉。天寶亂後，王室陵夷，巨郡雄州，盡裂於強藩，財富甲兵，咸擅於悍鎭，地方割據盛，中央之權替，欲擧全國之兵力財力以事外，已爲時世所不許，於是藩屬俱叛，帝國解組矣。而朋黨交鬨樞府，寺人汩亂朝經，國本斲喪，中興道消，於是變亂四起，海內鼎沸矣。裘（甫）龐（勛）之作，不過爲亂唐之序幕。其最烈者，莫如黃巢、秦宗權之亂。僖宗卽位，關東水旱，州縣不以實聞，百姓流離無告，所在相聚爲盜。乾符元年，濮州人王仙芝作亂，明年陷濮曹二州，寃句人黃巢聚衆應之，連陷河南、山南、淮南、江南諸州。

五年，招討副使曾光裕大破之於申州，斬仙芝於黃梅。尚讓率仙芝餘黨歸黃巢於亳州，推巢爲衝天大將軍，掠宋汴，南渡江，陷江南西道諸州，復東南入浙東陷福州。六年，鎮海節度使高駢擊巢大破之，巢越廣南，陷廣州，求爲節度，不許，復引兵北上，屠潭州，山南東道節度劉巨容、江西招討使曹全晸，合兵拒戰於荆門，大破之。或勸巨容窮追，巨容曰：『國家喜負人，有急則撫存將士，事寧則棄之，不若留賊以爲富貴之資。』巢遂收餘衆東走，陷鄂、宣、莘州。時高駢力鎭揚州，亦玩寇不願賊平，坐視巢渡淮，破河南諸州，進陷東都，鼓行而西，齊克讓以飢卒萬人，拒戰於潼關敗績，巢遂進陷長安。田令孜奉僖宗走興元，巢大殺唐宗室，自稱齊帝。韋莊秦婦吟：『內庫燒爲錦繡灰，天街踏盡公卿骨。』卽詠此時事也。鳳翔節度鄭畋起兵討賊。中和元年，帝幸成都，尚讓寇鳳翔，畋遣唐弘夫破之。弘夫乘勝與程宗楚進薄長安，巢棄城東走，至灞上，聞官軍不整，復還襲長安，弘夫、宗楚戰死，長安復陷。明年四月，荆南節度王鐸引諸道聯軍逼長安。時關中大飢。秦婦吟云：『尚讓廚中食木皮，黃巢機上刲人肉。東南斷絕無糧道，溝壑漸平人漸少。六軍門外倚僵屍，七架營中塡餓殍。長安寂寂今何有？廢市荒街麥苗秀。採樵斫盡杏園花，修寨誅殘御溝柳。』蓋紀實也。王鐸遣使徵李克用勤王，克用引沙陀兵至河中，屢破賊。三年，收復長安。巢焚宮室東走，陷蔡州，圍秦州。中和四年，克用引兵由陝濟河而東大破之，巢東走冤句，克用窮躡，計蹙乃自刎，時溥獻其首於行在，詔以首獻於廟。巢亂首尾凡十一年，唐室元氣大傷。」（隋唐五代史）

△中國文學發達史：「（韋莊）到長安去應考，恰碰着黃巢的兵亂，他將當日耳聞目見的社會亂離情形，寫成一篇長有一千六百餘字的秦婦吟。在晚唐唯美文學的潮流中，這確是一篇難見的寫實的社會文學的傑作。篇幅之長，可與孔雀東南飛比美。他把當日戰亂中的人民生活，大火災、大搶刼，繁華化爲烏有、富翁變爲窮

人，再加以那些靦顏事仇、朝秦暮楚的新貴，寫得更是活躍如畫。借一個陷賊三年逃難出來的秦婦的口述，將那種悽慘的現象，一幕幕地映出，眞如一捲時事影片。在文字的技術上，比起杜甫、白居易、張籍的作品來，雖似乎稍弱，但在作品的意識上，同杜甫諸家的社會時，却正是一個類型。並且他描寫得較爲瑣碎，因此反而更增加他作品的眞實性。」

中華語文叢書

韋端己詩校注

作　　者／江聰平　校注
主　　編／劉郁君
美術編輯／鍾　玟

出 版 者／中華書局
發 行 人／張敏君
副總經理／陳又齊
行銷經理／王新君
地　　址／11494 台北市內湖區舊宗路二段181巷8號5樓
客服專線／02-8797-8396　　　傳　　真／02-8797-8909
網　　址／www.chunghwabook.com.tw
匯款帳號／華南商業銀行　西湖分行
179-10-002693-1　中華書局股份有限公司

法律顧問／安侯法律事務所
製版印刷／維中科技有限公司　海瑞印刷品有限公司
出版日期／2018年7月三版
版本備註／據1974年3月二版復刻重製
定　　價／NTD 350

國家圖書館出版品預行編目（CIP）資料

韋端己詩校注 / 江聰平校注. — 三版.— 臺北市 : 中華書局, 2018.07

面 ;　公分. —（中華語文叢書）

ISBN 978-957-8595-46-0(平裝)

851.448　　　107008001

NO.H2054
ISBN 978-957-8595-46-0（平裝）